NÉMÉSIS

INCORRUPTIBLE.

PARIS, IMPRIMERIE DE DECOURCHANT,
RUE D'ERFURTH, 1.

NÉMÉSIS

INCORRUPTIBLE.

SATIRES DE MŒURS,

par J.-F. Destigny (de Caen).

BUREAU CENTRAL,

CHEZ L'AUTEUR, RUE DE GRENELLE-SAINT-GERMAIN, 39.

—

M DCCC XXXVIII

Au plus pur des hommes,

A

BÉRANGER.

Hommage

De son très-humble admirateur.

J.-F. Destigny.

SATIRES DE MŒURS.

NÉMÉSIS

INCORRUPTIBLE.

SATIRE DE MŒURS,

Par J.-F. Destigny (de Caen).

SPÉCIMEN.

J'avais, le fouet en main, durant trente semaines,
D'une autre NÉMÉSIS arpenté les domaines ;
Et, clouant chaque vice au poteau de l'affront,
Balafré de mon vers plus d'un auguste front,
Quand l'orage trois fois éclata sur ma tête !...
Mon frêle batelet, disjoint par la tempête,
Narguait encor la foudre et glissait loin du port ;
L'ouragan en hurlant excitait mon transport :
Mais bientôt dans l'esquif plongea comme une dague
La pointe d'un écueil embusqué sous la vague,

Et le gouffre, indigné de s'ouvrir pour un seul,
Me roula *treize mois* dans son vaste linceul !
Que la houle des cours a depuis ce naufrage
Entassé de débris dans les plis du rivage !
Que de noms, que de vers jetés, à peine éclos,
Par le vent du Parquet à la rage des flots !
Dis-nous, écho vivant de cet affreux dédale,
Escompteur assidu des traites du scandale,
Si tu l'oses, DARMAING *, dis-nous les combattants
Que notre sainte cause y perdit en sept ans....
Leur nombre t'épouvante !.... Au Palais de l'Horloge
La patrie a déjà tout un martyrologe !
— Et pourtant je sens là gronder sous mes cheveux
Des iambes brûlants, des distiques nerveux,
Une sève qui bout et fait craquer l'écorce,
Un salpêtre brutal qui n'attend que l'amorce !
Eh bien ! vous reverrez mon âpre alexandrin
Cribler comme autrefois dans ses mailles d'airain
Ceux que laisse impunis le mutisme du Code !
Où le fer n'atteint pas, la satire corrode.
Qu'importe que Septembre ait forgé des bâillons ?
Ma Vengeance a repris sa simarre en haillons
Et charpenté pour tous un infernal prétoire :
J'y veux peser les noms dont se grossit l'Histoire,
Fureter dans les mœurs, les soumettre au scalpel,
Et frapper chaque abus d'un arrêt sans appel.

* Rédacteur en chef de la *Gazette des Tribunaux*.

Mon griffon qui bondit, rebelle à toute rêne,
S'interdit dès ce jour la politique arène
Où le choc d'un pied libre enfante des volcans ;
Mais il viendra de nuit sur la berge des camps
Rôder comme une louve, étrangler la vedette,
Et solder sans relâche une éternelle dette.

A vous, frêlons du change, argousins du pari,
Tripotiers brevetés, fils du trente-et-quarante,
Prêtres de l'agio, chenilles de la rente,
A vous d'inaugurer l'infamant pilori !
J'irai porter ma torche au fond de la tanière
Où vous psalmodiez le *Credo* des coupons,
Et tour à tour vos reins, audacieux fripons,
        Seront cinglés de ma lanière !

L'édit qui vous sacra ministres du Veau d'or
Ne sera-t-il jamais arraché du saint livre ?
Attendras-tu, toi Peuple, un roi qui t'en délivre,
Quand sur ces roitelets tu planes en condor ?
Le fer rouge à l'ulcère ! Allons, ni paix ni trève !
Ces artisans du crime ont le vent du Pouvoir ;
Mais qu'il tourne, et demain on rira de les voir
        Tomber de la Bourse à la Grève !

Et vous, clercs de Rotschild, vicaires des huissiers,
Qui colportez le taux et trafiquez dans l'ombre,
Bientôt de mes forçats vous grossirez le nombre :
Cinquante-deux fois l'an, guerre à vous, coulissiers !
Oui, je veux fustiger de mes rimes brutales
Vos forfaits et vos noms égrainés dans mes vers;
Je les veux placarder aux coins de l'univers
      En grosses lettres capitales !

Guerre aussi, guerre à mort à l'homme-contagion
Qui vient jusqu'au chevet où sa dupe sommeille
Remettre en commandite un fœtus de la veille,
Et, la besace au dos, mendier un million !
Guerre à ce charlatan, lèpre d'une patrie,
Qui convertit en or de frauduleux projets,
Guerre à qui, pour s'asseoir à l'auge des budgets,
      Se fit forban de l'industrie !

J'ai trouvé la caverne... une croix, et partons !
Chasse au peuple d'escrocs qu'a faits sa propagande !
Nous reviendrons plus tard, Cartouche de la bande,
Scruter dans les replis tes ténébreux cartons.
Du stras industriel importun lapidaire,
Je veux cliver vos cœurs aux regards des croyants
Et broyer sans pitié vos prismes chatoyants
      Sur mon enclume hebdomadaire !

Guerre au char de brasseur qu'un cheval orgueilleux
Traîne en secouant des grelots de folie!
Guerre à qui trône en roi sur des baquets de lie
Devant une cité lasse de merveilleux!
Eh! qu'importe à ma soif que ta fortune altière
Arbore pour aigrette un pavillon chinois?
Je n'entends que de l'eau clapoter dans le bois...
        Mousse, mais fais mousser ta bière!

Et toi, vil trafiquant de drames contrefaits,
Toi qui dégrades l'art en polluant la scène,
Je veux saper ta chaire, apôtre de l'obscène,
Abattre sans merci ton étal de forfaits!
Et quand, le poing armé d'une férule austère,
J'aurai, demain, tordu les nains du Boulevart,
Mon tocsin vibrera du théâtre Favart
        Au temple où grelotte Voltaire.

Je sais de quel cerveau découle clandestin
Dans l'oracle timbré qu'on m'apporte sous bande
Cet article pompeux, laurier de contrebande,
Dont l'artiste impudent se coiffe le matin :
Mais ma justice à moi, plus avare d'éloge,
Flétrira vos écarts d'un sceau réprobateur ;
Et vous ne verrez pas l'incorruptible auteur
        Mendier un coupon de loge.

Sous des lambris d'azur où l'arabesque d'or
Serpente comme un fleuve égaré dans la plaine,
Vous videz à longs traits la coupe toujours pleine,
Riches, qui vous gorgez aux goules du Trésor ;
Et l'orphelin transi sur votre seuil barbare
Attendra vainement un asile et du pain !
A vous, guerre et malheur ! Avocat de la faim,
    J'aurai des serpents pour l'avare !

Guerre à ces Trestaillons, opprobre du saint lieu,
Qui tarifent la messe et fulminent le prône ;
Aux prêtres dont l'orgueil fait de l'autel un trône,
Et du temple un bazar à trafiquer de Dieu !
Guerre à ce prétendant à la rouge barette
Qui se trouve à l'étroit dans un riche manoir ;
Au martyr de Conflans qui consacre un boudoir
    A Notre-Dame-de-Lorette !

Des vices de tout rang, implacable frondeur,
Jusqu'au moindre filon je dois creuser la mine ;
Mes équitables traits sous la bure et l'hermine
Vont des cœurs caverneux fouiller la profondeur.
Je pressens les dangers de cette route ardue ;
Mais celle qui naguère éveilla des échos
Est lasse de traîner la chaîne du repos :
    NÉMÉSIS bondit éperdue !

C'est le tigre affamé qui brise ses barreaux,
L'aiglon impatient de dévorer l'espace,
Le plomb qui vole au but, l'éclair qui brille et passe !
C'est la foudre qui tonne et crache ses carreaux !
Voyez-la se rouler en frémissante lave,
Et jaillir à pleins bords du cratère béant !
Un siècle ardent et libre en eût fait un géant,
            L'arbitraire en fait un esclave !

Eh ! que peut une digue, ô fille de l'Enfer,
Pour enchaîner le cours de ce torrent qui gronde ?
Proscrite sur un point, il te reste le monde !
Va ! grince d'autres chants sur tes cordes de fer.
Le poëte, meurtri d'une première étreinte,
A gardé pour l'attaque un impassible cœur ;
Et dans son flanc ouvert le poignard du vainqueur
            Plongerait sans trouver la crainte !

Mon rigide Apollon dans ses âpres chemins
Ne s'accrochera pas au char de la Fortune ?....
Qu'importe, si les cris de ma lyre importune
Électrisent le peuple et font battre des mains !
Mon Pégase s'endort sous le saule qui pleure,
Mais il tressaille, alerte, à de rauques accents ;
Et ma muse, qui tremble à l'odeur de l'encens,
            Aime à brûler ce qu'elle effleure.

Eh bien! prudence, adieu!... Je me livre d'un bond
Au transport qui pour moi tiendra lieu de génie!
Des crêtes de l'Etna tomber sans agonie
Est préférable au deuil que traîne un moribond.
Vers ces champs qu'un vautour laboure de son aile,
Darde, griffon ardent, ton vol audacieux,
Et va prendre au foyer dont s'embrasent les cieux
    Le rayon que boit ta prunelle!

L'Olympe n'est fermé que par un cristal pur!
Vois; du soleil assis sous la voûte éthérée
Zéphyr sème joyeux la poussière dorée,
Comme des feux d'encens entre des flots d'azur!
C'est au point escarpé d'où tu plonges ta vue,
Dans ce grand tribunal ouvert à tout regard,
Que NÉMÉSIS, fidèle à son vieil étendard,
    Passe ses forçats en revue.

Jadis mon bras armé d'inexorables nœuds
Grava sur tant de fronts sa balafre brûlante!
Et je vois, aux clameurs d'une tourbe insolente,
Se dresser contre moi tant de spectres haineux!
Mais dussé-je, sanglant, tomber dans la carrière,
Du moins ce sera libre et le ceste à la main!..
De l'arène des mœurs il n'est cerbère humain
    Qui m'interdise la barrière.

                          J.-F. Destigny.

Paris, 23 décembre 1837.

PARIS. — DECOURCHANT, IMPRIMEUR, RUE D'ERFURTH, 1.

L'ACTIONNAIRE.

I'' SATIRE.

Sic vos non vobis velica fertis oves....
VIRGILE.

Dès que la Commandite, enrôlant ses recrues,
Vient placarder sa charte aux angles de nos rues,
Paris, ce tourbillon de sordides humains,
Jette au gouffre nouveau l'argent à pleines mains...
Dividende!.. A ce mot de symbolique taille,
Qui couvre de ses bras tout un pan de muraille,
La gent crédule accourt, et déjà, l'œil béant,
Calcule dans son coffre une place au géant;
Mais l'intrigue, attentive à cette heure opportune,
Convertit en lingots ses coupons de fortune,

Et le palais s'écroule!.. Un perfide jargon
Avait près de sa caisse endormi le dragon :
Elle est au dernier sou quand sa chute l'éveille!
Aux râles du Commerce il insultait la veille ;
A l'affamé sa lèvre eût craché le dédain :
Si sa fierté se brise à mendier du pain,
C'est qu'il prit l'Achéron pour un autre Pactole,
La roche Tarpéienne au lieu du Capitole!
Oh! vienne son regard si froidement moqueur
Solliciter du baume à la porte du cœur ;
Viennent ses doigts crispés convoiter un décime
Au comptoir du marchand dont il creusa l'abîme!
Alors son front d'acier s'inclinera confus ;
Sa poitrine saura ce que pèse un refus!..

Étroit spéculateur, accroupi sur la plage,
Il frémit dès qu'il voit l'Océan de notre âge
Se rider sous la brise et réveiller ses flots ;
Mais que de vils forbans drapés en matelots
Lancent avec fracas une barque dans l'onde,
Sa foi la suit des yeux jusqu'aux bornes du monde!
Le prestige, le bruit énervent sa raison :
De tout feu qui pétille il se fait le tison!..
LAFFITTE a-t-il produit ses sublimes idées
Sur d'orgueilleux placards de quatorze coudées ?
A-t-il à des éclairs rallumé son flambeau ?
S'est-il comme un salpêtre échappé du tombeau?..

Non : l'austère vertu ne saurait se résoudre
A proclamer son nom par des éclats de foudre ;
Son front de diamant interdit l'appareil :
Un fleuron ferait tache aux rayons du soleil !
Tout fard tombe ou pâlit, tout artifice passe,
Et l'astre de ses feux inonde encor l'espace !

De vos bandeaux vernis l'apôtre du progrès
Sait passer le clinquant à la poudre de grès ;
Sa main va sans pitié briser vos reliquaires,
Vils artisans de fourbe, audacieux Macaires !
Des crimes de sept ans lézardent vos remparts :
L'anathème sur vous grêle de toutes parts...
Vous tomberez tordus dans la même coupelle,
Traîtres, entendez-vous ? le bagne vous rappelle !
Au poteau de l'affront j'ai réservé des crocs
Pour y pendre demain un chapelet d'escrocs,
Dont vous tous, charlatans, serez les patenôtres...
Votre pancarte est prête ! — Aujourd'hui c'est à d'autres.

L'être dont ce matin le parquet infernal
Pourvoit de NÉMÉSIS l'infamant tribunal,
N'apporte point au juge une tête flétrie.
C'est un enfant perdu que pleure l'Industrie :
Et mon vers cependant a flagellé ses reins...

— Il est outre les lois d'insecouables freins
Que la raison impose à toute créature,
Un code inaltérable écrit par la Nature,
Où ma satire a vu le cercle de ses droits ;
Elle peut mesurer sur des crânes étroits
Jusqu'où se rabougrit l'intelligence humaine,
Ainsi donc le badaud est bien de son domaine...
Lecteur, pour te convaincre, il me suffit d'un trait :
Écoute... parlons bas !.. As-tu vu son portrait ?

Le voici : — Sous un front qui s'enfuit en arrière,
De gros yeux affublés d'une demi-paupière ;
Un nez rouge et camard inconnu du menton ;
Aux deux tempes à nu deux cavités pareilles ;
Un castor indiscret qui trahit pour oreilles
        Deux vastes greniers à coton ;

De rares cheveux roux plantés par un artiste,
Un col à triple étage étranglé de batiste,
Des habits que le temps a passés au carreau ;
La cornaline au bout de son ruban de moire,
L'inséparable jonc à la pomme d'ivoire
        Ou le riflard dans son fourreau...

J'oubliais l'abdomen adhérent à l'échine,
Les demi-bas gris bleus importés de la Chine,
Le surtout qu'ont râpé plus de quarante hivers,
Le vêtement collant conforté de flanelle,
Et ces mains qui, parfois, pèsent de la cannelle
        Et les destins de l'Univers.

Vois ce corps mal assis sur des plantes calleuses
Décrire en sautillant des lignes anguleuses,
Comme un pion qui court les chemins du damier :
Ne l'avais-tu jamais rencontré par la ville?
Dans le Louvre burlesque enrichi par Grandville?
        Parmi les cancres de Daumier?..

C'est l'éternel semeur qui jamais ne moissonne;
On le trouve assidu, l'été, quand midi sonne,
Sur les bords du Canal à mendier le frais;
Ou, si le ciel brumeux voile ses rêveries,
Il va voir sur la place aux quatre galeries
        Le roi de marbre du Marais.

D'un gérant impudent docile Providence,
Il ouvre à tous projets sa corne d'abondance :
Les cuves de la Gare et les routes de fer,
Le charbon de Luzarche et l'or de la Gardette
Puisent à ses trésors... Il souscrit à la dette
        Du Paradis et de l'Enfer.

De ces rêves qu'enfante une époque effrénée,
Jamais il n'obtiendra le pain d'une journée...
Qu'importe ? il s'enracine en sa crédulité ;
Car la Raison, dit-il, au Destin asservie,
Ne saurait effacer des pages de la vie
    Ni *Bonheur* ni *Fatalité.*

L'Actionnaire aussi se drape à la moderne :
Il porte les couleurs du puissant qui gouverne,
Et parle en tilbury l'argot du maquignon ;
Il singe en ses grands airs la roture anoblie,
Et j'en citerai deux que jamais il n'oublie :
    Son insolence et son lorgnon.

Étreint de casimir, de velours et de soie,
Notre paon se prélasse et trépigne de joie
Quand ses yeux d'une femme ont rencontré les yeux :
Il mime à ses côtés d'élégantes fadaises,
Se penche en lui sifflant deux syllabes anglaises,
    Et rejette son front aux cieux.

Ses doigts, emprisonnés dans un étroit gant paille,
Battent sur son flanc gauche au défaut de la taille,
Et sa main droite porte un solide rotin ;
Ses cheveux pendent longs, chargés de musc et d'ambre ;
L'été dans son Toulouse, il se rend en décembre
    Aux fêtes du quartier d'Antin.

Son espèce bâtarde est facile à connaître :
Il a gardé de l'ours et pris du petit-maître :
Il appelle *ses chers* Duprez, Tamburini,
Eclabousse un vieillard pour sauter avec grâce,
Et se croit nu d'honneur, si la semaine passe
　　　Sans qu'il descende à Tortoni.

il faut à son orgueil de vastes entreprises !
Du commerce et des arts il escompte les crises,
Et roule chaque jour d'immenses capitaux ;
On sait dans les salons qu'il traite aussi l'usure ;
Le besoin est l'échelle où sa vertu mesure,
　　　Sinon le prêt, du moins le taux.

Des actions qu'au pair on émet à leur source,
Il ose en plein soleil trafiquer à la Bourse !
Mystérieux écho, l'oracle financier
Au taux du pur froment a coté son ivraie...
La main qui donne cours à sa fausse monnaie
　　　Tient la plume et le balancier !

Quoi ! la foudre des lois lâchement endormie
N'a pas même grondé contre cette infamie !
Où bondira le flot en trouant Israël ?
Si bientôt on ne vient paralyser le crime,
L'impunité fera de ces ventes à prime
　　　Un coupe-gorge industriel.

Ces pirates lépreux ont de leur tact immonde
Corrompu, sur ses mers, le commerce du monde;
L'argent et le crédit séquestrés par la peur
Ne s'abandonnent plus à l'aile du génie...
Aux magiques transports succède l'atonie,
  Et le néant à la stupeur!

Leurs mains ont du progrès pollué la statue,
Dispersé les débris de son arche abattue,
Et secoué dans l'air un sinistre brandon;
Mais indigné, le juge a déchiré sa robe,
Il va crier leurs noms aux quatre coins du globe
  Et les proscrire sans pardon.

      ✾

Quand naguère banni du cercle des discordes,
A ma lyre d'airain j'ai dû changer des cordes,
NÉMÉSIS a gardé le cimier des combats :
Elle apprête à huis clos de sévères débats.
Mon cri la pressera, bouillante, échevelée,
Comme autrefois sa sœur au fort de la mêlée.....
J'ai du feu sous le front et de la bile au sein
Pour jeter aux échos un éternel tocsin.

        J.-F. Destigny.

Paris, 6 janvier 1838.

PARIS. — DECOURCHANT, IMPRIMEUR, RUE D'ERFURTH, 1.

LE THÉATRE.

III° SATIRE.

. *ORGIA!!!*

Y. Hugo.

I.

Le roi des Arts n'est plus l'apôtre de l'histoire;
  L'intrigue a soufflé ses flambeaux!
Sa couronne se fêle..... il émiette sa gloire
  Et traîne sa pourpre en lambeaux.

Lui, naguère si prompt à secouer le monde,
  Reçoit du Fisc un lendemain,
Quand il fait de sa chaire une sentine immonde!
  Quand à sa porte il tend la main!

Sa pénétrante voix qui réveillait l'esclave
  En lui versant de la fierté,
Ne fécondera plus de son ardente lave
  Les germes de la Liberté.

La dépravation qui le tord dans sa trombe
        Change nos palmes en cyprès.....
Entendez-vous le bruit du colosse qui tombe ?
        C'était l'oracle du Progrès !

                            II.

Le Théâtre avait pris un gigantesque rôle :
        Dès que son nom frappait les airs,
L'écho le transmettait de l'un à l'autre pôle,
        En ébranlant tout l'univers !

Et ce fleuve électrique inondait la carrière
        Où le jeta la main des dieux ;
Il lançait à pleins bords des torrents de lumière
        Depuis la terre jusqu'aux cieux !

L'irrésistible flot de sa toute-puissance
        Balaya l'âge féodal ;
Et l'Europe le vit, sur son trône de France,
        Effrayer l'Aigle impérial.

Qu'il était grand alors, dans son cri d'anathème,
        Quand mêlant son fiel au nectar,
Il portait en bourreau la main au diadème
        Dont s'était affublé César !

Quand au sein de Paris il grondait les requêtes
    De la Bastille et du Château,
Qu'il était grand et fort! qu'il couvait de tempêtes
    Dans un seul pli de son manteau !

Mais d'un siècle bâtard où l'égoïsme grouille,
    Le géant a bu le poison :
Ses bras sont énervés, son front mordu de rouille ;
    Et d'Argé garde sa prison !....

III.

C'en est fait : ici-bas toute grandeur flétrie
    S'engouffre dans la nuit des temps :
Et l'Oubli sur les Arts comme sur l'Industrie
    Ferme sa porte à deux battants.

De forfaits et d'écus notre époque altérée
    N'a plus ni frein ni pavillon !
Le Théâtre la suit, et prenant sa livrée,
    Chemine dans l'affreux sillon.

La foule se gangrène à cette épidémie
    Qui sert de l'opprobre à son goût,
Et pour flatter des cœurs saturés d'infamie,
    La scène en roule à plein égout.

Voyez, la ville a faim d'étreintes de poitrine,
　　Elle arrive de toutes parts
Où le drame effronté traduit par Messaline
　　Tient halle ouverte aux Boulevarts !

De ces antres maudits elle assiége l'entrée;
　　La porte cède à sa fureur;
Et l'on jette à la meute une large curée
　　De lubricités et d'horreur.

Toute âme y reste froide, et des larmes nerveuses
　　Cherchent passage dans les yeux :
Telles souvent on voit des gouttes orageuses
　　Qui tombent à l'insu des cieux.

Un cœur trépigne au sein, un badaud s'extasie,
　　Mais leurs transports sont saccadés;
Ce n'est plus de l'essor, c'est une frénésie
　　Qui torture des possédés.

IV.

Sont-ce là ces Titans prompts à réduire en poudre
　　Tous les chefs-d'œuvre du passé ?
Ils roulent pêle-mêle ébréchés par la foudre !.....
　　Leur sceptre est-il déjà cassé ?

Avez-vous donc perdu, monarques littéraires,
　　L'appui gagé de ces *Romains* *
Qui, nouant à vos chars leurs chaînons tutélaires,
　　Vous couronnèrent de leurs mains ?

Le temps grave sa ride à ce clinquant illustre
　　Dont ils ont décoré vos fronts :
Allons, reconvoquez les phalanges du lustre
　　Et rajeunissez vos fleurons.

Reviennent *Marguerite* et *Lucrèce* et l'Orgie,
　　Traînant leur inceste en lambeaux,
Mêler la mort aux vins et la nappe rougie
　　Au drap de laine des tombeaux ;

Reviennent les élus au bouge dramatique
　　Se frayer un pénible accès ;
Ils sauront que l'art doit, au poids de la critique,
　　Soumettre à nu tous les succès.

Du Théâtre mourant la traînante agonie
　　Ne peut survivre à l'astre éteint,
Car en plongeant le fer dans le sein du génie,
　　Du même coup il s'est atteint.

---

* Nom que l'on donne aux *entrepreneurs de succès dramatiques*.

Le disque étincelant qui couronnait sa tête
S'est comme un souffle évanoui ;
Le bouton que l'espoir gardait pour une fête,
Tombe la veille épanoui !

V.

Despotes impudents qui dégradez la scène
Et souillez le temple des arts,
Vous avez donc jeté votre belle carène
A travers tempête et hasards ;

L'ouragan qui la bat d'une onde courroucée
Se lisait aux cieux dès le soir ;
Et la mer vous la rend ce matin fracassée :
Le pilote sait tout prévoir.

Ce grand vaisseau frété par une main puissante
Devait franchir toutes les mers,
Et voir contre ses flancs la houle obéissante
Briser en paix ses flots amers.

Le vent lui-même eût craint d'en déchirer les voiles,
Et le grand maître des humains
A sa voûte sema de magiques étoiles
Pour le guider dans ses chemins.

Mais, oh pitié! l'intrigue a saisi le navire
    Et l'a brisé sur un écueil;
Il tremble sous le flot, il chancelle, il chavire!.....
    L'Océan s'en fait un cercueil.

Quelle invisible main peut l'arracher encore
    Du fond de cet abîme affreux?
Qui paralysera le cancer qui dévore
    Son sein déjà cadavéreux?

Pour ce grand acte, il faut l'intelligence rare
    Du Christ, ce divin flambeau
Qui sut, dans son linceul réveillant le Lazare,
    Le sortir vivant du tombeau.

VI.

Mais la satire peut de sa rime acérée
    Poindre l'épiderme des cœurs;
Sa poitrine est déjà de vengeance altérée,
    Et son poing tient des nœuds vainqueurs.

A vous, lâches frelons, qu'une troupe idolâtre
    Daigne engraisser de son butin,
Pirates de coulisse, écumeurs du théâtre,
    Tritons en gilets de satin!

A vous guerre! Les cris de ma verve incessante
 Vont stimuler vos seins pervers,
Et les coups redoublés de ma dextre puissante
 Vous poursuivre jusqu'aux enfers.

La bile qui jaillit du creux de ma poitrine
 Laisse des stigmates marquants,
Et mon fougueux griffon, de sa double narine,
 Lance la flamme des volcans.

Je n'ai fait qu'effleurer le front de mes victimes
 Et mon vers a paru cruel ;
Que sera-ce demain si j'attaque les crimes
 A la pointe de mon scalpel ?

On n'entendra vibrer que déchirantes plaintes,
 Et mon impitoyable bras
Fera craquer dans ses rudes étreintes
 Les reins qu'il ne brisera pas.

J.-F. Destigny.

Paris, 13 janvier 1838.

PARIS. — DECOURCHANT, IMPRIMEUR, RUE D'ERFURTH, 1.

PARIS EN HIVER.

—

IV° SATIRE.

—

Jam satis terris nivis atque diræ
Grandinis misit Pater.

Hor.

Paris, depuis vingt jours, accroupi sous la neige,
Voit passer de l'Hiver le désastreux cortége !....
La Seine, ce grenier de toutes ses moissons,
N'est plus qu'un long serpent écailleux de glaçous
Qui lentement se **tord** dans sa couche encombrée.
Le grésil, froid enfant du rigide Borée,
Siffle en gris tourbillons à la crête des toits;
Et, le givre aux cheveux, les crevasses aux doigts,
Le Montaguard à jeun a déserté sa borne.....
Radieuse en décembre, aujourd'hui triste et morne
Comme le moribond qui vient d'entendre un glas,
La grande Cité dort sur son lit de verglas.

4

Si des vagues de fronts subitement accrues
Vers quelque point maudit roulent à pleines rues,
Si l'on entend des chars bondir sur leurs essieux,
C'est le feu !... Regardez, la flamme monte aux cieux !!!

Le géant producteur, fatigué de la veille,
Reposait.... le sinistre en sursaut le réveille !
Il tombe à flots étreints de tous les carrefours.....
Le bras qui démolit invente des secours !
Voyez, le feu s'étend !... La sublime canaille
Se pend comme une grappe à l'ardente muraille !
Elle mêle sa veste aux uniformes bleus.....
Le seau court, en pleurant, le chaînon musculeux
Qui va de la citerne aboutir au cratère ;
Mais le comble vomit la flamme délétère !
Le bronze des clochers appelle des renforts :
Tout un peuple s'épuise en magiques efforts
Pour sauver le fleuron de l'aristocratie,
Et du Quartier d'Antin l'insolente inertie
Reste les doigts gantés devant les travailleurs !
Ces hommes aux bras nus tiennent leur club ailleurs ;
Et les membres poudreux que votre effroi contemple
Jamais n'ont profané les dalles de ce temple :
La suave Grisi, lyre aux célestes sons,
Vibrerait mal pour eux d'électriques chansons.
C'est la voix de l'airain qui flatte leur colère :
La gamme du canon est seule populaire !

A cette heure pourtant d'héroïques transports
Les font, pour vos plaisirs, affronter mille morts !
Accourez ! car il faut que tout Paris les voie.
Vous qui les dédaignez, frelons en bas de soie,
Sur ce faîte tremblant noyé de plomb fondu,
Voyez à des barreaux ce brave suspendu,
Plonger son regard d'aigle au fond de la fournaise :
Le vent lui crache au front un ouragan de braise !....
Pour lui le ciel opère un prodige incessant :
La flamme qui s'élance et le lèche en passant,
De son disque embrasé va couronner sa tête,
Quand, dans son propre gouffre écrouant la tempête,
Il commande en Neptune à l'Océan d'Enfer ;
La bourrasque s'éteint sous son trident de fer.
Du vorace élément les houles sont lassées :
Mais des veines de plomb les cent bouches glacées
Refusent à la fois le tribut de leurs eaux ;
Le fléau ranimé fait craquer les arceaux
Et sème les débris de ses frêles entraves,
Quand un sublime effort emprisonne ses laves !....
Qu'offrira-t-on demain à ces hommes sans peur ?
A l'officier de l'or, l'hôpital au sapeur !....

— Mais de ce pic ardu, Muse, il te faut descendre.
Dis que le Parthénon n'est plus qu'un tas de cendre,
Et rentre à pas de loup sur un autre terrain :
Aux cris partis du cœur Septembre a mis un frein.

Paris, de ses revers égrenant le rosaire,
N'a plus que des lambeaux pour masquer sa misère.
Ici de vieux enfants, décharnés par la faim,
Grattent sur les trottoirs quelques bribes de pain ;
Là, des vieillards brisés, des femmes hasardeuses
Vous barrent un chemin de leurs faces hideuses ;
D'autres à qui le jeûne a fait un sein étroit,
Vrais spectres ambulants lézardés par le froid,
Mendiants à l'œil cave, au ton brusque, au teint jaune,
Incrustent la terreur en arrachant l'aumône.
Ces troupeaux de lépreux qui grouillent chaque soir
N'ont pas dans l'univers un caillou pour s'asseoir ;
Nés dans un sale égout, bercés dans les ténèbres,
C'est pour eux que la Morgue a des couches funèbres.

La Cité, du rebut de vingt peuples divers,
Se gangrène les flancs au retour des hivers :
La fange à pleins canaux arrive à la sentine ;
L'Europe y vient du bagne engraisser la tontine !
Ignoble réceptacle, école de fripons,
Où l'intrigue et la fraude émettent leurs coupons,
Le commerce énervé, qui lentement succombe,
Aura-t-il dans ton gouffre une éternelle tombe ?
Les mille chars ailés qu'anime la vapeur
Ne sauront-ils jamais secouer la torpeur
Et stimuler les pas de la France engourdie ?
Traîneras-tu longtemps la marche abâtardie

Dont l'étroite routine entrave tes destins ?
Quoi ! toujours au même ogre à ronger tes festins !
Paris, gros de forfaits, n'est qu'un repaire immonde,
Et l'on scelle à son front la couronne du monde !
Puisque d'un faux brillant le prestige est rompu,
Lacérons de nos doigts ce chêne corrompu :
Mon bras, dont le courroux a centuplé la force,
De l'arbre rabougri peut déchirer l'écorce ;
Voyez au grand soleil la Capitale à nu.

Derrière ces volets un concert inconnu
Jette au timide écho des torrents d'harmonie !
Et la foule s'ébranle aux accents du génie,
Légère comme un feu qui folâtre dans l'air.
C'est le riche qui danse.... Aussi prompt que l'éclair,
Le pauvre qui l'entend en grelottant se presse :
Il veut boire à longs traits une part de l'ivresse,
Endormir ses chagrins aux rires chaleureux
Qui circulent à flots sous ces lambris heureux....

Les ris font place aux chants, les danses à l'orgie,
Et, tremblant, l'affamé voit la coupe rougie
Distiller du plaisir et du plaisir encor ;
Sa tête se redresse au frottement de l'or
Qui glisse dans les mains de la tourbe insensée,
Et sa raison enfante une horrible pensée !

Mais l'avide râteau vient en grinçant les dents
Moissonner le métal que des doigts imprudents
Livrent au jeu maudit d'une perfide roue,
Et le feu de la honte embrase alors sa joue.
Paris, que j'ai dardé de mes durs aiguillons,
Est moins hideux à voir affublé de haillons
Que le riche effréné dans son jour d'allégresse ;
Car son vice du moins, enfant de sa détresse,
Peut s'éteindre avec elle ; et le mal du puissant
Porte en lui son virus et passe dans le sang.

Sous le glaive des lois, la Roulette brisée
Dans quarante tripots reparaît plus osée :
La passion fermente étreinte dans les cœurs ;
Il faut, pour l'extirper, que des efforts vainqueurs
Aillent dans les replis broyer le dernier germe.
Quand des ventes à prime aura sonné le terme,
Vous verrez l'impudent qu'engraisse cet abus,
Affubler ses délits de masques imprévus,
Et détourner le coup d'une dague incertaine.
Que dirai-je ? une fois que, le pied à la chaîne,
Le criminel a bu la coupe de l'affront,
L'opprobre du boulet ne rougit plus son front.

Mais des grandes cités, aspirante sangsue,
La faim pompe partout l'or que le peuple sue ;

Des milliers de vieillards délabrés par les ans,
Qui semblent vers leur fosse aller à pas pesants,
Viennent à la pitié tendre une main osseuse,
Et du riche souvent l'obole paresseuse
Se laisse par la faulx devancer en chemin.....
Aujourd'hui vient la mort, et l'aumône demain !

L'ORPHELIN DU LOUVRE.

L'airain, doublé par les échos du Louvre,
Tinte minuit au dôme du palais ;
La Seine est grosse et la Lune se couvre ;
Partout le vent fait craquer les volets. .
Un pas d'enfant résonne sur la rive
Autour d'un corps que le flot vient couvrir...
Sa mère est morte !... Et quand Dieu veut qu'il vive,
    L'Orphelin pleure et veut mourir.

— « Du haut des cieux où repose ma mère,
» Dieu des enfants, jette un regard sur moi !
» J'ai tout perdu ; je n'avais plus de père...
» Je n'en connus jamais d'autre que toi.
» Dans mon malheur pas une âme sensible
» Ne prend pitié de m'entendre gémir...
» J'ai peur... j'ai faim, et l'orage est horrible !...
    » Mon Dieu, mon Dieu, fais-moi mourir.

» Lorsque, fermant sa mourante paupière,

» J'ai recueilli ses déchirants adieux,

» Je t'invoquai... devançant ma prière,

» Elle déjà s'élevait dans les cieux.....

» Tout seul, hélas! comment traîner ma vie?

» Je n'ai plus rien qu'un affreux souvenir :

» Ah! rends-moi donc une mère chérie,

   » Ou bien, mon Dieu, fais-moi mourir.

» Ce rideau noir que la foudre déchire

» Etouffe ici ma suppliante voix.

» A l'Orphelin dans ton céleste empire,

» Mère et bonheur, tout sourit à la fois!...

» Roseau froissé, jamais plaisir sur terre.

» N'empêcherait mes ans de se flétrir...

» Va! brûle-moi d'un seul coup de tonnerre,

   » Dieu de bonté, fais-moi mourir.

» Un bleu d'azur s'étend, criblé d'étoiles,

» Sur le ciel gai de ma triste douleur :

» L'astre des Nuits semble écarter ses voiles

» Pour insulter aux larmes du malheur...

» As-tu maudit l'innocent qui t'implore?

» Dieu, qu'ai-je fait pour déjà tant souffrir?...

— Il dit, s'élance... et le fleuve dévore

   Le pauvre enfant qui veut mourir!!!

                           J.-F. Destigny.

Paris, 20 janvier 1838.

PARIS. — DECOURCHANT, IMPRIMEUR, RUE D'ERFURTH, 1.

L'INDUSTRIEL.

V˙ SATIRE.

Auri sacra fames !!!

Quand d'un siècle d'argent l'esprit subit l'affront,
Que le gain tient en laisse une meute asservie;
Quand l'égoïsme au cœur vient émietter la vie
Et rider à vingt ans l'épiderme du front :
Némésis, l'arme au poing, jette son cri de guerre;
Elle assigne l'intrigue à d'étranges débats,
Et joint au fol archet qui conduit des ébats
     L'airain qui crache le tonnerre.

Mais dans son chapelet de hideux prévenus,
Il est un charlatan qui compte des apôtres;
Énorme grain flanqué de mille patenòtres,
Il se croit à couvert au banc des parvenus :
C'est lui que je veux tordre et traîner sur la claie!....
Je le cite à ma barre. — Oh! sous le vain plastron
Dont on a cuirassé l'Industriel-patron,
     Je vais graver plus d'une plaie!

5

De ce roi des fripons le contact flétrissant
Déshonore à jamais l'imprudent qui le touche;
Un perfide venin lui bouillonne à la bouche,
Et ses mains de Cosaque ont des taches de sang !
Cet être indéfini que le sarcasme broie,
Ce forban, qui, naguère opprobre du scrutin,
Dut son titre au serment d'un père clandestin,
     Ronge les membres de sa proie!

Lui, de notre Vaisseau le sacrilége écueil,
Est désormais Triton de l'Océan des mondes!
Il gronde son oracle en écumant les ondes,
Et trône en spadassin sur le drap d'un cercueil !....
Comme il passe insolent devant sa dupe en larmes!
Comme il dresse le front sous son disque étoilé !....
Pour accroître l'éclat du nom qu'il a volé,
     Demain il volera des armes.

Oui, l'hydre indestructible a des ruses d'enfer ;
Banqueroute, succès, revirement et baisse
Versent à pleins canaux des trésors dans sa caisse,
Et le crédule attend sous le tamis de fer !....
Son espoir ballotté suit en vain le mirage
Qui s'éteint et renaît au changeant horizon ;
L'Iscariote adroit, l'enivrant de poison,
     Escompte le calme et l'orage.

Caméléon du crime, il a quarante fois
Dans son coffre englouti des capitaux énormes.
Et, Cartouche effronté sous quarante uniformes,
Fait la guerre aux lingots à la barbe des lois.
D'un vers de feu pourtant, si, poëte novice,
J'écaillais le vernis de son intégrité,
L'impudent irait prendre un bill de probité
    Sur les autels de la Justice !

Mais l'intrigant à qui j'incruste le remords,
Le monstre que mon bras meurtrit de sa lanière,
N'est qu'un buste pétri du limon de l'ornière,
Un rêve que mes vers ont affublé d'un corps.
En démasquant cet ogre aux ardentes entrailles,
Je n'ai point mis l'index au crâne du bâtard
Que Paris vit sept ans, Juif-errant du placard,
    Rôder sur toutes ses murailles.

Si mes doigts à l'argile ont imprimé des traits
Qui réveillent au cœur une haine profonde ;
Si, passant ma satire à l'optique du monde,
L'œil prête au mannequin la taille des portraits ;
Qu'importe ? — On n'a pas lu, poinçonnés sur sa joue,
Ces chiffres indiscrets qui seuls valent un nom.
A qui dirait : *C'est moi*, je puis répondre non :
    Rien n'est banal comme la boue.

Je dissèque une époque atroce de forfaits
Dans le sein criminel dont j'écarte les rides,
Et le choc électrique aux poitrines arides
Imprime foudroyant de magiques effets....
Oh! quand ainsi l'éclair dans l'âme corrompue
Pénètre galvanique et trouve des échos,
Du courage engourdi dans la nuit du repos,
      Toute fibre est-elle rompue?

Les lois que le Pouvoir de sa tardive main
Charpente pour dompter le torrent de l'intrigue,
N'opposeront au flot qu'une impuissante digue,
Si, pour l'emprisonner, il attend à demain!
Cet autre choléra, désastreux dans sa course,
Déracine un crédit déjà trop ébranlé :
Qu'il grandisse! on verra son drapeau maculé
      Fouetter le fronton de la Bourse.

A l'exemple entraînant de l'orgueilleux condor
Qui d'un vol impuni va de la fange aux nues,
Cent vautours frais éclos risquent leurs ailes nues
Pour atteindre aux filons où l'on se gorge d'or!
Attendez, et bientôt dans la Cité maudite,
Le spectre au teint plâtré qui commerce le soir,
Les bacchantes d'égout, les filles du trottoir,
      Viendront se mettre en commandite!

Que ce levier robuste à la main du Progrès
Aurait brisé d'abus et fermé de misères!
C'était l'heure prédite où tous les peuples frères
Devaient d'un pôle à l'autre installer leur congrès!
Mais sept ans du colosse égrenant les atômes
Ont jeté sa poussière au tourbillon des vents,
Et l'Age qui s'enfuit tord dans ses flots mouvants
    Nos rêves comme des fantômes!

Tantôt, de son orbite égaré dans les airs,
L'astre poursuit sans frein une marche étourdie,
Sème avec ses rayons des germes d'incendie,
Et boit toute la séve aux flancs de l'Univers;
Tantôt phare, il étend, comme un palais de songe,
Sur le miroir des flots ses angles rabougris,
Et tantôt, embrasant l'ardoise d'un ciel gris,
    Il ressuscite son mensonge!

Voilà donc ce qu'ont fait ces Barême d'Antin!
Effrayés du géant grandi sous la mitraille,
Ils ont à leur niveau rapetissé sa taille,
Et dans un cercle étroit écroué son destin!
Non, leur tête jamais ne sera trop flétrie.....
Une main de bourreau, dans un jour solennel,
Devrait brûler le sein d'un stigmate éternel
    A ces crétins de l'Industrie!

Ces hommes que la mort devra prendre à Toulon
Sont venus jusqu'aux os ronger la capitale,
Et, du luxe effréné que leur noblesse étale,
Ecraser, insolents, le faste du salon.
Mais si l'on recherchait par quelles mains accrue
Leur fortune a sitôt décuplé ses trésors,
Le prestige en tombant ne trahirait alors
  Que des fats bercés dans la rue.

Le mot de plébéien que je leur jette au front,
A l'orgueil oublieux pèse comme une injure;
Jamais ni voix du sang, ni cri de la nature,
N'a dans les plis du cœur étouffé cet affront.
Leur tendresse n'est plus qu'une flamme éphémère
Qui lèche sans chaleur d'insensibles parois;
Et ces gouffres d'argent souvent sont restés froids
  Aux derniers râles d'une mère.

L'Industriel, usé par de brûlants désirs
Qui détraquent sa tête et rongent sa pensée,
Traîne comme un remords sa pauvreté passée
Partout où la fortune enfante des plaisirs.
Dévoré de ce feu qui, bien que délétère,
Entretient à la fois sa torture et ses jours,
Dans ses flancs calcinés le temps souffle toujours
  L'Enfer passager de la Terre.

Encore quelques mois, tous ces gérants tordus
Et jetés loin du champ comme une herbe stérile,
N'auront plus de leur faste étalé par la ville,
Que le deuil qui survit à des trésors perdus.
Quand le peuple irrité frappe de ridicule
Ces monts d'or que la foule enviait autrefois,
C'est que l'astre éclipsé qu'il poursuit de sa voix
    Touche à son dernier crépuscule.

Cent palais vont alors crouler de toutes parts
Et semer leurs débris sur l'arène ébranlée.....
Au grand *sauve qui peut!* crié dans la mêlée,
La peur va lézarder le reste des remparts.
Quoi! n'entendez-vous pas le fracas de la trombe
Qui s'élève en hurlant de la salle Bourbon?
Ce salpêtre est fougueux, et le moindre charbon
    Suffit pour enflammer la bombe!

Qui viendrait sur le tertre, engraissé de nos pleurs,
Accorder un regret à l'intrigue battue?
Tombe la commandite à grands coups abattue,
L'Europe applaudira, le front chargé de fleurs.
Des cris à mille échos ont vibré dans l'espace,
Mais c'est le désespoir d'un peuple agonisant
Qui reproche à ses fils le funeste présent
    De ce dividende qui passe.

Tant que de nos clochers les syllabes d'airain
N'auront pas dit aux vents sa trop lente agonie,
Ma Muse épuisera l'arsenal du génie
A miner sous ses pieds la croûte du terrain.
Rien ne peut m'affranchir de mon tribut de haine;
Et dût la main du temps me rapporter des fers,
J'irais traîner contre eux, à défaut de mes vers,
     Le charivari de ma chaîne !

Dans le cadre maudit de mon simple *in-quarto*,
Si ma Muse à l'étroit se trouve emprisonnée,
J'élargirai la feuille et doublerai l'année;
Mais pour courber ma tête aux fourches d'un *veto*,
Il faudrait un concours de forces surhumaines;
Sur mon serment l'Enfer passerait impuissant,
Quand je devrais encore imprimer de mon sang
     Les vers de cinquante semaines !

C'est que mon front déjà plissé par le malheur,
Garde un feu dévorant sous sa tremblante écorce !
Quand des éclats de foudre ont ébréché sa force,
L'étincelle électrique a doublé sa chaleur !
Je ne serai jamais qu'un indocile esclave,
Prompt comme Spartacus à briser des verroux,
Et ma lèvre toujours saura de mon courroux
     Cracher la foudroyante lave !

                  J.-F. Destigny.

Paris, 27 janvier 1838.

PARIS. — DECOURCHANT, IMPRIMEUR, RUE D'ERFURTH, 1.

LA

TRAITE DES BLANCS.

—

VI° SATIRE.

—

Rarò antecedentem scelestum
Deseroit pede Pœna claudo.
Hor.

I.

Ma Muse avait prédit qu'effrontément accrue
    La Commandite irait demain
Escompter de l'opprobre aux angles de la rue,
    Et dans l'égout tremper sa main :

Eh bien ! elle a déjà rempli la destinée
    Que dans la nuit des temps futurs
Mon effroi vit de loin, à demi dessinée,
    Comme un fantôme sur des murs.

La peste industrielle a, de son aile immonde,
    Fouetté le crédit et l'honneur ;
Dans son infâme étreinte, elle embrasse le monde
    Et râle un souffle suborneur.

C'est un torrent qui jette à l'atroce Ninive
    La banqueroute et le trépas;
Qui, gros d'affreux succès, roule en mordant sa rive
    Et se déchaîne avec fracas.

C'est un ogre gorgé qui lâche la ceinture
    A son abdomen agrandi,
Un criminel essaim qui, pour trouver pâture,
    Quitte sa forêt de Bondi !

Et, Neptune gagé de toutes les tempêtes,
    Contre eux le Parquet est sans voix !
Et la Thémis qui gronde au seul bruit de nos fêtes
    Semble pour eux brider ses lois !....

Mais quand le forfait pense échapper à sa peine,
    Le même flot les jette au port :
C'est le forçat qui veut se soustraire à sa chaîne,
    Le moribond qui fuit la mort !

II.

Cette grêle d'escrocs que l'Enfer a vomie
    Comme un fléau pour les mortels,
Se vautre dans la fange et fait de l'infamie
    Le seul patron de ses autels.

Entendez-vous hurler ces maquignons sauvages
    Qu'aigrit l'ardente soif du gain ?
Ils n'iront plus, tremblants, sur de lointains rivages
    Trafiquer de bétail humain.

Paris, qui des forbans est le commun repaire,
    En a rempli ses alentours ;
Il va livrer la France au troupeau mercenaire
    Qu'il tient parqué dans ses faubourgs !

Ce n'est plus le pays, c'est l'intrigue affamée
    Qui, de l'écume des larrons,
Doit ainsi réparer les brèches de l'armée
    Et rajeunir nos escadrons !

Tout riche peut jeter, grâce à cette *industrie*,
    Le seul joug qui lui pèse encor,
Et donner en tribut à sa mère-patrie,
    Non plus du sang, mais un peu d'or !

III.

Dans quel étroit cerveau germa l'affreuse idée
    D'ameuter des guerriers bâtards
Qu'on verrait polluer la gloire fécondée
    Sous nos magiques étendarts ?

Quel être anti-français, dans sa folle doctrine,
    Docile à l'appétit d'argent,
A nourri de tels vœux au creux de sa poitrine,
    Et s'en est fait le digne agent ?

Le froid de l'égoïsme a desséché son âme ;
    Son sein, pétri pour un bourreau,
Sent à peine la rouille ébrécher cette lame
    Qui déshonore son fourreau.

L'humanité n'a pas dans toute sa personne
    Un écho qui révèle un cœur,
Et l'ami cherche en vain une fibre qui sonne
    Sous la glace d'un front moqueur.

IV.

Quand ce chancre incarné s'attaque à des victimes
    Que le destin courbe en passant,
Il sait de leur trésor pomper jusqu'aux centimes,
    Et d'un seul jet tarir leur sang.

Nulle artère ne peut à l'avide sangsue
    Dérober un dernier écu ;
Elle aspire, elle aspire et boit tout l'or que sue
    Le crédule qu'elle a vaincu.

Quand enfin du rongeur la rage inassouvie
        En a disséqué les parois,
Elle offre à l'hôpital ce squelette sans vie
        Qui tremble sur des flancs étroits.

Voyez-vous ces guerriers, grands de toute leur taille?
        Ce sont de vils troupeaux sans nom,
Qui tomberont glacés, un matin de bataille,
        Dès que toussera le canon.

Quand l'avide intérêt aura rongé la gerbe
        Sur le producteur accroupi,
Vous le verrez demain faucher la France en herbe
        Sans que le grain monte à l'épi !

V.

Voilà donc l'ouragan qui, balayant la plaine,
        Déracine tous les abris,
Qui, dans les tourbillons de sa fougueuse haleine,
        Sème en tonnant d'affreux débris !

Le peuple est consterné sous la trombe élargie
        Qu'emporte un vol audacieux;
Et quand Paris n'est plus qu'une coupe d'orgie,
        On croirait qu'il y boit des yeux.

L'Océan que l'Audace ombrage de ses voiles
      Ose à peine rider ses eaux,
Et le crime impuni déchire les étoiles
      Avec les mâts de ses vaisseaux !

Mais que font ces Autans dont la puissante rage
      Courba tant d'orgueilleux nochers?
La Presse a-t-elle usé ses aquilons d'orage
      Contre l'Annonce ou les rochers?...

Quoi! ces bouches d'airain, si tonnantes naguère,
      Pendent au crochet du repos;
L'or étouffe les cris de ces clairons de guerre,
      Et l'intrigue en fait ses échos ! ! !

VI.

Étalez, charlatans de toutes les familles,
      L'éclat qu'on vend à juste prix ;
Affublez-vous les reins de pompeuses guenilles,
      Si l'argent sauve du mépris !

Mais cuirassez-vous bien contre la rude atteinte
      Qui briserait des corps perclus.....
Arrachez-vous du crâne une auréole éteinte :
      L'or salit quand il ne luit plus!

Qu'aux fronts longtemps à nu la Réclame soldée
   Soude ses fleurons de clinquant!
Qu'elle prête son fard à la face ridée
   Par un stigmate trop marquant;

Ma grande tâche à moi, dans cette Babylone,
   Sera d'en crayonner les traits,
D'épouvanter ses nuits des cris de ma Gorgone
   En secouant tous ses forfaits.

VII.

Vous surtout qui prônez la *traite* en commandite,
   Tremblez, ignobles trafiquants!
Je sais par quels ressorts votre main accrédite
   Les vendus qu'elle jette aux camps.....

Je puis mêler des noms à mon réquisitoire,
   Et, de la griffe de mes vers,
Dérider sans pitié les plis de votre histoire
   A la face de l'Univers.

Si je n'ai point aux seins que NÉMÉSIS effleure
   Plongé le poignard infernal,
C'est que la main du Temps n'a pas sonné votre heure
   Au timbre de mon tribunal.

Mais tout crime viendra s'asseoir à tour de rôle
          Sous le poteau que j'ai dressé,
Car tout charlatan doit à mon juste contrôle
          Rendre compte de son passé.

Qu'importe le filon par où s'ouvre la mine ,
          Si, partout riche de pervers,
Je la puis cribler toute à la même étamine
          Et redresser quelques travers?

Quand j'ai frappé le flot d'un premier coup de rame,
          En arborant mon pavillon,
Je n'ai pas circonscrit au compas d'un programme
          Les caprices de mon sillon.

Tantôt prêtant le flanc d'une barque légère
          Aux gouffres des sables mouvants,
Tantôt volant d'un trait à la rive étrangère
          Sur l'aile rapide des vents,

Ma Muse aime à rayer dans sa course effrénée
          Le poli du cristal amer,
Sans lire dans les cieux la vague destinée
          Qui la ballotte sur la mer.

J.-F. Destigny.

Paris, 3 février 1838.

PARIS. — DECOURCHANT, IMPRIMEUR, RUE D'ERFURTH, 1.

LES COSTUMES.

VII' SATIRE.

Fripier, vite, que l'on me donne
La défroque d'un chambellan !
                    BÉRANGER.

C'était à CHARENTON, un matin que l'orage
Tendait d'un crêpe ardent la coupole des cieux ;
La Marne dans ses trous se tordait avec rage,
Aux quatre points du vent l'éclair brillait aux yeux....
La foudre qui craquait au frottement des nues,
Répétait les sanglots de l'Univers dissous,
Et son aile, en s'ouvrant des routes inconnues,
Traînait un vol de feu sur l'Hôpital des Fous.
C'était l'heure du doute..... Et, sans dresser la tête,
La Nature attendait, morne sous le fardeau,
Que l'acteur du grand drame où bouillait la tempête
De sa brûlante scène eût levé le rideau.

7

— Vingt troupeaux, pêle-mêle, entassés dans l'étable,
Mugissent comme un flot déchiré par l'écueil;
Puis Charenton se meurt : un calme épouvantable
Étend le drap de plomb sur son vaste cercueil !
Immobile d'effroi, sous la feuille tremblante,
L'orchestre ailé suspend ses folâtres concerts.....
L'horizon, déjà ceint d'une écharpe sanglante,
Présage l'ouragan médité dans les airs.
Cinq cents crânes fêlés, à cervelles de braise,
Absorbent le poison du bitume grondeur ;
Et l'Hospice, quand bout la céleste fournaise,
Aspire à pleins canaux sa dévorante ardeur !....
Mais l'orage poursuit ses horribles conquêtes :
Il roule, au lieu d'humains, un fleuve de taureaux,
Tourmente entre des murs un Océan de têtes,
Brise des flots de fronts sur d'inertes barreaux.....
D'effrayantes clameurs détonnent des entrailles
Que vient de réveiller la secousse des cieux ;
Tous ces spectres qu'on voit s'accrocher aux murailles,
Ont des cris dans la bouche et du sang dans les yeux !
Ils rongent de leurs doigts les phalanges tordues,
Grincent comme Satan sous l'archange Michel,
Crachent aux sourds échos des syllabes perdues,
Et font de leur prison une atroce Babel !
Le vacarme croissant enfante le vacarme.....
Déjà leurs pieds calleux ont bruni les pavés,
Mais leurs cris incompris sont un tocsin d'alarme;
Et l'eau ruisselle à flots de leurs bras énervés!....

Le nuage qui fuit semble éteindre sa foudre;
Midi chasse le grain tout criblé de ses feux;
Mais l'étincelle morte en enflammant la poudre,
Galvanise les fronts de ce peuple fiévreux.....
Le Calme a, sous les plis de sa tunique sainte,
Étouffé des éclairs jusqu'au dernier brandon;
Il s'apprête à franchir la frénétique enceinte
Dont l'air incandescent fait un Palais-Bourbon....
— Larme de fou n'a pas une main qui l'essuie;
Tout, hélas! se fait jeu d'irriter sa douleur!
— Un Auvergnat, masqué de misère et de suie,
Arrive, poussé là par le doigt du malheur.
Ces proscrits de la Faim, souvent de leur montagne,
N'ont pris que l'indolence et de méchants lambeaux;
Mais le nôtre a de plus l'ami qui l'accompagne,
Un courtisan modèle, un singe des plus beaux.
Voyez *Jack* accroupi sur l'épaule du maître,
Bondir au moindre vœu, pelotonner ses reins,
Escompter sa souplesse à qui la veut connaître,
Se rendre, à prix de noix, docile à tous les freins.....
Ce sapajou maudit a pour frac de bataille
Un reste de drap bleu râpé dans les salons;
La frauduleuse main qui l'a fait à sa taille
En déguisa les trous sous de larges galons.
Qu'à ce fer innocent tourmenté dans sa gaîne,
Il porte, agile et fier, ses cinq doigts amaigris!
Comme ce corps brodé tourne au bout de sa chaîne!
Qu'il traduit bien aux fous les singes de Paris!

Les forcenés ont vu sur les branches d'un orme
Gambader le fripon tout éblouissant d'or,
Et dans leurs seins meurtris, l'éclat de l'uniforme
A rallumé des feux que *Jack* attise encor.....
A la voix d'un oracle à tête échevelée,
Le hideux tourbillon interrompt ses clameurs ;
Et le mot foudroyant qui frappe la mêlée,
La brise comme un flot battu par des rameurs ;
C'est qu'il court indompté comme un éclat de bombe,
Qu'il agite en vibrant les ailes du transport,
Que la foule s'émeut partout où ce cri tombe,
Comme au canon qui vient de révéler un port !

Costume !!!... Vain fourreau, vernis de la matière,
Écorce dont l'orgueil sait masquer sa poussière,
Éclat que le fard prête au mérite avorton,
Oripeaux qu'ont usés les royales orgies,
Défroque de valets, pourpres de sang rougies,
     On vous réclame à Charenton !

L'art y doit d'un manteau draper la lèpre humaine,
Donner au coq des Francs l'attitude romaine,
Au gouffre industriel planter des garde-fous,
Et taire au peuple-roi qui traîne ses guenilles,
L'instant où les boulets de quatorze bastilles
     Viendront ébrécher ses genoux.

« L'habit qui, veuf de lis, a perdu ses abeilles,
» Va de ses pans reteints secouer des merveilles ! »
Dit au cercle idiot un vieux Représentant.....
Mais la folle terreur a vu *quatre-vingt-treize !*
Des pieds déjà crispés trépignent sur la braise,
    Et la voix meurt en chevrotant.

« Le costume de cour, ajoute un frénétique,
» Nous peut seul cuirasser de son étoffe antique
» Dans un siècle fangeux où grêlent les affronts ;
» Rendons à son tissu l'ambre des Tuileries,
» A son lustre effacé l'éclat des broderies :
    » L'insulte épargnera nos fronts.

» L'habit dont l'or filé tapisse la couture
» Est un prince de drap doublé par la Nature,
» Un mérite transmis qui survit au trépas ;
» Et l'homme, trop souvent, n'est que l'âne aux reliques,
» Enivré des parfums que nos fêtes publiques
    » Brûlent à l'esprit qu'il n'a pas.

» Que Charenton se peuple un grotesque musée ;
» Qu'aux bustes vermoulus de la noblesse usée,
» Il rende des rubans tachés dans les fourgons ;
» Qu'il fasse de ces gueux une servile escorte,
» Et que sa main d'acier leur ouvre enfin la porte
    » Dont ils ont tant léché les gonds !

» Pourquoi, quand on l'a vu mendier un salaire,
» Ne pas marquer au flanc ce troupeau mercenaire
» Qui broûte à tout buisson et prend de toutes mains ?
» Le vit-on marcher libre en jalonnant sa course ?
» A-t-il perdu des yeux le fronton de la Bourse ?
      » Il pleut de l'or dans ses chemins !

» Puisque de nos moissons ces fléaux sont l'ivraie,
» Qu'on les fasse du singe endosser la livrée ;
» C'est mettre l'étiquette aux frivoles discours.
» Que désormais flétris pour les races futures,
» Ces esclaves du gain dorés sur les coutures
      » Traînent le costume des cours !.... »

Il dit ; et le fracas de cent voix de tonnerre
Ébranle les rochers des rivages lointains !
C'est le vote des fous qui bondit sur la terre
Comme un dernier soupir de cent canons éteints !
L'ouragan de haillons se grossit et se roule,
Puis il tord des bras nus qu'il rejette à pleins bords ;
L'immense vestibule est étroit pour la houle
Qui repousse à la fois tous ces torrents de corps.
Jamais la vague amère au souffle de Borée
Ne cracha tant d'écume à la voûte des airs ;
Jamais la grande voix d'une ville éplorée
Ne secoua si fort les flancs de l'Univers !

Jack tombe, et l'Auvergnat grelotte d'épouvante....
Les cris qu'il n'entend plus vibrent dans sa terreur ;
Son effroi voit grandir les spectres qu'il enfante ;
Il surprend ses jarrets immobiles d'horreur !
— Voilà ce qu'un *costume* a fomenté d'alarmes :
Mais chassons loin de nous l'indigne souvenir
Qui peut-être à l'orgueil a coûté quelques larmes ,
Et disséquons encor son folâtre avenir.
— Avant que *Février* éteigne sous la *cendre*
L'inextinguible ardeur de ses bachiques feux,
Dans l'égout des plaisirs, Habit, tu vas descendre,
Sur le dos qu'ont ridé des stigmates hideux !
Mais quand sous le tissu d'une étoffe discrète
L'intrigue abritera ses ignobles forfaits,
Quand la voix de Thémis, que la fortune achète,
Ira de sa vertu proclamer les bienfaits,
J'assénerai mes coups sur le masque fragile
Qui dérobe l'abus à d'impuissants efforts ;
Et, fêlant sous mon feu ces poitrines d'argile,
J'irai darder au cœur les pointes du remords.
Des bals et des concerts l'enivrante cohue
Va couver l'adultère et protéger le vol ;
De basses passions, qu'en d'autres temps on hue,
Vont comme un ouragan s'abattre sur le sol.
Le Crime toléré sait affronter le blâme ;
Durant ces jours de fange il étend ses réseaux,
Et bientôt l'Océan, sans éteindre sa flamme,
Userait le tribut de ses profondes eaux.

L'intrigant déguisé porte sa tête aux nues ;

Les vices qu'il affuble, à ses yeux sont remis ;

Le secret lave tout : des taches inconnues

N'ont jamais réveillé ses regrets endormis !

Où se vont-ils vautrer durant cette quinzaine,

Ces serpents qu'Eve un jour dut broyer du talon ?

Sera-ce dans l'égout qu'étreint la double Seine,

Ou dans l'antre doré qu'on appelle salon ?

Oh ! l'impudique femme, à gigantesque taille,

Qui dort sur le duvet et boit dans le vermeil,

A de plus sales feux que celle à qui la paille

Est dans son galetas l'édredon du sommeil !....

La Mollesse des cours est l'école du crime,

C'est là que l'argousin voit germer ses forçats ;

Et la valse qui tourne au penchant de l'abime

Y jette des chaînons sans rompre ses ébats !...

Le sommet dédaigneux des foudres qu'il attire,

Voit grain à grain son front s'ébrécher sous leurs coups :

Allons, sans trève, allons ! virulente Satire,

Etreindre l'insolent qui brave ton courroux.

Un fiel intarissable à ma verve s'infuse ;

Il verse dans mon sein un magique ferment,

Et le code de fer qui régente ma Muse

Ne connaît d'autre loi que la loi du serment.

J.-F. Destigny.

Paris, 10 février 1838.

PARIS. — DECOURCHANT, IMPRIMEUR, RUE D'ERFURTH, 1.

L'ARTISTE.

VIIIe SATIRE.

Rien n'est plus commun que le nom.
Rien n'est plus rare que la chose.
LA FONTAINE

I.

ARTISTE!... mot qui luis dans toutes les histoires
　　Plus riche que des noms de rois,
Fleuron de tous les temps et de toutes les gloires,
　　S eras-tu ce que sont les croix?

Trois règnes ont terni ces magiques étoiles
　　Dont l'Empire sema les cieux;
Et notre ère d'Escompte obscurcit sous ses voiles
　　Ton disque autrefois radieux.....

Tu n'es déjà qu'un fard à la pâte grossière
　　Qui creuse les rides du front;
Un titre qui, traîné dans vingt ans de poussière,
　　N'est plus qu'un sobriquet d'affront!

Dès que l'atroce Faim larde l'indépendance
    Des traits aigus de ses ergots,
L'Artiste s'accroupit sous la toute-puissance
    De la faveur et des lingots.

C'est le Pierre des arts, l'apôtre qui renie
    L'auréole de ses beaux jours ;
C'est le Judas français qui troque son génie
    Contre les vils deniers des cours !

Oui, l'esclave rongé par l'ulcère du monde,
    Le peintre aux sordides pinceaux,
Le poëte, l'acteur que dans une auge immonde
    On voit puiser l'argent à seaux ;

Mais l'éternel creuset que lèche en vain la flamme,
    Ce crâne d'or où bout le vers,
Peut, digne enfant des Arts, dans le fort de son âme
    Survivre au sac de l'Univers !

II.

Loin de l'égout fangeux où l'Epoque tordue
    Semble à tâtons traîner ses pas,
Un aigle immaculé fend d'une aile éperdue
    Le tourbillon des apostats !

Un fronton enrichi des gloires de la France
    Etend son éternel feuillet
Sur le tombeau désert que la reconnaissance
    Promit aux mânes de Juillet !

Ton fidèle ciseau, sept ans après le drame
    D'où le nouveau trône est sorti,
Vient de signer, DAVID, des pages du Programme
    La seule qui n'ait pas menti.

Gloire à l'indépendant qui sauva de l'injure
    Nos tables d'immortalité !
A l'artiste qui sut disputer au parjure
    Ce lambeau de la liberté !

Va ! c'est le feu divin qui t'embrase et t'inspire,
    Ton œuvre peut braver les ans :
Sous tes doigts créateurs tout ce granit respire,
    Et te réserve des présents.

III.

Mais que de fronts étroits dont la verte couronne
    Déguise un triomphe imposteur !
Que de lauriers d'un jour la crédulité donne
    A l'impudence de l'auteur !

Ici, Caméléons des princes de la scène ;
　　Là, dramaturges effrontés,
Ils calquent les travers et reflètent l'obscène
　　Des Maîtres qu'on leur a vantés.

C'est au râle de George, à l'accent de Bocage,
　　Que nos Talma de boulevards
Traduisent, en hurlant, ces cris de Moyen-Age
　　Qui résonnent de toutes parts.

IV.

Satellite assidu de sa maîtresse étoile,
　　Le peintre, esclave de ses tons,
N'a d'autre feu sacré pour animer sa toile
　　Que les trésors de ses cartons.

De ses pâles croquis inondant le Musée
　　Dont l'intrigue ouvre les chemins,
Il étale, orgueilleux, à la foule abusée,
　　Le vain chef-d'œuvre de ses mains.

Son cerveau, calciné dans le creux de sa tête,
　　Jamais n'enfanta de transports ;
Il n'entendit jamais la sublime tempête
　　Briser les vagues sur ses bords.

Le murmure enivrant de cent flots d'harmonie
    Glisse perdu dans ses cheveux ;
Et la corde qui tinte un long glas d'agonie
    Ne plonge pas jusqu'à ses vœux.

C'est l'écho du rocher que la voix du délire
    Frappe toujours sans l'émouvoir ;
C'est le tube de l'orgue et l'âme de la lyre
    Qui modulent sans le savoir.

V.

Mais ce n'est point l'artiste affamé d'ambroisie
    Dont l'âme a des rêves touchants ;
Cet ange, au cœur de feu, volcan de poésie,
    Qui gronde et soupire des chants !

Ce n'est point ce grand fleuve à l'éternelle course,
    Grossi de lave, ardent d'éclairs,
Qui va jusques aux cieux s'ébattre dans sa source
    Et tourbillonne dans les airs ;

Son libre vol a pris l'infini pour domaine,
    Sa verve est un torrent d'accords ;
Il ébranle d'un doigt toute la race humaine
    Dès qu'il en presse les ressorts.

C'est l'invincible bras qui soulève le monde
Et l'éclaire de son flambeau,
L'électrique pouvoir dont la science profonde
Dispute l'homme à son tombeau.

ARTISTE! qu'à ce nom trop puissant pour la terre
Le sceptre incline sa fierté!...
Mais, que dis-je? l'intrigue à l'infernale serre
En profane l'intégrité!

VI.

L'Artiste, à deux genoux, prosterné dans la fange,
Vend tout, honneur, verve, pinceaux :
Il dépouille ses reins de sa tunique d'ange,
Et la traîne dans les ruisseaux.

Tantôt, roi de la scène, il rançonne au théâtre
Un peuple d'écrivains obscurs;
Tantôt, son or ameute une foule idolâtre
Qu'il dresse à des succès futurs.

Tel autre se charpente une chaire d'école
Au fond du solitaire lieu
Dont, par droit de sentence, il fait son Capitole
Dans le palais de Richelieu ;

Son triomphe payé de cent coupons de loge,
        Court cent journaux avec fracas,
Et le crédule écho va répétant l'éloge
        Du drame qu'il n'entendit pas.

L'Artiste, le front ceint des palmes de familles,
        Se berce dans ses rêves d'or;
Et sur les roitelets qu'il condamne aux guenilles,
        Son vain orgueil plane en condor!

VII.

Mais des crétins de l'Art, qu'à tout angle de rue
        La grande ville jette à flots,
La tourbe se grossit, et son audace accrue
        Déborde le cynique enclos.

Voyez le sot aplomb de cet acteur superbe,
        Boursouflé d'un premier succès;
C'est un autre Talma, c'est un Lekain en herbe
        Que *veut* le Théâtre-Français.

Une émeute, dit-il, ébranla sa province
        Quand il quitta le Cap-Breton;
Son parterre pleurait et le proclamait *prince*
        Des *artistes* de son canton.

Bizarrement drapé d'un étrange costume,
    Il tord dans ses doigts amaigris
Le flexible tuyau d'une pipe d'écume
    D'où s'élance un nuage gris.

Sa barbe à poils crépus, que jamais il n'essuie,
    Tombe ondoyante à l'estomac,
Et semble un buisson roux tout luisant de la suie
    Qu'y monte un fourneau de tabac.

De ces chenilles d'art quand les vaines cohortes
    Viennent s'abattre sur Paris,
La foule, qui les voit grouillantes à ses portes,
    Les harcèle de son mépris.

Artiste! c'est le nom que la ville insolente
    Jette à ces misérables nains;
L'écho répète *artiste!* et la tourbe indolente
    Croit que Paris lui bat des mains.

Eh bien! vous le voyez, de sa gangrène impie
    Le siècle a dégradé ce nom!
Qui le voudra laver du tact de la Harpie?
    Sera-ce le mérite?... Non.

                        J.-F. **Destigny.**

Paris, 17 février 1838.

PARIS. — DECOURCHANT, IMPRIMEUR, RUE D'ERFURTH, I.

UN BAL MASQUÉ.

IX. SATIRE.

Quo, quo, scelesti, ruitis?.....
HOR.

Paris, depuis un mois, fait oublier Sodome!....
A cent quarante pas de sa place Vendôme,
Dans l'antre crapuleux qu'un écu de cinq francs
Ouvre au sale congrès des vices de tous rangs,
La Dépravation, de mille égouts surgie,
Peut se vautrer sans frein, dans sa lubrique orgie !
Jamais dans la Cité l'impudique trottoir,
Où des spectres fangeux vont trafiquer le soir,
N'a prêté son granit à danse plus immonde
Que l'infâme *chahut* des Phrynés du grand monde;
Et c'est là qu'on l'admire!.... Et l'ombrageux limier,
L'Édile en frac, qui porte un feutre pour cimier,

9

Ces gens que Delessert enrégimente en meute,
Cyclopes du complot, vrais furets de l'émeute
Qui savent reconnaître un proscrit à l'odeur,
Se croisent les deux bras devant tant d'impudeur!....
— Dans ce bouge rempli de ta noire milice,
Pasteur des fonds secrets, Argus de la police,
Avais-tu donc fermé tes cent yeux à la fois?
Ce hideux tourbillon, aux longs éclats de voix,
Avait-il assourdi ton oreille occupée,
Ou déchiré ta carte, ou brisé ton épée?
Je ne sais : mais la foule accusait tout agent
D'avoir sous son manteau des menottes d'argent :
« On ne les vit jamais tolérants de la sorte,
» Ils ont pris, disait-on, leur mutisme à la porte!....
» Eh! non; ils sont lassés de ténébreux combats.....
» Spectateurs impotents de cyniques ébats,
» Ils retrempent leurs poings pour l'abattoir des rues... »
(Et des phrases, ma foi, que l'on crachait plus crues.)
— Mais, silence!.... Écoutez! c'est le torrent d'accords
Qui tombe des archets sur des vagues de corps :
C'est un souffle de feu qui laboure les ondes!
Il a déjà su tordre, en sataniques rondes,
L'écume du cloaque engorgé de marquis.....
Cet enfer de vivants désormais tout acquis
A l'orchestre effréné qui l'exalte et l'entraîne,
Epouvante la nuit du sabbat de sa chaîne.....
Voyez comme il se roule émaillé d'arlequins!
Oui, danse, danse encor, peuple de mannequins;

Du carreau que tu perds à la dalle vacante
Emporte, à bonds légers, ta vineuse bacchante ;
Folâtre dans l'orbite ouverte à ces démons !....

Quand l'avalanche fuit de la crête des monts
Dans le ravin sonore où commence la plaine,
Quand le cratère fond de sa brûlante haleine
La neige de ces pics qui poignardent les airs,
Quand il la jette au roc où se brisent les mers,
Un long fracas émeut la nature vivante.....
Le rivage est saisi d'un frisson d'épouvante ;
Puis le calme revient dès que l'écho s'endort,
Et le flot apaisé moutonne dans le port.....
Mais ici, l'ouragan d'une sentine impure,
Fort de l'impunité, fait craquer sa ceinture :
Il s'étend, s'agrandit comme un ogre puissant
Qui tarit une veine et s'altère de sang ;
Le flot déjà passé traîne le flot qui passe.
Pour interdire aux lois l'accès du sale espace
Où se vautre un essaim de criminels élus,
La foule s'enchevêtre et forme le talus.
Quatre-vingts *dominos*, connus des Tuileries,
Tapissent à minuit les hautes galeries,
Et boivent le parfum de ces lubricités !
Ma tête a retenu des noms qu'on m'a cités,
Plus qu'il n'en faut ici pour timbrer trente fronts ;
Mais je les vois déjà si maculés d'affronts,

Qu'à peine il reste place à l'infamante empreinte.

Votre âme se trahit dès que cesse la crainte,

Hypocrites *Vertus* de mon noble faubourg!

La pudeur d'étiquette aux bals du Luxembourg,

Est-elle un fard qui tombe en franchissant la Seine?....

— Toi, Baronne aux longs yeux, toi qu'une valse obscène

A produite au grand jour, toi si riche d'attraits

Que Laïs elle-même eût envié tes traits,

Reviens, reviens demain, avec ta blonde fille,

Et ruez-vous ensemble à l'infâme quadrille!

Sous le costume étroit que nous te connaissons,

Tu peux à tout Paris prodiguer tes leçons.....

Oui, marâtre! Mais, va! cette ivresse éphémère

T'interdit pour toujours le nom sacré de mère!

Tu n'es plus qu'un beau masque ébréché par les ans,

Un sein creux que Dieu garde à des remords cuisants.

Le chevalier flétri qui t'étreignait tordue,

Comme les restes las d'une fille perdue,

Dans le secret du cœur blasphème ton amour :

Jeune vieillard, blasé dans les vices de cour,

Il ne poursuit en toi qu'un rêve, une pensée,

Fantôme évanoui de ta beauté passée!....

Danse bien aujourd'hui, c'est la mort qui, demain,

Doit nouer tes rubans de son osseuse main ;

Ton front, que chaque mois sillonne d'une ride,

Va bientôt s'affubler d'un masque plus livide

Que n'arracheront pas tes membres impotents.....

Femme, tu vas céder à l'outrage du Temps.

— Que d'opprobre on a vu dans l'exécrable ornière
Où Paris a souillé sa décade dernière!
Et, ce qui doit un jour effrayer nos neveux,
Ce qui sur notre front fait crisper les cheveux,
Le dirai-je?... La femme, angélique modèle,
Cette énigme sans mot que l'Univers épelle,
Est des fougueux enfants de la création
L'être qui sait le moins dompter sa passion!
Dans ce bouge suivez ces ombres délirantes;
Voyez-les sous la Bourse à l'agio des rentes,
Dans le crime, partout où de fougueux transports
Détraquent les esprits et torturent les corps;
Elles font en un jour dans leur course effrénée
Autant de pas qu'un autre en eût fait dans l'année.

Ce sylphe indéfini qui, drapé de satin,
Tourbillonne dans l'air et folâtre en lutin,
Confond dans ses excès l'oratoire et l'orgie.
Dès que d'un vin d'abus sa lèvre s'est rougie,
Elle vide à longs traits la coupe des écarts :
Les cris de la pudeur sont de faibles remparts
Pour défendre la tour une fois entamée.....
Intacte, elle peut seule affronter une armée;
Oui! mais vienne un boulet, révélant un défaut,
Ouvrir à l'assaillant une brèche d'assaut,
Adieu force et candeur : dès la première atteinte
Le triomphe est sublime ou l'auréole éteinte!

Mais quel est, dites-moi, l'*Océan* de plaisirs
Où Paris va tremper l'aile de ses désirs ?
Un vacarme de sons qu'on appelle harmonie ;
Un repaire d'intrus où jamais le génie
N'a pu trouver un coin qui suffise à l'asseoir ;
Un Charenton paré qui s'éveille le soir,
Grommelle des mots creux en attendant l'aurore,
S'évanouit à l'aube en grommelant encore,
Et, renversant ainsi le monde et les saisons,
Batit pour d'autres fous les Petites-Maisons.

Ah ! si le fleuve humain qui lèche ici les dalles
Ne laissait pas du moins son limon de scandales
Sur le sentier bourbeux où barbote l'ennui !
Si le vice jaloux de la vertu d'autrui
Ne glissait pas les grains d'une infâme semence
Dans les cœurs encor purs de l'ère qui commence !
Mais, non ; plus dangereux que si, la dague en main,
Il osait à minuit nous barrer le chemin,
Le Carnaval masqué de clinquant et de soie
Distille sur Paris le venin de sa joie !
Le perfide poison, source d'éternels pleurs,
Qui coule entre ses doigts du calice des fleurs,
Va s'infiltrer au sein d'une jeunesse avide !
D'un coup prématuré le Temps grave sa ride
A des fronts qu'a flétris le contact de ces jeux ;
Et le sang prête au sang de sacriléges feux !

Courage! ce levain, jeté dans la nature,

Ira de proche en proche à la race future!

C'est un germe de honte implanté dans les cœurs;

Il s'ouvrira les seins par des efforts vainqueurs,

Et les rendra bientôt féconds pour l'infamie!

De la corruption, fangeuse Académie,

Paris a dans ses murs installé trente cours,

Où nos fils vont trouver le gymnase des Cours!

Grâce au chiffre réduit de la taxe d'entrée,

Le peuple ira frôler la canaille titrée.

Le collége du crime aura pour Cicérons

Ces marquis frais éclos, ces comtes, ces barons

Qui furent les anneaux de l'infernale chaîne.....

Et Delessert tiendra le thyrse de l'arène.....

— Allez, femmes, courez à l'assaut du mépris;

On donne en Carnaval de la fange à tous prix!

Plongez dans ces tripots l'orgueil de vos familles,

L'honneur de votre nom, la vertu de vos filles.

Que craignez-vous? l'opprobre? Eh! vos masques discrets

A l'œil le plus perçant défigurent vos traits!

Le péché?... Mais le jeûne est un autre baptême,

Il va laver votre âme; attendez le Carême!....

Ecoutez! l'archet d'or module des accents!

Ils roulent vaporeux comme un parfum d'encens;

C'est la danse!.... Aujourd'hui la *Baronne* vaincue

N'entrera qu'après vous dans la ronde éperdue;

Quel triomphe!... Les yeux enchaînés à vos pas

Surprennent les contours de vos moindres appas :

La pudeur les voilait, la valse les escompte !
Quand l'œillade de feu que l'espérance compte
Jaillit de ce velours percé de trous jumeaux
Comme une double flamme à travers deux créneaux,
Elle darde d'un trait ou la mort ou l'ivresse !
Déjà vous répondez au doux nom de *maîtresse*.....
L'écho me l'a deux fois répété, mais tout bas !
Belle, valsez toujours, le duc ne l'entend pas.....
Vous chancelez... pourquoi? L'archet qui vous entraîne
Aurait-il éveillé des germes de migraine ?

Dans le rapide essor d'un quadrille charmant,
Souffre-t-on dans un bal, sur le sein d'un amant ?
Non, Duchesse ; valsez ! Le duc est en Champagne,
La cause des vapeurs le suit à la campagne.....
Courage ! ébattez-vous dans vos transports mondains,
Tout Paris enivré va vous battre des mains !

— Je n'ai point dans ce cadre aligné deux cents rimes
Pour énerver mes bras sur de feintes victimes ;
Les noms que j'ai voilés palpitent sous mon front,
Et je promets, sur Dieu, que le sceau de l'affront
Tombera dès demain sur leur face flétrie,
Si leur fierté rebelle à la voix qui les prie,
Revêt le masque noir qui naguère cachait
L'assassinat moral à cinq francs le cachet.

J.-F. Destigny.

Paris, 24 février 1838.

PARIS. — DECOURCHANT, IMPRIMEUR, RUE D'ERFURTH, 1.

LE VAGABOND.

—

—

Sur les dalles d'un âtre éteint par la misère,
A deux pieds du grabat où va mourir sa mère,
Un enfant, à genoux, verse des pleurs de sang!...
Il demande à la Mort de le prendre en passant!
Et, quand un souffle eût pu flétrir ce roseau tendre,
La Mort le lui refuse, ou passe sans l'entendre.
Le ver du désespoir, éclos avec la fleur,
Doit de ce fruit humain, formé pour le malheur,
Durant trente ans encor labourer la chair vive!...
Sa mère, déjà morte, aborde enfin la rive
Où l'on peut secouer, avec l'eau du torrent,
Les soucis d'un trajet qu'on ne fait qu'en pleurant,
Tandis que de ce port que sa douleur envie,
L'orphelin tombe au flot qu'on appelle la vie!

Né du Peuple, la Faim, de son livide sceau,
Timbra son pâle front au sortir du berceau :
Dès que le sein tari d'un squelette de mère
Dénia son tribut à cet être éphémère,
Il dut courber sa tête à d'orageux autans,
Et suivre son destin dans le sillon du Temps.
Ses heures à venir sont déjà condamnées!....
Aujourd'hui que l'airain, qui tinte les années,
Sur le front du maudit a vibré douze fois;
Que son appui tombé va centupler le poids
Du lourd fardeau de vivre en traînant l'infortune ;
Aujourd'hui qu'au son creux de sa plainte importune
Nulle âme ne s'émeut, nul écho ne répond,
Notre loi le flétrit d'un seul mot : Vagabond!
Dès lors, jusqu'à vingt ans (s'il arrive à cet âge),
Il subit le licou d'un indigne esclavage ;
L'hypocrite pitié qui lui tendit la main
S'engraisse des labeurs de l'automate humain.
Esclave d'un patron, forçat de l'opulence,
Il traîne à ses deux pieds les fers de l'indigence ;
Et l'invisible éclair, jailli du sein de Dieu,
Ce magique rayon, cet archange de feu,
Qui seul meut et préserve un corps fait de poussière,
Eteint dans ce maillot les jets de sa lumière.
Son esprit, qui s'énerve à des luttes sans fin,
S'amortit sous un front que rétrécit la faim ;
Et le doigt du malheur écrase avant le terme
Ce simulacre d'homme étouffé dans le germe.

Qu'il atteigne l'époque où le chef de l'Etat
Met sa griffe dans l'urne et retire un soldat,
La même loi qu'on vit naguère le proscrire,
Pour cet impôt de sang ne craint pas de l'inscrire.
Lui, qui n'a pas reçu l'héritage d'un nom,
Devient, de par le sort, une chair à canon.
Ce gibier qu'anoblit l'heure de la battue,
S'il n'a le droit de vivre, a le droit qu'on le tue.
Son cadavre est de ceux dont on jonche les camps;
C'est la fascine propre à combler les volcans
Dont la Royauté craint l'éruption soudaine.....
Mais du drapeau qu'il sert il n'a pris que la chaîne;
Mille palmes ont pu reverdir sous ses pas,
Et la gloire est à qui le conduit au trépas!
Quand la guerre l'admet à ses luttes brutales,
Tout vagabond est grand à l'équerre des balles;
Tant que le canon chaud tousse des mots d'airain,
Nul code ne lui vient marchander le terrain;
Mais qu'au sommet des tours le tocsin se rendorme,
Revienne un jour de paix détrôner l'uniforme,
Le damné qu'épargna l'ouragan de boulets
Va retomber d'un bond dans la cour des valets.
Sa brillante auréole, à cette heure flétrie,
N'a pas même au vainqueur donné droit de patrie;
Et dès demain, la loi que son bras défendit,
Tracera, sans pudeur, au crâne du maudit
Cet anathème ardent d'un vivace phosphore :
LE VAGABOND D'HIER AUJOURD'HUI L'EST ENCORE.

Ses genoux ébréchés par un acier fatal,
Trop faibles pour Paris, trop forts pour l'hôpital,
Se dérobent au poids du soldat invalide!...
Au *sou* de la pitié, son unique subside,
Si, tremblant, il hasarde une furtive main,
L'œil d'un Argus surprend notre aumône en chemin...
Si la Faim, quand le soir vient clore la paupière,
Endort des fronts meurtris sur des chevets de pierre,
La Ronde, à petits pas, étend ses noirs réseaux,
Et pipe dans la nuit ces sinistres oiseaux.
Du vagabond traqué la pauvreté craintive
Entend partout le cri d'un éternel *qui vive*,
Et, des yeux de l'effroi, sa crédule raison
Voit l'ombre lui grincer des barreaux de prison.

Voilà le cercle horrible où l'être sans demeure
Attend qu'il plaise à Dieu de permettre qu'il meure.
Son pauvre sein cardé par des ongles de fer
Concentre ses tourments et cache son enfer
Sous le masque trompeur d'une allégresse feinte;
Mais ces traits amaigris, cette prunelle éteinte,
Accusent trop le ver qui lui ronge le cœur.
Que l'avare lui jette un sourire moqueur
En tourmentant des doigts son obole tardive;
Qu'à ses moindres soupirs la Police attentive,
Déchaîne contre lui ses perfides limiers;
Chacun doit à la Faim l'impôt de ses deniers.

— Le Malheur, sans abri, que ma Muse protége,
Ne se mêla jamais à l'infame cortége
A qui souvent le crime emprunte ses renforts :
Je n'ai point défendu ces vagabonds des ports
Que chaque nuit qui tombe ameute dans la ville,
Ces forçats dont le bras porte un stylet servile,
Ces tigres en haillons, hydrophobes errants,
Qui n'ont ni Dieu, ni frein, ni pays, ni parents.....
Mais des hommes brisés sur le seuil de la vie,
Des hommes dont la tête à la glèbe asservie
Garde le désespoir du baptême au cercueil;
Ceux dont l'étroit esquif déchiré par l'écueil
Saute de vague en vague à la merci des ondes!....
— Leur front, déjà haché de cent rides profondes,
Est un feuillet de chair où l'ongle du Destin
Grave de leurs malheurs le vivant bulletin :
'est la page de deuil où l'on apprend l'histoire.
— Quand, fulminant contre eux son vain réquisitoire,
Votre Code les jette au fond d'une prison,
L'arrêt qui les condamne est une trahison.
Oui, puissants, votre orgueil, las de tant de misères,
Par un froid égoïsme emprisonne nos frères!
L'infortune du Peuple avait droit aux égards,
Mais dès que son aspect a blessé vos regards,
Séquestrez ces lépreux dans l'oubli d'une tombe ;
Allez! ne craignez pas que leur santé succombe ;
Epargnez-vous l'ennui de les prendre en détail ;
On parque la canaille ainsi que le bétail.

Le noble Vagabond qu'une insconstante roue
Ballotte si souvent de la poupe à la proue,
Qui n'a de fonds placés qu'aux tables de brelan,
Et s'endort sans dîner plus de trente fois l'an,
Peut passer sous la loi sans y heurter sa tête;
Jamais sur lui Thémis n'a grondé de requête.
Cuirassé d'un grand nom, il peut tout affronter,
Et son rang est un droit qu'on le voit escompter.

Ce Vagabond n'a rien, mais la nature humaine
Est à peine un quartier de son vaste domaine;
Libre dans ses désirs, docile à ses transports,
Sa noblesse est la clef de tous les coffres-forts.
Mais le pauvre, accablé du poids de l'existence,
Déplore de ses maux l'éternelle constance;
Il végète, il se traîne, il mesure ses pas
Pour déjouer l'agent qui ne le cherche pas.
Talonné par la crainte et moulu de faiblesse,
Il tourne dans son cœur cet effroi qui le blesse;
Sa poitrine de feu râle un souffle brûlant,
Que dirai-je? sa voix l'épouvante en parlant!
La nuit vient attiser l'incessante torture
De ce Caïn qui doit errer à l'aventure;
Chaque ombre que projette un tronc d'arbre, un poteau,
Le bruit que fait la Seine en léchant un bateau,
La lanterne qui tremble à sa chaîne mouvante,
En un mot, tout ici le glace d'épouvante.

—Il souffre, mais du moins il a sa liberté !
Quand il songe à ce bien, reprenant la fierté
Dont le rayon de feu dilate ses prunelles,
Son sein se rajeunit pour des douleurs nouvelles ;
Et votre loi d'airain lui ravit ce trésor !
Voulez-vous le sauver ? — De ces parcelles d'or
Qui tombent chaque soir de vos tables d'orgie,
Des restes de ces bals dont la folle magie
Ne peut chasser l'ennui de vos nobles salons,
Enflez un tronc d'épargne ; exploitez les filons
Dont le cours du Progrès enrichit l'Industrie ;
Sauvez, par le travail, ces fils de la patrie
Que mord depuis trente ans la rouille du repos.
Gardez, gardez pour vous le grenier des impôts,
Cet immense projet n'en veut pas les centimes.

Et vous que le Destin a choisis pour victimes,
Intègres Vagabonds, frères infortunés !
Sortez de ce marasme où vos pères sont nés ;
Jetez le drap de plomb qu'on étendit sur eux,
Brisez tout cercle étroit sous vos poings chaleureux.
Mais, dociles aux freins qui régissent nos têtes,
Écrasez sous vos fronts le germe des tempêtes.
La grande ère qui s'ouvre a des hommes ardents,
Mais quand la lime est dure on s'y brise les dents.
Suivez le filet d'eau qui dans le marbre fouille ;
Laissez le fer tranchant s'ébrécher sous la rouille !

Les Vagabonds sortis de l'écume des cours,
Lépreux invétérés qui, dans nos carrefours,
Affichent le cynisme et prêchent le scandale,
Cet opprobre incarné de toute capitale,
Ces ducs de bas étage et ces bâtards titrés
Qui, dans l'égout fangeux, se plongent par degrés,
Ne sont plus désormais que des frères perdus.
Quand le cri de l'archet les roule confondus
Dans les fougueux ébats d'une valse effrénée ;
Quand l'immonde *chahut* vient clore la journée,
Les Satyres de cour, frénétiques danseurs,
Flétrissent du regard nos filles et nos sœurs ;
Leur haleine fait tache à la pudeur des femmes ;
Quand ils se sont vautrés dans leurs gestes infâmes,
La rougeur de leur honte embrase tous les fronts.
La foudre est moins brûlante et les éclairs moins prompts
Que l'opprobre de feu qui jaillit à la face.....
Mais à d'autres à peine ont-ils cédé la place,
Que la foule poursuit d'impudiques bravos
Ces faunes dont le nom salirait les échos.
— Les hideux vagabonds, dont la Cité fourmille,
Ces larves sans aveu, sans nom et sans famille,
Ont l'ivresse moins sale, au sortir d'un festin,
Que les nobles barons du grand Quartier d'Antin.

J.-F. Destigny.

Paris, 3 mars 1838.

PARIS. — DECOURCHANT, IMPRIMEUR, RUE D'ERFURTH, 1.

LE SUICIDE.

XI⁰ SATIRE.

Dieu créateur, pardonne à leur démence.
Ils s'étaient faits les échos de leurs sons,
Ne sachant pas qu'en une chaîne immense,
Non pour nous seuls, mais pour tous, nous naissons.

BÉRANGER.

Quand l'Univers, tombé des mains de l'Éternel,
Équilibrant le cours de la terre et des ondes,
Eut engrené son globe au chapelet des mondes,
L'Humanité se fit un code solennel.....
A sa loi chaque tête en naissant asservie,
Reçoit le prêt d'une âme et se doit à l'amour,
Jusqu'à ce que son Dieu lui redemande un jour
Compte du dépôt de la vie.

Quel être peut sans crainte effiler en passant
Une trame de jours que la Nature afferme ?
Possesseurs incertains, sans contrat et sans terme,
Nous n'avons droit ici qu'à l'usufruit du sang.
Le fief de l'existence est un bien éphémère
Qui ne mérite, hélas! ni désespoir ni vœux ;
Mais c'est un legs transmis que doit à ses neveux
      Quiconque le tient d'une mère.

L'homme le plus chétif à l'assemblage humain
Peut, à son propre insu, tenir lieu de cheville ;
Chaque membre mortel est au corps de famille
Ce qu'est une phalange aux doigts de notre main.
Il n'est, dans le gazon qui tapisse le globe,
Un brin d'herbe inutile aux suprêmes décrets ;
Et la Sagesse prend ses instruments secrets
      Dans les moindres plis de sa robe.

Au maître dont la voix féconda le néant,
Nous seuls ne craignons pas de nous montrer rebelles,
Et notre chaîne perd ses mailles les plus belles
Dans le sillon poudreux d'un siècle fainéant.
Le SUICIDE partout abat ses hécatombes ;
Il court en corbillard escorté de frayeur,
Et, chaque nuit, revient au lit du fossoyeur
      Savoir s'il lui reste des tombes !

Il fauche, à pleins guérets, ses sanglantes moissons !
Là-bas, c'est la vapeur qui couche ses recrues ;...
Ici, des crânes chauds bondissent dans les rues ;...
La Seine voit flotter des morts sous ses glaçons !
Le plomb et le poignard, le poison et la corde,
Ont, en deux mois d'hiver, peuplé trente tombeaux,
Et la hideuse Morgue encombre de lambeaux
    Ses planches de miséricorde !

Le fléau se propage, et son sinistre vol
Galvanise des fronts abîmés dans le doute :
L'un veut à dix-neuf ans interroger la route
Par où l'esprit s'enfuit sans laisser d'ombre au sol ;
L'autre, dont la raison trop longtemps endormie
Se réveille en sursaut aux cris du désespoir,
Etouffe ses remords dans l'oubli du devoir,
    Et joint le crime à l'infamie.

Là, c'est un rêve d'or, feu follet de l'orgueil
Qui scintille un instant dans le vague des nues ;
Un songe couronné que des mains inconnues
Enfermeront ce soir dans les flancs d'un cercueil.
Mais à ce cœur enflé que l'ambition tue,
L'éclat d'un tel trépas doit rendre le crédit ;
Il obtient un tombeau de ce marbre maudit
    Dont il voulait une statue.

Ici, deux jeunes fronts ridés par le chagrin,
Et trop las du fardeau de leur vingtième année,
Dès l'aube du printemps ont coupé leur journée ;
La Mort les couche froids dans le même terrain !
Quel doigt de plomb a pu clore ainsi leur paupière ?
Quel barbare destin les frappa de ses coups ?
— L'Amour ! — Ils ont voulu laisser leurs noms d'époux
    Gravés sur ce contrat de pierre.

Là-bas, c'est un proscrit !... Le fer ensanglanté,
Qu'il replonge deux fois dans sa large poitrine,
Pouvait seul affranchir du joug de la Doctrine
Ce martyr de la Faim et de la Liberté !
L'égoïsme des Cours ordonne bas qu'il meure ;
Laissez partir en paix son généreux soupir,
Sa main n'a pas, mon Dieu, cédant à son désir,
    Avancé son trépas d'une heure.

Le crime qui l'étend sur la couche des morts
Fût-il jamais éclos dans sa vaste pensée,
S'il n'eût jeté les yeux sur sa gloire passée
Dont la rouille a mordu jusqu'aux derniers ressorts ?
Allez ! s'il vient d'éteindre un reste de sa vie,
C'est qu'il n'espérait plus que ce flambeau demain
Pût retrouver pour lui l'introuvable chemin
    Qui, d'ici, mène à Varsovie !

Que des nains inconnus de la France et de nous,
Aiglons étiolés dans l'œuf du privilége,
Qui jamais n'ont franchi l'enceinte du collége
Dont ils gardent encor la poussière aux genoux,
Brisent de désespoir leur tête à peine éclose!
N'est-ce pas, dites-moi, quatorze fois pitié?
Si leur corps peut du siècle arpenter la moitié,
    Dieu lui devra l'apothéose!

Le poids de leurs vingt ans courbe déjà ces fronts
Que n'a jamais ternis le soupçon d'une ride,
Et ces marmots blasés, à la poitrine aride,
Demandent que sur eux les jours passent plus prompts!
Leur cerveau bout déjà sans le feu de la fièvre
Qu'attise, brin à brin, l'incessante douleur;
Ils brisent, de leurs doigts, la coupe du malheur
    Avant qu'elle ait touché leur lèvre!

Qu'ils nous signalent donc les maux qu'ils ont soufferts,
Ces précoces vieillards fatigués de la vie!
Quand à d'éternels jeux leur âge les convie,
Le noir Souci jamais n'y vient traîner ses fers.
La disette et la faim sont pour eux sans détresse;
Ils boivent à longs traits le fleuve de leurs jours,
Et cette onde limpide alimente son cours
    De tous les trésors de l'ivresse.

Le Suicide n'a rien du sublime transport
Que l'on voit mépriser la douleur et la plainte ;
Plus vain qu'un sot orgueil, plus lâche que la crainte,
Il cherche son repos dans les bras de la Mort.
C'est un acte de fou ; dans l'accès du délire,
Le malade, effrayé de longs tiraillements,
Pour voir dans son trépas la fin de ses tourments,
      Se fait bourreau de son martyre.

Voyez le dieu des camps, précipité des cieux,
Sur un roc qui n'a pas assez d'air pour l'haleine !
A-t-il, dans l'Océan où flotte Sainte-Hélène,
Dit à son désespoir de lui fermer les yeux ?
Non : le plus grand Vaincu, debout sur sa falaise,
Attendit là sept ans, l'œil fixé sur la mer,
Qu'il eût bien, goutte à goutte, avalé le cancer
      Préparé dans la coupe anglaise !

Ce colosse de gloire étreint dans sa prison,
Sublime par l'essor de ses vastes idées,
Sous le poids de ses fers grandit de cent coudées !
L'Homme touchait au Christ en buvant le poison !
Et sa cendre qu'on veut à la place Vendôme,
Sous l'autel affublé de sa nappe d'airain,
Est plus grande là-bas sous le tertre marin
      Qui prend toujours le ciel pour dôme.

Le courage profond s'endurcit aux revers,
Et garrotte à son char l'inconstante Fortune :
Impassible au tocsin d'une crainte importune,
Il affronte la mort et nargue l'Univers ;
Mais son front ne va point provoquer la tempête ;
Il attend, de sang-froid, ses foudroyants éclats,
Et sait garder, des traits que lancent les combats,
    Son cœur, son bras droit et sa tête.

L'âme qui sait porter le fardeau du malheur
Est plus ferme au péril, plus fortement trempée,
Que le Suicide, armé d'une pointe d'épée,
Prompt à tirer du sang pour noyer sa douleur.
Mais le fanfaron cède à des paniques vaines,
Et si l'adversité vient à gronder plus fort,
Il demande au charbon, dans un dernier effort,
    D'engourdir l'effroi dans ses veines.

Est-ce là du courage ?... A-t-on jamais appris
Qu'un seul homme de cœur, providence incarnée,
Qu'on vit ravir aux flots dix frères par année,
Ait de son désespoir épouvanté Paris ?
Le Suicide, impuissant pour dégrader ces âmes,
Ne saurait ébrécher l'acier de leurs cerveaux ;
La rouille du destin lèche en vain les fourreaux,
    Sans mordre à la trempe des lames.

Il n'est homme ici-bas qui ne doive en tribut
Le maillon de son corps à notre immense chaîne;
L'impôt de l'existence est pour la race humaine
Le gage renaissant d'un éternel salut.
Mais quand le désespoir étend sa griffe ardente
Aux seins que la misère a creusés jusqu'aux os,
Riches, la Faim a droit de chercher le repos
    Sur la paille de votre tente.

L'obole fraternelle est trop lente en chemin ;
L'égoïsme engourdit la pitié qui la jette;
Allons ! heureux, payez; l'aumône est une dette
Que la misère gagne à vous tendre la main.
Dans un corps détraqué l'existence est fragile ;
Et la charité doit abréger les douleurs.
Donnez ! il est si doux d'essuyer quelques pleurs :
    L'Humanité, c'est l'Evangile.

Mais quel doute retient à vos doigts parfumés
Le denier que déjà la détresse dévore ?...
L'attente de ce pain semble irriter encore
Sous son front caverneux de grands yeux affamés... .
Voyez battre ce pouls que la fureur agite,
Ce poing osseux trahir tous ses nerfs palpitants!
Oh! par pitié, donnez, riches, il en est temps,
    Le bras du désespoir va vite!!!

J.-F. Destigny.

Paris, 10 mars 1838.

PARIS. — DECOURCHANT, IMPRIMEUR, RUE D'ERFURTH, 1.

MOSAÏQUE.

XIIe SATIRE.

Le Télégraphe.

Dès qu'aux cieux empourprés des teintes de l'Aurore
Monte l'astre de feu que l'œil croit voir éclore,
Comme un vaste incendie, à l'extrême horizon;
Quand l'humide brouillard, pompé par le gazon,
Sentant le jour trouer l'étoffe de sa robe,
Désaltère, en tombant, l'épiderme du Globe;
L'automate des rois, ce gigantesque archer
Qui semble épier l'heure au cadran du clocher,
Le TÉLÉGRAPHE alors tressaille et se réveille
Pour achever le mot qu'il entama la veille.
De ses bras torturés l'alphabet infernal
Devance à vol d'oiseau la poste et le journal,
Tandis que l'œil perçant de l'obscure vigie
Observe de sa tour la France en léthargie.

Si le mime de bois, aux membres éloquents,
Qui laboure les airs de ses gestes fréquents,
N'avait jamais transmis à l'interprète avide
Ces criminels arrêts qu'enfante un cerveau vide ;
S'il n'avait enrichi la frauduleuse main
Qui, tenant ses cordons, intercepte en chemin
L'événement secret qu'on escompte à la Bourse ;
S'il n'était en tous lieux le canal et la source
De ce torrent d'abus qui dégradent les cours,
Némésis n'irait pas heurter de ses discours
Un écueil dangereux que le flot couvre à peine :
Mais le vice est partout du ressort de ma haine ;
Et dût mon vers tinter sous le toit du Château,
Je vais clouer, sans peur, l'étiquette au poteau.

Le Télégraphe, assis sur le dos de nos villes,
Surveille l'Océan des discordes civiles ;
Quand l'Emeute à ses pieds s'amoncelle en grondant,
Que l'étoile d'Henri veut poindre à l'occident,
Il convoque d'en haut un essaim tutélaire,
A l'amour des préfets dicte un cri de colère,
Dans le désert des cieux se tord avec effroi,
Plus souple qu'un vieux page en présence du roi ;
Répète, sans écho, sa charade incomprise,
Joint l'effort de ses bras contre un nain qu'il méprise
Et prêche, de ses toits, aux partis mécréants,
Le bonheur que promet l'ère des d'Orléans.

Mais qu'un reflux subit arrive, emporte et roule
Un seul pan détaché du trône qui s'écroule,
Ce royal instrument, chantre d'un autre nom,
Va dire à l'Univers ce que dit le canon :
« Heureux Peuple, à genoux! Dieu remplace ton maître!»
Patrimoine certain des royautés à naître,
Ce type du *vrai* sage, aux caprices des ans,
Demande quelle idole a droit à ses présents.
Esclave de qui brille, infidèle à qui tombe,
On le voit renier le malheur et la tombe!

Là-bas, un spectre gris à l'horizon lointain,
Allonge ses deux bras sur un dôme d'étain,
Comme un double gibet au front de la montagne.
Voyez-le s'agiter en regardant l'Espagne!
Que dit-il à celui qui, les membres pendants,
Semble absorber le feu de ses transports ardents?
Ces orateurs, que Dieu rafraîchit de sa pluie,
Tendent-ils leurs grands corps au vent qui les essuie?
Je ne sais : mais le doigt qui meut ces deux pantins
Mesure à leur compas de sinistres destins.
Ces syllabes de bois que tord un vain délire,
Montrent d'étranges mots à l'œil qui les sait lire.
Quand la foule béante est là, le cou tendu,
Qui poursuit dans les airs un geste inattendu,
L'oracle ténébreux étend sa double griffe
Et déroute l'esprit las de son logogriphe.

Le Télégraphe, mu par un puissant ressort,
A trop souvent prêté des ailes à la mort.
On a vu dans les jours de funestes tempêtes
La double faux de bois abattre bien des têtes ;
L'innocent redouté, le criminel absous
Ont roulé pêle-mêle, ébréchés de ses coups ;
Et Paris voit encor sa judaïque échelle
Teinte du noble sang des fils de La Rochelle !

Si jamais l'agio d'un avide patron
S'est fait du Télégraphe un magique plastron
Pour garder ses trésors du reflux de la rente,
Combien n'a-t-il pas dû dans sa faim dévorante
Dérober de lingots au commerce indigent !
Le maudit coffre-fort engloutissait l'argent
Que suait par deniers le bras de l'industrie ;
Et ces frelons, gorgés du sang de la patrie,
Viendront impunément se proclamer *Sauveurs !*
L'instrument de fortune a noyé de faveurs
Jusqu'aux derniers cousins de l'infernale bande,
Et toujours leur main quête et leur voix vous demande !
C'est un chancre affamé dont l'éternelle dent
S'affermit par le choc et s'aiguise en mordant.
Jamais le feu cruel d'un appétit vorace
N'a laissé le plaisir épanouir leur face ;
Ils portent dans le sein leur supplice vainqueur :
C'est la soif des écus qui dessèche le cœur.

L'automate assidu qui colporte en silence,
Aux deux bras inégaux de sa fausse balance,
Les mots sacramentels dont l'Office récent
A consacré le taux des *cinq* et *trois pour cent*,
Jette ainsi dans les airs, avant le crépuscule,
Les extrèmes qu'atteint l'inconstante bascule.
Quand Paris, étonné, poursuit de son regard
Les traits qu'un Télégraphe écrit avec son dard
Sur l'ardoise d'un ciel où l'ombre monte épaisse,
A-t-il jamais compris que l'œil transmit la baisse
Jusqu'aux bords reculés de notre continent?
La védette qui garde un poste permanent
A la crête des tours où nos mains l'ont placée,
Gesticule des cris et trace une pensée!
Admirable chef-d'œuvre!.. Un jour le genre humain,
Quand tous les intérêts se tiendront par la main,
Prendra pour ses rapports de l'un à l'autre pôle,
Les dômes ardoisés de chaque métropole;
Et quand un prompt signal, jeté de la hauteur,
Aura glissé rapide aux flancs de l'Equateur,
Le monde agitera son Océan de têtes,
Fera mugir le feu comme un bruit de tempêtes
Dans le centre embrasé de ses fourneaux d'Enfer,
Et viendra d'un seul bond par ses routes de fer!

L'ARC DE TRIOMPHE.

Qu'il est beau ce colosse, évangile de pierre
Où la serre de l'aigle a gravé tant de noms!...
Place Vendôme, hélas! pourquoi dresser, si fière,
Ton socle de granit habillé de canons?
C'est un autel sans Dieu ce vide mausolée....
Ta colonne n'est plus qu'un tronçon de géant :
De l'Empire en *trois mots* c'est l'histoire coulée,
     AMBITION, — GLOIRE, — NÉANT !

Ici du Peuple-Roi c'est l'œuvre impérissable
Dont le front constellé de titres glorieux
Coûta plus d'un héros pour chaque grain de sable.....
C'est l'anneau conjugal de la France et des cieux !
Royautés, à vous l'or, la cour, sa valetaille....
A toi l'Europe, Empire!... Et l'immortalité
A qui de vos débris fit ce trône à sa taille;
     A la France l'Éternite!

Les sublimes arceaux de ton vaste portique
Furent jusqu'au sommet par ta sagesse ouverts,
Car peuple, tu voulus qu'un jour ta République
Pût y porter debout tes lauriers toujours verts.
Ton noble front, qui touche au berceau des tempêtes,
S'y dressera sans crainte aux soupirs du canon,
Et tant que ce bandeau ceindra tes milles têtes,
     Le monde aura peur de ton nom !!!

i i i

UNE LARME.

i i i

Entendez-vous? c'est la France qui pleure!
Partout des cris... de lugubres accents!
Au mort étreint dans sa froide demeure,
Toute l'Europe a brûlé de l'encens.
Oh! ce n'est plus la vaine idolâtrie
Qui, près d'un roi, va traîner un faux deuil.....
C'est pour la gloire un culte de patrie,
C'est l'Univers penché sur un cercueil!!!

Dix-sept hivers ont glacé la poussière
De ce Géant qui détrôna vingt rois!
Là-bas, sa pourpre est une lourde pierre,
Son trône un roc et son sceptre une croix!...
Astre de gloire, il s'est plongé dans l'onde
Comme un soleil, toujours brillant et pur!
Mais viendra-t-il, au front pâle du monde,
Rendre demain ses flots d'or et d'azur!....

Non; tout est mort! Déchiré par la foudre,
L'aigle est tombé sur un frêle berceau.....
Un seul cancer a jeté, froide poudre,
Deux immortels dans un même tombeau!!!

Que la victoire a pleuré son veuvage!....
Le phare éteint ne guide plus ses pas.
Depuis vingt ans elle attend au rivage
Ce dieu des camps qui ne reviendra pas!....

Approchez, vous, ses vieux compagnons d'armes,
Derniers débris échappés au canon ;
C'est trop longtemps emprisonner vos larmes,
Pleurez, pleurez votre Napoléon !
De ses bourreaux l'alliance pygmée
Oserait-elle étouffer vos sanglots?....
Non, non ; respect aux membres d'une armée
Dont le chef dort inhumé dans les flots!

Vous qui, vingt ans, dans vos plaintes amères,
Avez maudit le soldat couronné,
Pleurez aussi, vieillards, veuves et mères,
L'Homme n'est plus!.... Vous avez pardonné.
Vos fils sont morts instruments de sa gloire ;
Mais à leurs cris, vos cris ont répondu!....
Ils ont trouvé leur tombeau sur la Loire,
Mais lui n'a pas celui qu'il s'est fondu!....

                                    J.-F. Destigny.

Paris, 17 mars 1838.

PARIS. — DECOURCHANT, IMPRIMEUR, RUE D'ERFURTH, 1.

LES RENÉGATS.

XIII· SATIRE.

L'homme absurde est celui qui ne change jamais.
BARTHÉLEMY (*Justification*).

Dès que le feu sacré qu'on nomme intelligence,
A de l'argile humaine enrichi l'indigence,
Que l'homme, désertant sa première saison,
A passé de l'enfance à l'âge de raison,
Une secrète voix tinte dans sa poitrine,
Et dit : « Mortel, choisis ton culte et ta doctrine. »
C'est le suprême instant où le Grand-Ouvrier
Laisse à l'Œuvre le choix de l'autél où prier,
L'instant où, libre encor d'un prestige illusoire,
L'opinion s'épure au creuset de l'Histoire ;
Mais, quand dans ce chaos l'esprit s'est prononcé
Pour le drapeau futur ou l'étendard passé,
Quand notre âme a d'un rite habillé sa prière,
C'est un contrat admis pour l'existence entière.

13

— Et pourtant, dans le cours de ce siècle maudit,
Où l'honneur et la foi sont frappés d'interdit,
Il est des renégats, de vils Iscariotes,
Que l'on a vus quinze ans masqués en patriotes,
Allumer dans le sein des peuples éperdus
Des transports que bientôt les monstres ont vendus !
Ces Judas de la France, ardents à la curée,
De tout calme vivace accusent la durée,
Car la nuit qui s'étend sur un ciel orageux
Est riche de mystère et propice à leurs jeux.
Ils glanent les débris du colosse qui tombe ;
Ils prélèvent partout leur part de l'hécatombe
Que le peuple vaincu doit au Néron vainqueur,
Et, de leurs vœux blottis dans les rides du cœur,
Exploitent, sans danger, l'infaillible prudence.
Ils ont de la Fortune adopté l'inconstance :
Automates du gain, esclaves du désir,
Leur loi n'a que deux mots : l'ARGENT et le PLAISIR.
Mais ils traînent aux pieds une éternelle chaîne :
Le parti déserté les poursuit de sa haine,
Et le drapeau sali de leur perfide amour
Prête à regret son ombre à ces soldats d'un jour.
Interrogez surtout les annales antiques,
Vous connaîtrez le sort des Caïns politiques ;
Proscrits de leurs cités, errants dans l'Univers,
Flétris par le mépris, moulus par les revers,
Ils succombaient enfin, et, malgré la nature,
L'homme leur marchandait le droit de sépulture !

— Dans l'intérêt d'une heure, enfant audacieux,
Le renégat est prêt à trafiquer des cieux.
Le Dieu qui l'a pétri d'un limon éphémère
Doit compte à son orgueil de toute sa misère;
Et la folle raison de l'insecte mortel
Ose à son créateur disputer un autel !
Qu'il se roule aujourd'hui sur la poudreuse dalle,
On le verra demain promener le scandale
Dans tous les carrefours de la cité du bruit.
Cette foi qu'il affecte est une fleur sans fruit
Qui tombe dès qu'un souffle en balance la tige:
Entre vice et vertu le renégat transige.
S'il n'a point, dans l'accès d'un criminel transport,
En reniant le ciel, tranché de l'esprit fort,
La charité s'éteint dans sa poitrine vide.
Ces dehors dont s'affuble un égoïsme avide
Sont pour l'œil pénétrant d'hypocrites lambeaux
Et des lis effeuillés sur le front des tombeaux.
— Ici, le point abstrait qu'environne le doute
Peut justifier l'homme égaré dans sa route;
Le Dieu que notre esprit se dessine à tâtons
Ne saurait être aux cieux tel que nous le chantons:
Emané de lui seul, incompris dans son être,
Sa justice pardonne à qui le veut connaître.
Eh bien ! le renégat, perdu dans ce chemin,
Où jamais sa raison ne lui tendra la main,
Est, quand sa foi chancelle, un aveugle excusable.....
Quel est le droit sentier dans ce désert de sable?

— Mais toi! toi qui d'un mot ébranlais l'Univers,

Poëte, hélas! tombé du pinacle des vers

Dans le ruisseau fangeux où l'apostat se vautre!

Dis-moi, Maître, dis-moi, qu'est devenu l'apôtre

Qui naguère prêchait nos sublimes Trois-Jours?...

Ces flots d'alexandrins, l'épouvante des cours,

Ces distiques nerveux, si chargés de colère,

Qu'apportait le Dimanche à l'écho populaire;

Ces iambes d'acier, ces rimes de tocsin

Qui des nobles forçats ont déchiré le sein,

Qu'en as-tu fait?...Réponds...Toi qui mis tout en poudre,

Jupiter détrôné, qu'as-tu fait de ta foudre?

Ta Muse qui flétrit la feuille des *Débats,*

Dans l'antre industriel vient de tomber plus bas!...

Eh quoi! lorsque tes chants fidèles à la Gloire

Ont suivi nos drapeaux de l'Egypte à la Loire;

Que ton vers a rayé de stigmates marquants

Le crâne cauteleux de l'apostat des camps;

Lorsque le peuple-roi t'a sacré sur son trône,

Tu dégrades ton nom, fils des Bouches-du-Rhône;

Tu plantes des lauriers depuis longtemps flétris,

Sur un sol où l'Intrigue affronte le mépris;

Non content de traîner les fers du Dix-Octobre,

Tu sautes à pieds joints dans l'égout de l'opprobre!

Ton vol abâtardi sous la main du Pouvoir

A fait de toi, grand aigle, un oiseau d'abreuvoir;

Les cieux te sont fermés!... Va, cours, dans ta détresse,

Du Carybde des rois au Scylla de la *Presse!*

Tu n'as pas seul vendu, lors des sinistres jours,
Au poids de l'or royal, ta plume et tes discours;
D'autres noms, moins vantés et plus brillants peut-être,
Se sont, hélas! ternis sous le feu du salpêtre;
Mais, va! je suis des yeux l'empreinte de vos pas.
Quand tu planais si haut, moi, chétif ici-bas,
Je tremblais dans le nid au seul bruit de ton aile;
Mais d'une flèche d'or l'atteinte criminelle,
En te précipitant, a guéri mon erreur :
Aujourd'hui la pitié succède à la terreur.

Que de noms prosternés dans l'humide poussière!
Que de chars orgueilleux enfoncés dans l'ornière,
Et déjà vermoulus dans un indigne oubli!
Que de flambeaux éteints! que de fer amolli
Depuis l'astre éclipsé de la grande décade!
Le magique torrent, à la triple cascade,
A lui-même oublié le pouvoir de ses flots!
Des mousses de la veille, aujourd'hui matelots,
Dilacèrent les flancs de sa forte carène,
Et jonchent d'os rongés la glorieuse arène
Où le peuple, jaloux de ressaisir ses droits,
Imprima son talon sur trois têtes de rois.
Maintenant, renégats de la chaude semaine,
Ils ont de notre gloire étranglé le domaine.....
Et sur des seins français concentrant leur courroux,
Ils n'ont usé du fer qu'à forger des verrous.

Est-il, après sept ans d'une lutte acharnée,
Resté deux fleurons purs dans la ville damnée,
Deux vierges étendards que rien n'ait pu changer?...
L'Europe nous répond : LAFFITTE et BÉRANGER !
L'un, ministre, a passé dans l'or jusqu'à l'aisselle,
Sans poser un seul doigt sur la moindre parcelle ;
Et l'intègre poëte, au château *ne voulut*
Que reprendre en sortant ses sabots et son luth !

Demi-dieux que jamais n'ont courbés les tempêtes,
Que n'ai-je des lauriers à tresser pour vos têtes!...
Eh! mon bras peut à peine atteindre au piédestal
Que la France vous doit pour socle triomphal!
Vous seuls nous consolez, malheureux que nous sommes,
De la perversité qui gangrène les hommes.
— Devant ces nobles fronts trop longtemps méconnus,
Toi qui les as tous deux portés sur tes bras nus,
Grand Peuple, incline-toi!... Si jamais sacrilége
Lançait à tes pavés le gant du privilége,
On les verrait encor sous le feu des canons
Prêter à ton courroux le cachet de leurs noms.
Peuple, enorgueillis-toi! ces sublimes modèles,
Que l'on vit en tout temps à ton culte fidèles,
N'ont pas été pétris de la fange des grands :
Leurs trésors de vertus ont grossi dans tes rangs !
Triomphe de leur gloire, et foule aux pieds l'Envie
Qui n'a craint de traîner sa bave sur leur vie !...

Les renégats dorés que l'esprit intrigant
A fait suivre autrefois l'absolutisme à Gand,
Tous ces liéges humains que fait flotter l'orage,
Ces courtisans gagés des trônes de tout âge,
Que tiraillent sans fin l'appétit et l'orgueil,
Ne sont que pour les rois un redoutable écueil;
Le Peuple les connaît : quand sa froide colère
Les souffre si longtemps ramer à sa galère,
Il sait qu'entre ses doigts, pour les broyer demain,
Il suffit d'une étreinte : il les tient dans sa main.
Gardez-vous, apostats, de croire à la faiblesse
De ce lion qui dort quand la fourmi le blesse;
Il épargne les jours de l'insecte imprudent,
Parce qu'il ne vaut pas un seul coup de sa dent;
Mais que son sang fouetté se réveille et s'embrase,
Il se lève d'un bond, et son orteil l'écrase.

Quand, de toute discorde étouffant le brandon,
Le peuple aux renégats ferait un jour pardon,
Quel homme assez crédule ouvrirait une oreille
A l'être convaincu d'iniquité-pareille?
Quiconque a vu le feu sous l'étendard breton,
Durant l'œuvre de sang qu'acheta Wellington,
Ne peut être demain ce qu'il était naguère;
Son cœur doit frissonner à notre hymne de guerre,
Car l'airain des Anglais a chez lui de l'écho
Depuis que leur cocarde a sali son schako.

L'Europe s'affranchit de ton idolâtrie,

Renégat; ton grand vers, si plein du mot PATRIE,

Ce cri qui pénétrait dans les fibres du sein,

Désormais n'aura plus l'hémistiche d'airain

Qui le faisait vibrer jusqu'aux bornes du monde.

Tu n'es plus qu'un poëte!... Au murmure de l'onde,

Au zéphir vagabond qui pleure dans les airs,

Si tu l'oses, tu peux marier tes concerts;

Mais la puissante voix de cette foule amie

Qui caressait tes pieds de sa vague endormie,

Et puisait des transports dans tes rêves touchants,

La France de Trois Jours qui dévorait tes chants,

Etouffera tes sons des clameurs de sa haine.

Epouvanté la nuit du fracas de ta chaîne,

Et sans cesse heurté par le griffon sans mors

Dont la brûlante haleine a soufflé le remords

Dans les seins gangrenés de tant de valetailles,

Les jours seront pour toi d'éternelles batailles.

Sur ton front toujours ceint de tes lauriers flétris

Le passant jettera l'œillade du mépris ;

Les cordes de ta lyre, incessamment tordues,

Râleront sourdement des syllabes vendues,

Jusqu'au suprême jour où, poëte avili,

La Mort t'accordera le bienfait de l'oubli!...

J.-F. Destigny.

Paris, 24 mars 1838.

PARIS. — DECOURCHANT, IMPRIMEUR, RUE D'ERFURTH, 1.

LE PANTHÉON.

XIV· SATIRE.

Et bientôt le banc des ministres
Sera le banc des marguilliers.
BÉRANGER.

J'ai promis, en jurant mon programme de guerre,
De courber, sans pitié, sous ma rigide équerre,
Tout abus dont le Peuple est juge compétent :
Hommes noirs *, c'est à vous!... Le Tribunal attend.

Déjà le cri haineux du cagot qui m'épie
Traite dévotement de profane et d'impie
L'audacieux quatrain qui lui jette un cartel ;
Le trafiquant d'*Agnus*, à l'abri de l'autel,
Insulte au saint transport dont ma voix s'électrise,
Dès qu'un trait vole au front des forbans de l'Église !
Qu'importe!... Je ne passe à mon crible d'acier
Que ceux qui de la croix se font un balancier **.

* « Hommes noirs, d'où sortez-vous ? etc.» — BÉRANGER.
** Machine à battre monnaie

Les voilà donc enfin sortis de leur repaire,
Ces dignes héritiers de Loyola leur père !
L'arc-en-ciel des Trois-Jours, qui, se levant contre eux,
Balaya devant lui leur troupeau ténébreux,
A donc pu, replongé dans la nuit de l'Histoire,
Soumettre à leur cachet nos brevets de victoire !
Grands de notre bassesse, ils vont planer sur nous,
Comme un tyran levé sur un peuple à genoux.
Aujourd'hui qu'en tous lieux la soutane s'étale,
Un sceptre ne vaut pas la crosse épiscopale ;
Car si le Pape osait, Rome tiendrait demain
Trente rois effrayés dans le creux de sa main !
L'étendard de Montrouge irait de dôme en dôme
Détrôner le géant de la Place Vendôme,
Et l'orgueilleuse Étole, entre ses pans ouverts,
Saurait, comme notre Aigle, embrasser l'Univers.
Mais, non : le prêtre, lent comme un rameau de lierre
Qui cherche où pénétrer dans les flancs de la pierre,
Enlace, à petit bruit, docile et caressant,
Le colosse énervé dont il pompe le sang ;
Il émiette l'obstacle, il couve sa conquête,
Sans se brûler les doigts au feu de la tempête ;
Il tâtonne, et son pied prudemment affermi
Franchit, sans l'éveiller, un Vésuve endormi.
— Déroulez au grand jour les intrigues sans nombre
Qu'il a, depuis vingt ans, su fomenter dans l'ombre ;
Jetez dans le prétoire et dépouillez à nu
Les criminels complots de l'apôtre ingénu,

Votre cœur détrompé bondira de colère.
Cette hydre qu'oublia le torrent populaire
N'aura, si vous brisez le prisme de l'erreur,
Que l'infaillible don d'escompter la terreur.

L'ardente ambition dévore la poitrine
De ces nains transformés en courtiers de doctrine;
Et la soif de l'argent, l'appétit du pouvoir,
Changent le sanctuaire en sordide comptoir.
Un luxe oriental envahit la chapelle
Où la foi cherche en vain un point qui la rappelle;
On y méconnaît Dieu : le culte du regard
Étouffe la prière en divinisant l'Art;
Et l'or qui tombe à flots des lambris à la dalle,
Fait de l'arche-modèle un temple de scandale!
Voilà le Mont-Calvaire où ces crânes étroits
Profanent, dans Paris, le signe de la croix!

Mais qu'ils poussent jamais leurs valets en campagne
Contre ce Panthéon assis sur sa montagne,
Comme un vaste tombeau, digne des grands cercueils;
Il sera pour leur barque un archipel d'écueils.
Vengeur des demi-dieux outragés dans leur cendre,
Le torrent de Juillet, prompt alors à descendre,
Comme on le vit naguère au bruit de cent tambours,
Fera, sous ses grands flots, grelotter les faubourgs.

Le géant de granit dont la fière coupole
Semble dire au soleil de tourner sur son pôle ;
Ce colosse accroupi sur le caveau glacé
Qui reçut en dépôt les trésors du passé,
Appartient désormais au culte de la Gloire :
La main qui, sur son front, cisela notre histoire,
L'a timbré du grand sceau de l'immortalité.
Cette page peut dire à la postérité
Qu'affranchi des liens qui garrottent notre âge,
DAVID a su des rois échapper à l'outrage....
Ose l'Europe un jour soulever ses troupeaux
Contre l'oiseau gaulois que portent nos drapeaux,
L'aspect de ce fronton, électrisant la France,
Sera pour nos soldats une autre Providence ;
Et sous le feu mortel craché par le canon,
Les braves, en tombant, verront le Panthéon.
— O prêtres, qui voulez nous arracher ce temple,
Savez-vous qu'aujourd'hui le monde nous contemple ?
Que le subit effet de ce honteux larcin
Ébranlerait les airs comme un coup de tocsin ?
Qu'au long cri sépulcral des ombres enfermées
Sous le tertre d'honneur où viendront des armées,
Paris, de toutes parts, bondirait furieux ?
Savez-vous que ce vol ferait injure aux cieux ?
Quand, prêtres, le Très-Haut que promet l'Evangile
S'incarne, à votre voix, sur un autel d'argile
Ainsi que sur le marbre apporté de Paros,
Pourquoi déshériter la cendre des héros ?...

Craignez-vous qu'humble et pauvre une prière meure
Avant d'avoir atteint la céleste demeure?
L'encens qui monte à Dieu des mains de l'indigent,
Lui serait-il plus doux s'il brûlait dans l'argent?
Que le temple soit fait ou de marbre ou de terre,
Qu'importe, si partout le sacrement s'opère.....

Ces Elèves *pieux* qui, chauds de saints transports,
Aux efforts de Quélen ont uni leurs efforts,
Ces dociles échos des plaintes éphémères
Que poussent vers les cieux leurs sensibles grand'mères,
N'ont-ils donc pu prier dans le calme profond
Que vante à ses dévots Saint-Etienne-du-Mont?
Leurs lèvres que les bals virent souvent rougies
Du lubrique poison de toutes les orgies,
N'ont-elles pu donner un mot à l'Eternel
Dans le calme imposant de ce lieu solennel?
Ces jeunes tourbillons de *viveurs* et d'athées,
Saints bustes couronnés de têtes révoltées,
Ont-ils épuisé seuls, dans le creuset du front,
Ce vœu qui de la France a mendié l'affront?
Je ne sais : mais partout le placet téméraire
Excite la pitié sans trouver de colère.
Enfants trop tôt flétris d'un vandalisme étroit,
Ils abdiquent le nom de disciples en Droit
Dès qu'ils foulent aux pieds la sainte idolâtrie
Dont le peuple enrichit l'autel de la patrie.

Périssent sans écho les barbares accents
Qui de nos immortels ont pollué l'encens !
Et si jamais le fer des discordes civiles
Ebrèche le fleuron de la reine des villes,
Que Paris, pour venger tant de noms triomphants,
Convoque d'un seul cri ses généreux enfants !
Son appel vibrera jusqu'au fond des entrailles,
Et dans ses flots vivants étreignant les murailles
Qui sauvent de l'oubli des restes glorieux,
Le peuple entonnera ses chants religieux.
Mais que jamais le prêtre, aux éclairs d'un orage,
N'allume le brandon des fureurs d'un autre âge,
Que jamais dans son cœur le venin réchauffé
N'excite les tisons d'un lâche auto-da-fé,
Car la haine, à grands flots, débordant sur sa tête,
Saurait moudre ses reins au choc de la tempête !...
Oh ! la raison viendra secouer son flambeau
Sur les spoliateurs du sublime tombeau,
Et le tranquille enclos, de ses flancs funéraires,
Abritera longtemps les grands os de nos frères !

Les criminels excès de nos sinistres jours,
Du livre des destins effacés pour toujours,
Ne sont plus désormais qu'un salutaire exemple ;
La France veille entière au seuil de ce grand temple
Où l'immortalité cueille des souvenirs,
Et grave en lettres d'or les noms de ses martyrs.

Assis sur le sommet de la colline ardue,
L'éternel monument voit sa tête perdue
Trembloter indécise à la voûte des cieux !
Dans un vide ardoisé, le dôme audacieux
Monte comme un ballon détaché de la terre.
La gravité partout et partout le mystère
Commandent le silence autour de ce grand corps.
Là tout, jusqu'à l'écho de la cité des morts,
Qui court en soupirant dans la funèbre enceinte,
Tout berce la raison dans une frayeur sainte.
Ces grands hommes ravis, dieux en qui nous croyons,
Sèment de leurs cercueils de magiques rayons
Qui préparent nos fronts à des palmes futures.
Le Vieillard destructeur qui grave ses injures
Sur le marbre poli du temple et des autels,
Glisse depuis cent ans sur ces morts immortels.
Il semble que la nuit grandisse leur génie,
Plus le Temps porte loin la date de leur vie !

C'est là qu'il faut aller, pour de nobles efforts,
S'inspirer de la tombe et quêter des transports.
Les sublimes esprits dont l'atmosphère est pleine,
Peuvent, en aspirant, s'y fondre avec l'haleine ;
Et poëte enivré de leurs philtres humains,
L'homme court à grands pas dans ses âpres chemins ;
Les ombres qui sur lui planent dans la carrière,
Devant ses pieds tremblants ont brisé la barrière.

C'est à ce phare immense allumé sur la ville,

A l'astre sans éclipse où la gloire pétille,

Que les générations attacheront les yeux.

Le feuillet électrique où l'Art délicieux

Dans des corps de granit a fait passer l'essence

Qui donne à tout chef-d'œuvre un cachet de puissance,

Le fronton populaire au foyer de nos cœurs

Versera le torrent de ses rayons vainqueurs.

Quand notre France ardente et d'honneur affamée

Montrera de la main ce chef-d'œuvre à l'armée,

Notre antique drapeau, frissonnant de plaisir,

Sentira s'écailler la rouille du loisir

Qui depuis vingt-quatre ans a dévoré sa lance.

Que de la guerre alors la sanglante balance

Confronte sous le feu ce qui diffère au poids,

Ou du sabre d'un peuple ou du sceptre des rois,

Nos fils, électrisés par le grand Statuaire,

Feront traîner si bas le plateau populaire,

Que le trône disjoint restera suspendu

Sur l'abîme béant du dernier roi perdu!

Et si le Temps alors a brisé notre taille,

Si nos pieds engourdis, le jour de la bataille,

Ne peuvent arpenter leurs glorieux chemins,

Nous les suivrons des yeux et leur battrons des mains!

J.-F. Destigny.

Paris, 31 mars 1838.

PARIS. — DECOURCHANT, IMPRIMEUR, RUE D'ERFURTH, 1.

LE DUEL.

XV· SATIRE.

Celui qui va se battre de gaieté de cœur n'est, à mes yeux,
qu'une bête féroce qui s'efforce d'en déchirer une autre.....

J.-J. ROUSSEAU.

Dans le temps où la Foi, de ses ailes prospères,

Embrassait à tâtons les destins de nos pères,

Dès qu'au droit contesté la loi faisait défaut,

Chacun portait sa cause au tribunal d'en Haut.

C'était entre deux fers aiguisés pour le crime

Que Dieu rendait justice à la salle d'escrime!

L'Ignorance lisait l'arrêt du Tout-Puissant

Sur un cadavre chaud... dans des mares de sang!

Et le DUEL alors, prenant sa double lame,

Devant le peuple assis, pesait le corps et l'âme;

Arbitre souverain, juge en dernier ressort,

L'acier poussait au cœur l'opprobre avec la mort!

Eh bien! oui : ma raison comprend ce temps barbare.

Quand deux mortels, cités à la sanglante barre,

Couraient, le glaive nu, dans le sinistre lieu,

Soumettre leur poitrine au *Jugement de Dieu,*

Le crime alors voyait s'obscurcir son étoile :

Et la vérité, prête à déchirer le voile,

Triomphant d'un esprit absorbé par l'Enfer,

Jaillissait quelquefois sous la pointe du fer!

Cuirassé de l'espoir, fort de son innocence,

Le juste n'avait rien perdu de sa puissance,

Et sa foi dans le Ciel le faisait à grands pas

Arpenter sans effroi le terrain du trépas;

Tandis que le coupable, atterré par la crainte,

Semblait porter au front cette infernale empreinte

Que grave dans les chairs l'aiguillon du remords.....

L'épreuve du champ-clos était certaine alors.

— Mais dans le siècle infâme où notre humaine espèce,

Pour introniser l'art, détrône la Sagesse ;

Quand le fol Athéisme, assis dans le ruisseau,

Déprave aujourd'hui l'homme au sortir du berceau,

L'affreux combat qu'ordonne un code imaginaire,

Dépouillé de la foi, n'est qu'un jeu sanguinaire :

C'est un billard de mort où l'*Honneur* carnassier,

Pour son barbare assaut, prend des verges d'acier,

Un pré pour tapis vert, et pour billes deux têtes!...

Le terrain est béant de fosses toutes prêtes

Que le préjugé creuse et que l'adresse emplit.....

Car tout droit tombe éteint dans les bras du conflit.

De quel flambeau secret ces coupables assises
Ont-elles fait jaillir des preuves si précises ?
Le sacrilége acier dans les doigts du menteur
A-t-il moins de tranchant ou moins de pesanteur ?
Quand la vertu se livre aux mortelles atteintes
De mains qui dans le sang trente fois se sont teintes,
A-t-elle sur le pré moins d'écueils à courir
Que le vice qui doit ou tuer ou mourir ?
Jamais !.... Entre deux corps convoités par des lances,
C'est l'adresse qui tient le fléau des balances.
Qu'importe pour le droit qu'on soit ou non vainqueur,
Si le fer n'atteint l'âme en pénétrant au cœur ?
Dans la lutte féroce où le bras s'évertue,
Si le triomphe absout le criminel qui tue,
Pourquoi le juste alors vient-il sur le gazon
Lui sceller de son meurtre une injuste raison ?
L'Arbitre des combats, qui voit tout et tolère,
N'a donc plus aujourd'hui ni foudre, ni colère ?
Eh quoi ! ses bras bénins, devant les factieux,
Vont laisser se rouiller tout l'arsenal des cieux !
La vertu sans patron salit sa robe d'ange
Au contact effronté d'un athlète de fange,
Et l'audace du crime, excitant sa chaleur,
Au poids du préjugé va passer pour valeur !
L'homme fort qui jamais dans le cours de sa vie
N'a porté le licou d'une bande asservie,
Ni courbé son front libre aux caprices des rois,
Peut-il d'un sang français rougir ainsi ses doigts ?

— Qu'un lâche spadassin, vil bachelier du crime,
Qui dans chaque adversaire a trouvé sa victime,
Ose insulter un front couronné de vertus ;
Que, fier des cent rivaux que son bras a battus,
Ce vain lauréat frappe une Chambre attroupée.
Du revers de son gant ou du plat d'une épée,
Doit-on tendre la gorge à ce poignet d'airain
Que le seul droit du meurtre a fait roi du terrain ?
Oh ! non, mille fois non !... Qu'importe sa colère ?
Pour écraser l'orteil du lion populaire,
Les talons d'un Bugeaud n'ont pas assez de poids.
Laissons l'écho, honteux de répéter sa voix,
Assourdir le pays de ses menaces vaines ;
S'il fallait à sa rage ouvrir toutes nos veines,
Sur le sol crevassé d'un système oppresseur
Si l'on daignait répondre au brutal agresseur,
Le Duel réveillé voudrait une hécatombe.....
La douleur de la France, à genoux sur la tombe
Où dorment deux grands morts : Dulong et son Carrel,
Jetterait aux vainqueurs un foudroyant cartel !
Mais, non ; laissons, amis, le repos à leur cendre ;
L'honneur pour les venger aurait trop à descendre ;...
Demandez à l'agent qui porte le gourdin,
S'il voudrait aujourd'hui s'appeler Girardin.....
Que dis-je ? gardez-vous d'outrager la milice
Dont le roi des Argus a flanqué sa police ;
Car si ce nom tombait sur un front virginal,
L'agent irait crier justice au tribunal !

— Que ferait une lame entre ces deux parties
Si loin de se comprendre et si mal assorties ?
Le préjugé de fous qui s'intitule *honneur*,
Doit-il prêter l'oreille au défi suborneur
De qui voudrait du sang pour y laver sa honte ?
Dans le danger réel qu'en tremblant il affronte,
Le lâche veut cueillir, une fois pour toujours,
Des lauriers qu'il destine à protéger ses jours ;
Et, dès qu'un nom magique ébranle la carrière,
Il franchit d'un seul bond sa crainte et la barrière ;
Mais tandis que du Sort il attend les arrêts,
Qui ne voit sous le drap grelotter ses jarrets ?
Ses dents claquent d'effroi, sa main plonge incertaine,
Puis un long cri s'échappe !... Ah ! le fer s'est fait gaîne
Dans ce sein vénéré d'où le sang coule à flots !
Cent mille cœurs atteints soupirent des sanglots :
Le crime qui triomphe a frappé de veuvage
Dans son germe fécond la gloire de notre âge :
C'est un autre condor précipité des cieux !...
— Sur le champ du combat, le traître audacieux
Se grandit pour atteindre à la sublime tête ;
La foudre qui s'allume au choc de la tempête
Dévore le prestige, et tout est consommé !
Le glaive impitoyable a bientôt décimé
Tous les riches fleurons de la grande couronne :
Partout le crime fauche et l'intrigue moissonne
L'épi déjà courbé dans le sillon du temps ;
C'est l'honneur qui s'effeuille au souffle des autans.

— Le Duel, ce beau droit que le monde renomme,
N'est à mes yeux que l'art d'assassiner un homme.
La raison le condamne, et le boucher humain
Qui fit rouler un corps sous sa coupable main,
Doit traîner dans sa nuit d'épouvantables songes !
Ses plaisirs déchirés sont d'éternels mensonges
Qui n'ont, sur leur poison, qu'un vernis de bonheur.
L'impitoyable écho de ce vain cri d'*honneur*
Qui l'a fait autrefois peupler plus d'une tombe,
Lui répète le bruit du cadavre qui tombe.....
Oui, sa main sent toujours l'acier rougi de sang
Dans le cœur d'un ami pénétrer en glissant ;
Il voudrait se pencher sur ce corps qui l'effraie,
Pour en sucer la mort en étanchant la plaie ;
Mais d'un esprit frappé l'indicible terreur
Paralyse son être et le glace d'horreur ! !...
Son châtiment affreux le poursuit comme une ombre :
Le cliquetis des fers et des spectres sans nombre
Dont la démarche osseuse ébranle les parquets ;
Puis des râles confus, de sinistres caquets
Qui heurtent, en s'éteignant, les angles des murailles ;
Du bruit, des cris, des sons vibrent dans ses entrailles !
Las de prier le Ciel de lui prêter secours,
Sa douleur brin à brin semble effiler ses jours....
Oh ! je n'ai point chargé cette effrayante image
Pour amortir le feu qu'on appelle courage,
Et flétrir le duel d'un fanatique sceau :
Le portrait tombe, hélas ! terne sous le pinceau !

--- La Nature qui fit le prêt de l'existence
A des corps enrichis d'une divine essence,
Rougit, quand l'homme jette à ce coupable jeu,
Sans souci de sa cause, un être pour enjeu.
Le froid Assassinat dont les branches accrues
Font trop souvent pleuvoir des cadavres aux rues,
Le Meurtre que la Faim, lasse de longs revers,
Promène dans Paris au retour des hivers,
Impriment moins d'opprobre au disque populaire
Que le profane essor de ce flot téméraire.
Du Pouvoir qui l'étreint dans le cercle des lois,
L'inutile poursuite a fléchi sous le poids;
Aujourd'hui la raison est le seul remède
Qui rende à ce grand drame un sensible intermède.
— Examinons les fruits de ce levain de mort :
Quand, trop docile aux bonds d'un criminel transport,
L'adolescent veut lire au fond d'une blessure
L'arrêt où son esprit s'endorme et se rassure,
Le danger qu'il provoque appelle sur son front
Souvent, au lieu d'un phare, un orage trop prompt;
Le plomb mortel vomi par un volcan de poudre,
Prend pour voler au but les ailes de la foudre;
Et le sang qui ruisselle au crâne du vaincu,
Dit au vainqueur mourant que son frère a vécu !
Voilà ce qu'un duel peut enfanter de larmes.....
Le survivant maudit la fortune des armes ;
L'éternel souvenir du funeste délit
Vient chaque nuit s'asseoir au chevet de son lit !

— Femmes, dont la belle âme est si tendre et si fière,
Vous qui savez dompter toute nature altière,
Et glisser la réforme au fond de notre cœur,
J'invoque ici l'appui de ce regard vainqueur
Dont les moindres éclairs électrisent le monde !
Prêtez à mes efforts l'éloquence féconde
Qui peut seule épurer tout un siècle d'abus.
Dès que vos bouches d'or ne l'exalteront plus
Comme un tribut sacré que la beauté réclame,
On verra le duel, déjà flétri par l'âme,
S'effacer à jamais du code de l'honneur.
Dans le champ satirique où je viens en glaneur
Amasser par épis ma gerbe hebdomadaire,
Je ne puis qu'indiquer le bien qui reste à faire ;
Mais vous, à qui l'amour consacre des autels ;
Vous qui, par vos vertus, régnez sur les mortels,
Femmes, secondez-moi dans cette arène immense ;
Encouragez l'effort d'une œuvre qui commence !...
Quand j'attaque à deux mains le sanglant préjugé
Qu'en vain depuis longtemps les siècles ont jugé,
Broyez ce fier serpent qui nous menace à terre !
Dites à la valeur de garder pour la guerre
Les généreux transports d'un naturel puissant,
Et préservez vos mains de mains teintes de sang.....

J.-F. Destigny.

Paris, 7 avril 1838.

PARIS. — DECOURCHANT, IMPRIMEUR, RUE D'ERFURTH, 1.

LA BOURSE.

XVI° SATIRE.

On traque aux boulevarts la roulette en plein air,
Et le flegme des lois sauve-garde Kessner.
                                            NÉMÉSIS.

Le Vol organisé dédaigne aujourd'hui l'ombre ;
Il va, drapeau flottant et sans craindre le nombre,
Au centre de Paris attendre son bétail !...
Ce n'est plus l'assassin qui poignarde en détail,
Et qui, pour abreuver sa soif inassouvie,
Fait sur les grands chemins un enjeu de sa vie ;
C'est le *spéculateur* qui, dans un guet-apens,
Ourdit, en plein soleil, le crime à nos dépens ;
C'est le type incarné de notre époque étrange ;
C'est l'être dont le Roi fit un *agent de change*,
Et que le Peuple, habile à timbrer la valeur,
Flétrit depuis longtemps du surnom de VOLEUR !

Le pouvoir en a fait, par droit de privilége,
L'un des *soixante* * échos de l'infernal collége.....
— L'entremetteur du jeu, le grand prêtre du cours,
L'oracle du parquet, ce jury sans recours,
Le frauduleux croupier qui vend à la coulisse
Les chances d'un vain bruit colporté dans la lice,
Tout enfin dans ce lieu, jusqu'aux noirs écriteaux
Où l'on voit du crédit dénaturer le taux,
Tout mérite cent fois d'être, un jour de colère,
Balayé, sans merci, par le flot populaire ;
Et l'Agent qui du change entonne les répons,
Devrait porter au dos le cachet des fripons !...
— Interrogez le bruit de ce repaire immonde
Où vont s'entrechoquer tous les destins du monde :
Ici, l'or du badaud ruisselle à son insu
Pour enrichir l'Auteur d'un projet inconçu ;
Là, c'est l'intrigue ardente à proclamer des fouilles
Qui promettent du *fer,* du *bitume,* des *houilles ;*
Plus loin, un peuple (grâce à l'art que nous savons)
S'arrache, à beaux deniers, du *gaz* et des *savons ;*
L'asphalte de *Lobsann,* orgueilleux de sa source,
Poursuit de son odeur, jusqu'au fond de la Bourse,
Le crédule enivré de ce nouvel encens ;
Il chauffe, à pleins fourneaux, le zèle des passants ** !
— Les *trente mille fûts* que promet à la file
L'impudent charlatan de la cave *OEnophile,*

---

* Le nombre des agents de change est fixé à soixante pour la place de Paris.
** Le *Lobsann* a échauffé ses fourneaux en face du palais de la Bourse, afin, sans
doute, que l'odeur du bitume pût exciter les spéculateurs rangés autour du parquet.
Quel charlatanisme !

Les tissus *Maberly*, l'asphalte de *Seyssel*,
Le bitume d'*Aulnette* et les mines de *sel*,
De *lignite*, d'*étain*, d'*argent*, de *cuivre* et d'*or*,
Résonnent sur l'écho du double corridor
Comme des sons mourants croassés dans le vide :
L'intrigue en fait pâture à cette foule avide,
Qui, voyant chaque jour ses grands efforts vaincus,
N'en persiste pas moins dans ses rêves d'écus.

— Je ne puis aligner dans une étroite page
Tous les titres fameux de cet aréopage
D'industriels flétris et de banquiers pervers ;
Leur chatouilleux honneur, incriminant mes vers,
Serait si fier de rendre à l'austère vigie
Sa place à peine froide à Sainte-Pélagie !...
Mais je puis à grands coups de mes cent nœuds flottants
Incruster la douleur à des fronts palpitants :
Dans le masque indiscret que la raison soulève,
La rime entre aussi droit que la pointe d'un glaive !

— Le moderne Agio, débordé sur Paris,
Pompe le dernier sou de nos trésors taris :
Fort de l'impunité qu'il tient du ministère,
Il va passer bientôt de la veine à l'artère !
L'abus audacieux reçoit tant de chaînons,
Le missel de la rente est si chargé de noms,

Que son prêtre lui-même, en récitant l'office,
Confond souvent entre eux les saints de la coulisse.....
Oh! ce n'est plus l'écart, c'est le débordement,
Pareil au cours fougueux du rapide élément ,
Dès qu'un choc a semé les débris de sa digue;
Il s'enfle en un instant, s'étend et se prodigue,
Comme un sinistre exemple, au monde épouvanté !
Ce levier de progrès, si justement vanté,
Se brise dans la main de l'agent mercenaire
Qui poursuit, dans son rêve, un gain imaginaire !

Chacun cède au torrent, et le brelan du taux
Engloutit à la fois honneur et capitaux.
L'âme se brise alors, et le joueur qui tombe
S'agite en furieux sur le bord de sa tombe ;
Le suicide, armé d'un acier flétrissant,
Accourt donner au jeu l'apostille de sang !
Et l'agio détruit le corps et la mémoire.....
La Bourse a de nos jours une effrayante histoire;
L'imprudent dont le pied ose en franchir le seuil,
Amarre son esquif aux pointes d'un écueil ;
Le moindre coup le brise et la vague l'emporte.
Quand le négociant n'a point fermé sa porte
Au dangereux appât des chances du pari;
Quand l'attrayante prime à ses yeux a souri,
Comme un rayon perfide éclos avant l'orage,
L'abîme est là béant où brille le mirage !

Dans cet antre pompeux, ce Louvre des tripots,
Où l'intrigue et le vol prélèvent leurs impôts,
Que fait le fabricant dont l'oreille assidue
Vient s'ouvrir aux clameurs d'une foule éperdue ?
Le terrain crevassé qui frémit sous ses pas
Lui révèle un volcan qui couve le trépas,
Et sa fierté rebelle à cette frayeur sainte
Court aux cahottements de la terrible enceinte.....
Accroupi sous nos cieux obscurcis de brouillard,
Ce Parthénon n'est plus qu'un vaste corbillard
Où l'honneur, frelaté par un air délétère,
Attend que le bourreau le flétrisse et l'enterre.
Les flancs de ce colosse où l'atrocité bout,
Ont vomi plus d'horreurs que le plus sale égout ;
Le temple du Commerce a de fange intestine
Plus que n'en eut jamais le creux d'une sentine !...

Lycurgues énervés dans les bras du plaisir,
Vous qui de la tribune attaquez à loisir
Des *criminels* absous au tribunal suprême,
Je vous dénonce un fait qui demande anathème :
La Bourse est un repaire ! Et vous, législateurs,
Vous protégez le crime et flattez ses auteurs :
Votre nom qu'on a cru sévèrement candide,
L'intrigue vous l'emprunte et s'en fait une égide !
Attendrez-vous encore, aujourd'hui que Paris
Peut confondre vos fronts avec des fronts flétris ?

Vous ne l'ignorez pas, et votre honneur tolère
Un larcin qui, pour vous, m'embrase de colère !
Eh ! qu'avez-vous donc fait de cet éclair soudain
Qui brillait au seul nom de la *Caisse-Gérain ?...*
La Chambre voit flétrir sa couronne abattue,
Le vol masquer ses traits de noms qu'il prostitue,
Et le glaive des lois, dans vos doigts indécis,
N'a pas vengé l'affront dont ils vous ont noircis ?

Le Pouvoir qui frappe sur le Trente et Quarante,
Pourrait-il épargner le tripot de la rente ?
Verrait-on plus longtemps, à la face des cieux,
Ces Macaires heurter d'un front audacieux
Tout ce que notre France a moissonné de gloire ?
N'ont-ils donc point assez profané notre histoire,
Ces hommes dégradés, ces marchands de coupons
Qui vendent des Géants et livrent des Lapons ?
La faveur populaire, autrefois si mobile,
Osera-t-elle encore à leur sceptre débile
Payer un lourd tribut de respects et d'argent ?
Que leur chute soit prompte ! Un sacrifice urgent
Nous peut seul dégager de cet affreux dédale.
La probité saura surnager au scandale
Qu'entraîne, en bondissant, la vague du reflux.
Frappons ! et que demain Paris n'entende plus
Ce torrent limoneux, refoulé dans sa source,
Saper impunément le crédit de la Bourse !

Avez-vous recherché quel droit ses dieux suspects
Se sont en d'autres temps acquis à nos respects ?
La plupart sont flétris par des actes serviles ;
Les uns, frelons gorgés dans nos luttes civiles,
Ont moissonné quinze ans le fruit de nos labeurs,
Et, suivant le destin, courtisans ou frondeurs,
Brûlé le même encens à toutes les idoles ;
Et d'autres dont la gerbe, à l'ombre des étoles,
A grossi, grâce au Dieu du miracle des pains,
Se livrent désormais à des calculs mondains.
Les uns, ardents dévots à sainte Banqueroute,
Courant de perte en perte au terme de la route,
Sont, en touchant le but, riches de leurs malheurs.....
D'autres enfin, voués à de lentes douleurs,
Devant un juge austère ont trouvé le martyre.

Que tous les prévenus de ma verte satire
talent aujourd'hui leurs actes pour garants
De l'honneur que la foi suppose à des gérants,
Vous verrez aux candeurs que le bagne a connues
L'épiderme grincer sur des épaules nues,
Et dire à l'œil surpris qu'un matin le bourreau,
Pour conserver la lame, a timbré le fourreau.
— Ce n'est point un croquis que NÉMÉSIS invente ;
Je calque mes portraits sur nature vivante ;
Et la pointe du dard que je décoche en l'air
Saura, sans nul effort, pénétrer dans la chair.

— Sont-ce là les piliers de vos grands édifices,
Charlatans effrontés, courtiers de bénéfices ? ..
Voyez, le masque tombe en touchant le passé ;
L'auréole s'éteint et le sceptre est cassé !
Les flambeaux de la presse ont éclairé le vide
Des frauduleux projets d'un égoïsme avide,
Et la raison triomphe !... A demain les sanglots
De qui livre sa barque à ces perfides flots !
Précipité si tôt de son trône éphémère,
Les crédules alors, de leur complainte amère,
Fatigueront la foule insensible à leur deuil !...
Peut-être ont-ils rêvé, dans un stupide orgueil,
Qu'enchaîné pour jamais au char de la fortune,
Leur destin n'aurait plus de secousse importune ;
Mais ce rayon trompeur, éteint avec l'espoir,
Ne montre au naufragé qu'un écueil pour s'asseoir.
La vermine du Change, insolemment grandie,
Refusera le pain que sa dupe mendie.
De son luxe effréné fatiguant le malheur,
L'ingrate entretiendra le ver de sa douleur
Dans les replis d'un sein broyé par la détresse ;
Et l'éclat envié d'une orgueilleuse ivresse
Couvera dans son cœur, par un feu criminel,
Le germe renaissant d'un supplice éternel !

J.-F. Destigny.

Paris, 14 avril 1838.

PARIS. — DECOURCHANT, IMPRIMEUR, RUE D'ERFURTH, 1.

L'INTOLÉRANCE.

XVII SATIRE.

L'intolérance, front levé,
Reprendra son allure :
Les protestants n'ont point trouvé
D'onguent pour la brûlure.
BÉRANGER.

I.

L'infaillible Ouvrier qui suspendit les mondes
Comme des lampes d'or à la voûte des cieux ;
L'équilibre qui fait que ces fournaises rondes
Tournent dans l'infini sur d'éternels essieux ;

Le principe de tout, qui tient de lui son être,
La séve des printemps, l'âme de l'Univers,
L'impénétrable esprit que l'homme veut connaître,
Le port de notre esquif, l'ancre de nos revers ;

Voilà mon Dieu !... C'est lui que ma raison adore !
Tout le prêche au berceau, tout l'atteste au trépas ;
La Foi me le crayonne et je le cherche encore.....
Je l'invoque, et pourtant je ne le comprends pas !

Mais à quoi bon creuser dans l'abîme du doute ?
Pourquoi sonder la nuit d'un mystère profond ?
La vertu mène à Dieu : suivons en paix sa route ;
L'âme qui cherche trop s'égare et se confond.

Quand l'hymne qu'une mère apprit à notre enfance
Arrive à l'Éternel, romain ou protestant,
L'Intolérance, à tort, prétend qu'il s'en offense ;
Ce n'est point le verset, mais le vœu qu'il entend.

Eh ! qu'importent son nom, son autel et son prêtre ?
Dieu n'a point ordonné de rite officiel ;
Le cri qui part du sein lui plaît avant de naître !
Toute piété trouve un écho dans le ciel.

Les protégés du pape ont colporté ses bulles :
L'Univers y lira qu'un Rédempteur voulut
Damner dans l'embryon les peuples incrédules,
Et qu'il dit : *Hors de Rome il n'est point de salut.*

Mais une voix secrète enhardit ma prière ;
Le culte est dans le cœur, et non dans les accents,
La bouche, qui remplit un rôle d'ouvrière,
N'est qu'un vase profane où pétille l'encens.

L'autel qu'élève à Dieu la Charité fervente
Ne peut être détruit par un souffle imposteur,
Et l'éternel Enfer, que l'égoïsme invente,
N'est qu'un ciseau de tonte à la main du pasteur.

La cupidité seule arme ici de la foudre
Un bras qui n'a jamais épandu que des dons,
L'Intrigue, au nom d'un Père enclin à tout absoudre,
Soutient par la frayeur sa vente de pardons !

Ce criminel trafic dont le crédit décline,
Ce sacrilége abus de la divinité
A trop souillé le temple où notre foi s'incline,
Trop escompté l'effroi du mot ÉTERNITÉ.

Des évêques ont cru qu'à l'abri de l'étole
On pouvait tout oser contre des huguenots,
Que désormais l'Église était leur Capitole ;
Et l'Inquisition a groupé des fagots !

Ces ministres de paix ont lancé l'anathème
Sur qui n'était pour eux coupable que d'erreur ;
La croix court les cités en prêchant le baptême,
Et traîne un fanatisme escorté de terreur !

Montrouge a revomi sa sinistre volée
De corbeaux à l'œil creux et de fantômes noirs ;
Paris entend partout leur sandale éculée
Détacher, en grinçant, l'asphalte des trottoirs.

Que trament contre nous ces cohortes nomades,
Ce bataillon flottant de perfides archers ?
Le fleuve de Juillet a-t-il eu ses cascades ?
Voit-on le drapeau blanc flotter sur nos clochers ?

Non, mais tout a repris la monarchique allure
Qui fomenta quinze ans l'orage de trois jours :
Loyola va dans l'ombre élargir sa ceinture,
Le trône sa noblesse, et l'intrigue son cours.

Épouvanté d'abord aux cris de la colère
Qui du char de l'État fit craquer le timon,
Le prêtre a reparu : le torrent populaire
En rentrant dans sa digue a repris son limon.

II.

Dans les boudoirs sacrés, des Saintes toutes nues
Prêchent dévotement le scandale des yeux ;
L'artiste qui créa ces Vierges inconnues
Ne vit que le sérail, tout en rêvant les cieux.

Quand l'Amour pour chaque ange a servi de modèle,
Ses chairs et ses contours, au langage mondain,
Font oublier le Dieu qui meurt dans la chapelle
Soustraite par LEBAS * au ciel napolitain.

Mais qu'importe ici Dieu ?.... Du terrestre empyrée
Dont l'affluence emplit le triple corridor,
L'orgueilleux opulent ne peut franchir l'entrée
Sans laisser dans le tronc quelques parcelles d'or.....

* LEBAS, architecte du gouvernement, a dirigé les travaux de Notre-
Dame-de-Lorette.

Votre but c'est le gain : ces pages du génie
Que votre brigue étale aux regards du croyant,
Sont le magique appât de votre simonie,
Le *Muséum* ambré qu'on admire en payant.

L'Opéra que SAINT-ROCH dans sa quadruple enceinte
Chante sur l'air profane étonné de ses mots,
Verse au banc du Trésor la taxe toute sainte
Que prélève Satan sur d'augustes dévots.

Quand DUPREZ, de ce lieu qu'un prêtre nomme obscène,
Se voit par SAINT-EUSTACHE installé dans son chœur,
Cet *Excommunié* n'a que changé de scène :
Sa voix plonge toujours dans les fibres du cœur.

Là, cédant au pouvoir qui l'enivre au théâtre,
Le *dilettante* boit ses transports surhumains :
L'Eglise est en extase! Et la foule idolâtre
Cesse d'adorer Dieu pour lui battre des mains !

Qu'il triomphe!.... Mais vous, qui des foudres de Rome
Avez, au nom du Ciel, frappé tous ces maudits,
Prêtres intolérants, que ferez-vous de l'homme
Qui vous a transportés vivants en paradis?

L'écho religieux de vos nefs latérales
Murmure encor les chants que sa voix soupira !
Vous n'avez pas tremblé d'ouvrir vos cathédrales
Devant l'aigle damné qui plane à l'Opéra?

L'intérêt de l'Église a détourné le glaive :
Le Vatican s'apaise à l'aspect des écus,
Et la voix du Caïn qui bientôt les soulève,
Etouffe dans ses flots tous ses foudres vaincus.

Dix mille fronts ouverts sont là, comme un trophée,
Suspendus aux accords de l'âme et des poumons,
Et l'attrait tout-puissant des sons de cet Orphée
Enchaîne à ses genoux la rage des démons !...

III.

Le mutisme des lois aigrit l'Intolérance ;
La BELGIQUE *, si lente à ressaisir ses droits,
A déjà fait briller aux regards de la France,
Pour des luttes de sang, l'étendard de la croix !

Ce signe de salut, dépouillé de sa gloire,
Va revoler peut-être à d'odieux combats,
Et l'ardent fanatisme entacher notre histoire
De ces crimes hideux qui ne s'effacent pas.

Pourquoi semer ainsi le grain de l'Evangile
A la pointe du fer et la torche à la main ?
De quel droit brise-t-on l'existence fragile
De qui cherche son Dieu par un autre chemin ?

* L'intolérance des évêques belges fait craindre des luttes sanglantes
entre les catholiques et les protestants de ce pays fanatisé.

Si la vérité brille aux éclairs d'une épée
Que le meurtre promène en ébréchant des fronts,
Si le sang doit sceller la fangeuse épopée
De notre siècle ourdi de méfaits et d'affronts ;

Qu'au moins le fratricide, étouffé dans ce germe,
Ne revienne jamais épouvanter nos cœurs!
N'imposons à la nuit dont Dieu marqua le terme,
Ni l'astre qu'elle attend, ni des phares vainqueurs.

Le vieux Monde rouillé dort dans son apathie,
Comme un géant qui tombe après de longs travaux ;
Eh bien, qu'il se réveille aux cris de sympathie
Que poussent vers les cieux tous les peuples rivaux.

Mais un rayon de foi, pour descendre dans l'âme,
Ne doit plus invoquer ni le fer ni le feu ;
Car l'exemple perdu sous l'acier d'une lame
N'apprend que la vengeance au cœur qui cherche un Dieu!

Notre Age rit d'un culte imposé par la crainte ;
Il affronte un Enfer auquel il ne croit pas,
Mais il tend vers le ciel qui répond à sa plainte,
Et trouve son repos dès qu'il touche au trépas.

Son espoir le soutient dans les routes perdues
Que le Destin lui trace à travers les douleurs,
Et le doigt éternel, à ses luttes ardues,
Montre un point où finit le cercle des malheurs.

IV.

La Charité du CHRIST, libérateur du monde,
A brisé d'un seul mot nos entraves de fer ;
Sa loi nous a tirés de cette nuit profonde
Qui, pour le Peuple esclave, était un autre Enfer.

Son soleil allumé, sur notre humaine sphère,
Inonda de ses feux Celle en qui nous croyons :
La sainte LIBERTÉ descendit sur la Terre,
Le front resplendissant de célestes rayons !

JÉSUS fut dès ce jour le Rédempteur des hommes ;
Le germe du progrès que sa mort vint bénir
A centuplé ses fruits jusqu'au temps où nous sommes,
Et son culte est garant des siècles à venir.

Mais, lui, prophète ou Dieu, fut toujours débonnaire,
Sa bouche ne s'ouvrit qu'aux paroles d'amour,
Il accorda pardon à la femme adultère,
Et l'*homme* resta fort jusqu'au suprême jour.

Voilà le Dieu clément que la foi représente
Si digne du tribut de notre encens mortel,
Trente ans il a prêché la charité fervente.....
PRÊTRES, que faites-vous au pied de son autel ?...

J.-F. Destigny.

Paris, 21 avril 1838.

Paris. — CHASSAIGNON, imprimeur, rue Gît-le-Cœur, 9.

L'INFANTICIDE.

—

XVIII' SATIRE.

—

Quid proficit tantum nefas?
(Hymne.)

Laure avait quatorze ans à la mort de sa mère !...
Cette vierge, beau lis dont la fleur éphémère
S'ouvrait sans défiance aux haleines des cieux,
Pénétrait jusqu'au cœur par la porte des yeux ;
C'était un séraphin d'innocence et de charmes !...
— Mais quel ange, s'il court dans nos sentiers de larmes,
Sans abri que le Ciel, sans appui que l'espoir,
Parti pur le matin, reviendra pur le soir ?...
— La Débauche, à l'affût de la pauvreté sage,
Trouva Laure crédule et la prit au passage :
L'argent triompha d'elle un soir qu'elle avait faim :
Un infâme acheta sa vertu pour du pain !

18

Comme Ève, après sa faute, elle comprit la honte :
La peur d'un résultat que l'Impudeur affronte,
Effeuilla quatre mois ses roses de beauté.....
L'opprobre qui s'attache à la maternité
De qui n'a pas blanchi son péché dans l'eau sainte,
Poursuivit, menaçant, la pauvre fille enceinte,
Jusqu'à ce qu'un symptôme, à la vierge inconnu,
Vint de son désespoir mettre la cause à nu !...
Dès lors, le déshonneur qu'elle a vu dans son rêve
L'attache au pilori de sa place de Grève !
Le verdict infamant que prédit son effroi,
Lui tinte chaque nuit un infernal beffroi ;
Son affront, que déjà le médisant colporte,
L'attend comme un bourreau sur le seuil de sa porte ;
Il s'acharne à la suivre et marchande ses pas !...
Son père, qui, joyeux sous la faux du trépas,
La couvait de cet œil que la tombe va clore,
S'éteint en blasphémant : *que maudite soit* LAURE !!....
Et le Ciel irrité secrètement répond
Par un mot d'anathème au cri du moribond !
De tous côtés, hélas ! Magdelaine proscrite
Voit pleuvoir sur son front une sentence écrite !...
— Mais, non !... L'effroi l'égare : impénétrable aux yeux,
Son malheur n'est connu que d'un Être et des Cieux ;
Le secret peut l'éteindre... En voilant son martyre,
Celui qui l'aime tant mourra sans la maudire !
Et le ver du scandale, écrasé dans la fleur,
Ne reviendra jamais irriter sa douleur !

— Cet espoir, descendu de la Voûte éternelle
Comme un ange gardien, l'abritait de son aile ;
Vincent de Paul ouvrait à ses vœux triomphants
Cette arche qu'il bâtit pour sauver des enfants !
Mais quand vint à sonner l'heure de la Nature,
Quand la Mère paya d'une autre créature
L'Humanité qui vit de ce sublime impôt,
La Chambre avait muré les portes du Dépot *!!!...

— Législateurs maudits, funeste Aréopage,
A vous le sceau du crime et le fiel de ma page ;
Car vous avez, hélas ! poignardé bien des seins
Avec l'acier légal de votes assassins !
Pénétrez avec moi dans l'abattoir infâme
Où le meurtre palpite entre des doigts de femme ;
Interrogez des yeux les traces du licou
Dont la peur de rougir étreint ce frêle cou ;
Votre loi fit le nœud de la corde homicide !...
Réformateurs étroits, l'atroce Infanticide
Eut pour double berceau les urnes d'un scrutin !
Chaque nuit lui prépare un horrible festin ;
La honte l'alimente et la pitié l'excuse !
Mais quand il tend sa tête au code qui l'accuse ;
Quand un bourreau l'abat sous l'acier flétrissant ;
Votre front doit compter bien des taches de sang !

* Personne n'ignore qu'en vertu d'une loi l'Administration a fermé les
tours où l'on déposait secrètement les enfants trouvés.

— LAURE sentit le Crime, irrité par la crainte,
Enlacer sa raison et doubler son étreinte.....
Le spectre de l'opprobre épouvantait son cœur ;
Elle entendait partout le sarcasme vainqueur
S'accrocher aux lambeaux de sa vertu salie,
Et sa lèvre buvait l'affront jusqu'à la lie !
Mais un projet subit, échappé de l'Enfer,
Enveloppa son front de ses mailles de fer :
C'était un crime affreux qui secouait son être :
La sentence de mort d'un ange qui va naître
Se gravait, par syllabe, au fond de son esprit :
Son enfant avant d'*être* était déjà proscrit !

Misérable ! en frappant ce fruit de tes entrailles,
N'entends-tu pas tinter de doubles funérailles ?
L'acier qui plonge froid dans ce corps impuissant,
En ressortira tiède et rouge de ton sang !
Son âme est un rayon émané de ton âme,
Un flambeau qui prend feu dans la céleste flamme
Dont le Foyer suprême enrichit les mortels.
Peut-être eût-il un jour illustré les autels
Que la France consacre au culte de la Gloire,
Et ta main criminelle arrache son histoire !....
— Son poignard de marâtre, emmanché d'un bras lourd,
Assène un coup qui plonge avec un râle sourd
Comme un quartier de roc dans une mer profonde !...
— Mais détournons les yeux de cette page immonde !

— Le crime *baptisé* qu'avocat infernal
Je flétris aujourd'hui devant mon tribunal,
N'a point pris les couleurs d'un type imaginaire.....
L'Infanticide est là sur le roc sanguinaire
Où NÉMÉSIS l'enchaîne au bec de ses vautours.
Cette LAURE qui vint, dans mes âpres discours,
Prêter son masque terne à de feintes images,
N'a point tendu son front à de vains badinages.
— Mais le crime acharné dont l'impudique ardeur
Poursuit de ses lacs d'or tout ange de candeur,
Cet être aux jeux mondains qui l'amorce et le tue,
Commande les efforts d'une ardente battue.
Sa main creuse l'abîme où la vierge sans pain
Viendra prostituer sa misère et sa faim;
Jaloux que la Vertu n'évite pas sa tombe,
Il la masque de fleurs, et la crédule y tombe!...

Ces hommes dépravés dont se peuple Paris,
Ont un levain d'opprobre entre leurs doigts flétris,
Et leur contact imprime, en froissant l'innocence,
Un éternel cachet de leur cynique essence.
L'Infanticide prend ses grades à leurs cours,
Il marche à leurs côtés, se berce à leurs discours,
Et, dès que l'impudeur l'admet dans sa carrière,
Il franchit d'un seul bond la fragile barrière
Qui séparait ses pas d'un monde corrompu.....
Le fil qui l'enchaînait est pour jamais rompu!

Et vous, anges tombés dans la fournaise infâme
Où de lubriques feux s'allument pour la femme,
Vous n'avez plus en qui reposer votre espoir !
La Débauche vous rompt aux vœux de son pouvoir,
Comme un faible roseau déchiré par l'orage ;
Dès que vos fronts meurtris d'un stigmate d'outrage
S'inclinent sous le vent de la perversité,
Vous ne gardez plus rien du parfum de beauté
Qui vous valut naguère, amour, sceptre et couronne !
La Vierge qu'au berceau vous eûtes pour patronne,
S'indigne quand vos mains lui brûlent de l'encens,
Et le tribut menteur de vos tièdes accents
Retombe inaccepté de la voûte des temples !...
Voilà le fruit bâtard de nos sales exemples !

— Et nous, qui proscrivons, notre code à la main,
La fragile Vertu qui faillit en chemin,
Avons-nous observé jusqu'à la moindre clause
De ces pactes écrits que la raison impose ?...
L'Infanticide a-t-elle ensanglanté son bras
Sans avoir vu son front flétri par un Judas ?
Qui livra sa faiblesse au tourbillon du crime ?
Un séducteur. — Voyez ! la tremblante victime
Implore en vain sa grâce aux genoux du maudit :
Ce traître a renié son amour interdit :
Il écarte, en passant, la main qu'elle a tendue,
Et son dédain ne voit qu'une fille perdue !...

FEMMES, vous l'entendez : le mortel inconstant
N'offre, à d'éternels feux, que des feux d'un instant ;
Dès qu'il tombe des cieux où l'emportait son rêve,
Ce qu'Amour entreprit, c'est l'ennui qui l'achève !
Indocile à tout frein, esclave du désir,
Il n'a de foi qu'en lui, de loi que le plaisir.
Son Dieu c'est l'Intérêt, son serment une glose,
Et son honneur un mot... Me démente qui l'ose !

LE MAUVAIS RICHE.

Enfant gâté de l'aveugle Fortune,
Tu crois jouir de ces biens pour toujours ;
Du malheureux la plainte t'importune,
Ton cœur se ferme à ses tristes discours !...

Riche imprudent, va, ton cœur est de glace,
Tu ne connus jamais la charité ;
Mais songes-y, dans ce monde tout passe !
Riche imprudent, songe à l'éternité !...

Vois ce vieillard... Quand ta valse légère
Fuit, tourbillonne au soleil des flambeaux,
Il meurt de faim... L'hiver et la misère
Gercent ses bras sous la bure en lambeaux.....

Riche imprudent, va, ton cœur est de glace,
Tu ne connus jamais la charité ;
Mais songes-y, dans ce monde tout passe !
Riche imprudent, songe à l'éternité !...

Ce pauvre enfant, assis sur une tombe,
Ouvre à l'aumône une tremblante main,
Et de tes doigts pas un denier ne tombe !....
Sa mère est morte... il sera mort demain !

Riche imprudent, va, ton cœur est de glace,
Tu ne connus jamais la charité ;
Mais songes-y, dans ce monde tout passe !
Riche imprudent, songe à l'éternité !...

Toi, comme lui, des mains de la Nature,
Es tombé nu malgré ton sot orgueil.....
Entre vous deux, un jour la sépulture
Laissera-t-elle un débris de cercueil ?

Riche imprudent, va, ton cœur est de glace,
Tu ne connus jamais la charité ;
Mais songes-y, dans ce monde tout passe !
Riche imprudent, songe à l'éternité !...

J.-F. Destigny.

Paris, 28 avril 1838.

PARIS, IMPRIMERIE DE DECOURCHANT, RUE D'ERFURTH, I.

BICÊTRE.

Mais tout est plein dans chaque hospice,
Tant le peuple est infortuné !
BÉRANGER.

I.

Aux premiers feux de Mai ma tête incandescente
Mendiait près d'ARCUEIL des ombrages fleuris ;
J'y glanais les parfums de la saison naissante
Et m'enivrais d'un air inconnu dans Paris.

C'était le lendemain de la royale fête ;
A l'heure d'épouvante où, dans les cieux ouverts,
S'entre-choquaient déjà vingt foyers de tempête
Allumés à la fois sous la voûte des airs.

Mon pied semait des pas sur le talus champêtre,
Des aqueducs romains jusqu'au triple château
Qui, tour à tour *Wincestre* et *Bicestre* et BICÊTRE,
Étend ses quinze cours au sommet du coteau.

19

J'errais... Et ma raison, comme moi, vagabonde,
Abandonnait le frein à mes désirs flottants,
Quand l'un d'eux m'emporta vers le seuil de ce monde
Qu'étreint un mur bruni sous les talons du Temps.

Un Ami, qui connaît les circuits du dédale,
M'en fit franchir la porte en me tendant la main ;
Il m'ouvrit le géant, du toit jusqu'à la dalle,
Comme l'eût fait BRESCHET * sur un cadavre humain.

J'ai longtemps, l'œil tendu sur ses mille viscères,
Suivi les fonctions de cet immense corps ;
Aujourd'hui disséquons ses veines de misères,
Où circulent pour sang des vivants déjà morts.

II.

Qui voudra remonter l'échelle des années,
Trouvera qu'autrefois, repaire de Chartreux,
BICÊTRE présagea toutes ses destinées
En méritant dès lors le nom de GRANGE-AUX-GUEUX.

Plus tard vint CHARLES-SIX avec la valetaille
Qui brûle pour les rois un hypocrite encens ;
Puis un PRINCE ** s'en fit un foyer de bataille,
Et NOTRE-DAME un fief et l'effroi des passants***.

---

* M. BRESCHET, prof. d'anatomie descriptive à la Faculté de Médecine.
** Le duc de Berri s'y retira avec un d'Orléans pour se liguer contre
le duc de Bourgogne.
*** Bicêtre fut légué par le duc de Berri aux chanoines de Notre-Dame,
et, abandonné par eux, il redevint un repaire de brigands.

Louis-Treize arracha du néant des ruines
Ce château décrépit par de fréquents revers,
Et l'offrit pour asile à ces nobles poitrines
Que surprend dans les camps le fardeau des hivers.

Mais dès le jour qu'enfin nos moissonneurs de gloire
Obtinrent pour l'abri le plus digne de tous,
Ce Château redevient un antre expiatoire,
Engorgé de forçats, d'indigents et de fous.

Traversez avec moi les préaux de l'enceinte
Où végètent des troncs que l'âge a rabougris ;
Sur de longs bancs de fer, voyez en grappe sainte
S'amonceler des fronts nus de leurs cheveux gris !

Pour ces hommes parqués, le *Présent* n'est qu'un rêve,
L'*Avenir*, que la Mort qui vient comme un réveil ;
Et, roseaux mis en gerbe, ils n'attendent ni sève,
Ni souffle du Matin, ni rayons du Soleil !

Mais d'un joyeux *Passé* la fidèle mémoire
De tous leurs entretiens alimente le cours ;
Et leurs crânes éteints sont des boîtes d'histoire
Où l'ennui des vieillards prend d'éternels discours.

Que marche devant eux, trente fois par semaine,
Le vieux cercueil banal tout maculé de sang,
Ils n'y verront qu'un but de la nature humaine,
Un esquif de pêcheur qui s'emplit en passant.

Ils se laissent glisser dans les flancs de la tombe
Sans chercher à saisir les arbustes du bord ;
Ce sont de vrais troupeaux marqués pour l'hécatombe
Qui se font un jouet du glaive de la Mort.

III.

Que l'esprit, en lisant ces vivantes archives,
Dévide l'écheveau de bizarres destins !
Que BICÊTRE est profond pour les têtes actives
Qui savent de lambeaux coudre des bulletins !...

Mais pénétrons, amis : l'Indigence qui grouille
Sur le granit usé de ces vastes arceaux,
Promet, au Moraliste ardent à cette fouille,
Des torrents où notre œil n'a vu que des ruisseaux.

Ces grilles, que défend un rigide Cerbère,
Ne roulent qu'à regret sur l'acier de leurs gonds ;
Cet obstacle de fer cache un dernier ulcère...
Il garde dans cinq cours douze cents furibonds !

On frémit à l'aspect de ces ombres hideuses
Qui grincent la menace et brisent des barreaux * ;
La démence s'y tord dans des luttes affreuses,
Et lime avec ses fronts la pierre des carreaux.

---

* Un fou furieux, qui se trouve aujourd'hui à la 5ᵉ division de la maison
de Bicêtre, est d'une force si prodigieuse dans ses moments d'accès,
qu'il arrache les barreaux des plus fortes grilles.

Ici l'œil effrayé cherche en vain des traits d'homme
Sur des blocs impotents, sur de fangeux paquets
Accroupis ou roulés comme une masse informe,
Et barbotant des mains dans d'ignobles baquets.

Là c'est le travailleur, aux brûlantes entrailles,
Qui depuis treize mois de son poing énervé
Gratte, sans nul repos, le granit des murailles
Avec l'angle impuissant d'un débris de pavé.

Plus loin ce sont des *rois,* des *empereurs,* des *princes,*
Un *Jupiter,* un *pape,* un *crieur* à l'encan,
Qui brandissent leur sceptre au front de leurs provinces,
Et ne rêvent ici que Louvre et Vatican.

L'influence électrique a secoué leurs têtes;
Ils hurlent des soupirs aux lueurs des éclairs,
Et tonnent contre Dieu d'éclatantes requêtes,
Qui font tinter le cœur et frissonner les chairs.

Le Progrès, attentif à mitiger leurs peines,
Invoque le secours d'un art persévérant;
Ils n'ont plus à traîner ce ceinturon de chaînes
Qui poursuivait leurs pas de son bruit déchirant.

Aujourd'hui la douceur dompte ces frénétiques,
Les égards et les soins désarment leurs transports;
Ce que n'obtinrent pas les tortures antiques,
L'humanité l'obtient par de moindres efforts.

Le zèle sans tribut, les vertus volontaires
Ennoblissent ici le dernier des mortels ;
Et j'ai, dans ce Château, vu d'humbles mercenaires
A qui Rome païenne eût dressé des autels !

IV.

Le malheur n'a pas seul encombré cette enceinte
D'hommes grevés par l'âge et rompus par l'excès ;
Des peuples de forçats ont laissé leur empreinte
Sur ces murs dégradés par leur cynique accès.

Là, d'horribles cachots ont vu dans leurs entrailles
Passer, à plein égout, l'écume des prisons ;
Mille noms d'assassins, gravés sur les murailles,
Aux criminels futurs y lèguent leurs poisons.

Au centre, voyez-vous la cour quadrangulaire
Où le Bagne engrena d'atroces chapelets ? ....
C'est ici qu'avançait le *panier* * cellulaire,
Là qu'attendait SAMSON ** entre ses deux valets !....

Tout nous parle d'horreurs dans cet antre de crimes :
Ici vieillit LATUDE, et là QUATRE HÉROS ***
Dans ces noirs souterrains descendirent victimes
D'un cri de liberté qui resta sans échos !...

---

* Les prisonniers donnent le nom de *panier à salade* à la voiture ferrée
au moyen de laquelle l'Administration opère le transport des condamnés.
** *Samson* était le bourreau du département de la Seine.
*** Les quatre sergents de la Rochelle : BORIES, POMMIER, RAOUL, et
GOUBIN.

J'ai fait grincer sur moi les portes cuirassées
Que la main d'un tyran verrouilla sur vos fronts,
Et mon cœur entendait vos ombres empressées
Lui crier : « Espérance! ami, nous reviendrons!... »

Oh! pourquoi revenir, Mânes mille fois chères?...
Dans ce monde d'oubli toute gloire s'éteint;
Juillet avait signé vos quatre baptistères,
Et sous le vent des Cours son paraphe a déteint.

Vous n'avez pas un marbre où poser la couronne
Que vous cueillit trop tôt votre témérité;
Vos noms seront proscrits du fût de la colonne
Qu'on promet aux soldats de notre Liberté!

Remontez triomphants dans le séjour des anges!
Enivrez-vous de Dieu dans ce monde inconnu,
Jusqu'à ce que le Temps convoque nos phalanges,
Et que de vous chanter le règne soit venu!...

Toi surtout, cher enfant, que mon pays vit naître,
Mon frère, mon patron, mon idole, Goubin!
Toi que j'ai tant pleuré sans l'avoir pu connaître,
Ami, remonte aux cieux, Paris est Jacobin.....

Le martyre des quatre, aux fêtes solennelles,
N'a point été gravé sur des canons vainqueurs;
Mais il restait inscrit, en lettres éternelles,
A côté du mot France, au centre de nos cœurs!...

Adieu, GOUBIN, POMMIER, RAOUL, et toi BORIES,
Mânes qui remplissez les voûtes de ce lieu,
Mes lèvres font saigner vos blessures taries ;
On n'est libre qu'au ciel... Nobles Ombres, adieu ! ! !...

V.

BICÊTRE, au long compas de mes folles idées,
Avait, en dépouillant et sa forme et son nom,
Grandi, comme un éclair, de quarante coudées :
Le château des Chartreux avait son Panthéon !

Le culte du Malheur au culte du Martyre
Venait, en un instant, de transmettre ses droits ;
Et l'Oubli détrôné n'avait dans son empire
Pour très-humbles sujets que de très-puissants rois...

— Mais l'heure qui tombait de la grande tourelle
Avait déjà vibré sous les arceaux des cours ;
Elle arpentait les toits comme une sauterelle,
Et le timbre d'ARCUEIL la comptait à rebours.

C'était le cri d'adieu pour la foule indiscrète ;
BICÊTRE l'entendit, et sur ses habitants,
Que l'instinct enchaînait au fond de sa retraite,
Ferma, comme un jaloux, sa porte à deux battants.

J.-J. Destigny.

Paris, 5 mai 1838.

PARIS, IMPRIMERIE DE DECOURCHANT, RUE D'ERFURTH, 1.

LE PALAIS-ROYAL.

XX' SATIRE.

Rétabli par le Temps sur son trône de braise,
L'Été nous verse à flots les feux de sa fournaise...
Comme les rois d'un jour, ce monarque joyeux
Promet ce qu'en naissant ont promis ses aïeux.
Les gerbes de rayons que son soleil étale
Font dans tous ses replis suer la Capitale,
Et son ardente haleine, après d'éternels froids,
Descend jusqu'aux salons par les pores des toits.
Les promeneurs, brûlés sous ce foyer d'orage,
Vont alors du PALAIS se disputer l'ombrage.
Du Café d'Orléans * aux débris de Véfour **,
L'Oisiveté va voir tourbillonner sa cour.

* Café Dugoujon, au coin de la galerie d'Orléans.
** Véfour, restaurateur autrefois renommé de la galerie de la Rotonde,
et maintenant éclipsé par Véry, son voisin.

Dans ce cadre géant, à bordures d'arcades,

Où l'ormeau rajeuni nous tend mille cocardes *,

Quatre-vingts guéridons, affermés par Empis **,

Etendent sur l'arène un quadruple tapis

De jouisseurs bruyants et d'orgueilleuses têtes ;

C'est là qu'un privilége a, malgré vingt requêtes,

Appelé, trente mois, l'or de tous les comptoirs !

Ah ! si le Roi savait que Paris tous les soirs

Déserte ainsi Douix ***, Jeanne et Diverneresse,

Pour courir en aveugle où la foule se presse !

S'il savait que Lemaître **** a seul droit aux écus

Des heureux altérés que l'exemple a vaincus !

Mais le cri roturier qu'ici le vent emporte

N'ira pas au Château sans mourir à la porte.....

L'injustice a fait bail, et le code inhumain

Ne permet de juger que le texte à la main.

Les tables resteront ; et chaque locataire

Ne devra désormais que payer et se taire !

C'est le seul droit écrit qu'on n'ait pas contesté.

— Empis veut-il, entier dans sa cupidité,

Palper des revenus qu'on s'étonne d'atteindre ?

Qu'il partage en six baux le bail qui va s'éteindre ;

Alors, au *prorata* de vingt guéridons pris,

Les fermiers solderont leur quote-part du prix.....

Directeur, sois-en garde, un abus qu'on respecte

Peut rendre, en un instant, la probité suspecte !

* Allusion à la cocarde de feuille de Camille-Desmoulins.
** Empis, directeur à la liste civile.
*** Douix (café Corazza) ; Jeanne (café Lemblin) ; Diverneresse (café Valois).
**** Lemaître (café Foy), fermier des guéridons et des chaises.

Nous vivons dans un temps où, sans être devin,

Le peuple émancipé parle de pots-de-vin.....

Un seul mot va si vite! et la foule est crédule.....

Mais, Empis, au revoir! armé de ma férule,

Je vais suivre tes pas au Théâtre-Français.....

— Ce colombier désert dont on ferme l'accès

Aux sublimes aiglons de l'école moderne,

Attend depuis quinze ans un chef qui le gouverne.

C'est un temple sans prêtre, un vieil autel sans Dieu ;

Les anges vermoulus qui décorent ce lieu

Ne se rattachent plus qu'à ces règnes prospères

Où la crédulité berçait encor nos pères.

Tout est caduc ici ; dans la nuit des cartons

Tout semble inanimé... C'est la tombe! partons.

— Ici règne Dormeuil *, au fond d'un antre obscène,

Où l'impudeur à nu se cote sur la scène.

C'est un bouge, un repaire, un gymnase fangeux,

Où la lubricité révèle tous ses jeux.

Celle dont Frétillon n'est que la sœur aînée,

La vive DÉJAZET, la bacchante incarnée,

Tient les rênes du char, applanit les chemins,

Et folâtre en semant les succès à deux mains.

— Là bas, c'est le café du Corazza ** moderne :

Le prince d'Orléans qui maintenant gouverne,

Philippe-Égalité, Bonaparte, à vingt ans,

Ont usé dans son sein de merveilleux instants.

* Directeur du théâtre du Palais-Royal.
** Café Douix, autrefois Corazza, galerie Montpensier.

Aujourd'hui rendez-vous de notre jeune armée,
Le temps lui triple encor fortune et renommée.
— Les salles de Lemblin, berceaux de nos transports,
Furent aussi témoins d'héroïques efforts ;
Dans nos combats fréquents contre la tyrannie,
La politique eut là ses éclairs de génie ;
Mais le retour du calme, étouffant nos débats,
Éteignit le brandon dans la main des soldats ;
L'on y vit succéder les beaux-arts à la guerre.
— Mais quel est ce Vanson dont j'admirais naguère
L'étalage pompeux, le luxe oriental,
A travers des carreaux en nappes de cristal ?...
Quoi ! pour vendre à l'encan * cent lots de porcelaines,
Il lui faudra crier cinquante-deux semaines !
Ma raison se confond dans un doute accablant.....
— De ces doubles arceaux l'éclat étincelant
Révèle, sans le nom, des bijoux de Nagèle ** ;
Près d'eux est un tripot qu'il faut que je flagelle,
C'est la taverne anglaise..... Oh ! maîtres orgueilleux,
Votre essor de fortune est par trop scandaleux.....
Pour traîner par la ville un chariot superbe,
Vous avez dû glaner vos épis sur la gerbe.....
C'est bien ; mais quand viendra le terme convenu
De produire au grand jour tous vos actes à nu,
Qu'aurez-vous à répondre à de justes demandes ?
Verserez-vous enfin ces larges dividendes ?...

---

* On a tant abusé de ce charlatanisme de vente par cessation d'un commerce qui ne cesse jamais (témoin la Porte Chinoise), qu'il est temps que l'Autorité prenne des mesures à cet égard.

** Propriétaire d'un beau magasin de joaillerie.

— Ici brillent aux yeux les plaqués de Gandais * ;
Là-bas, l'Estaminet soi-disant Hollandais,
Lance par tourbillons, sur la tête des ormes,
Un nuage aspiré de cent tubes énormes :
Dans ses flancs ténébreux où grondent à la fois
Cinq cents bouches en feu, cinq cents éclats de voix,
Le quintuple vaisseau porte toute une histoire
D'avocats, de guerriers, germes de notre gloire....
— L'Estaminet Follet, qui tente son essor,
N'oserait espérer de l'égaler encor ;
Mais sa base, du moins, est largement assise.....
A qui ne veut toucher une corde indécise,
L'antre, qui s'est nommé café de l'Univers,
N'inspirera jamais l'hémistiche d'un vers.
— Descendons.— Si Normand a des paroles franches,
Si l'on peut naître vrai sur les côtes d'Avranches,
Le complice qu'un jour me donna Frank-Carré,
Le Doyen ** a le droit d'être ici déclaré
La vérité vivante et le marchand modèle.
Cette course au clocher que mon griffon rebelle
Fait ainsi par saccade à travers le Palais ;
Ces distiques qui vont de Pékin à Calais,
Sauront prouver du moins, à qui les voudra lire,
Que l'amitié résiste aux accès du délire ;
Et qu'un libraire enfin, fût-il même éditeur,
Peut mériter parfois l'estime d'un auteur.

* Gandais, plaqueur du roi, galerie de Valois.
** Le Doyen, libraire, galerie d'Orléans.

L'heure tinte six fois..... Deux vivantes cascades
Roulent leurs flots heurtés sous les longues arcades.
Un murmure de sons, un roulement de pas,
Mille cris, mille mots que l'esprit n'entend pas,
Courent avec les pieds sur les dalles sonores ;
Cent bras aux noirs arceaux ont replié les stores ;
La foule qui descend des gorges du perron
Jette sur la Rotonde un bruyant Achéron
Diapré de sedan, de lambeaux et de soie ;
Le désespoir crispé précède et suit la joie
Comme un Remords hideux qui combat deux Amours !
Là, l'ivresse et la faim suivent le même cours :
L'une sent l'appétit qui corde ses entrailles,
Et l'autre, s'accoudant sur toutes les murailles,
S'imprime des cachets de dégradation !...

Quand un sceptre affamé fait apparition
Dans le cercle interdit des insolentes tables
Que l'art vient de charger de ses sucs délectables,
Un indigne valet, son licol à la main,
Ecarte des heureux l'épouvantail humain.
L'allégresse, glacée à cet horrible vue,
Détourne un seul instant sa prunelle éperdue ;
Mais dès que l'effroi cesse, incontinent s'éteint
Cet éclair de pitié dont son cœur fut atteint ;
L'infortuné succombe, et la froide ironie
Répond par un sarcasme à son cri d'agonie !

— Dans ces groupes joyeux qui sont venus s'asseoir
Pour savourer ici la mollesse du soir,
La folâtre gaieté promène ses conquêtes.
Ici, des feux d'amour galvanisent les têtes ;
Là, ce sont des projets ourdis sur un écueil
De beaux rêves éclos au giron de l'orgueil,
Et partout feux follets et prestiges d'une heure.....
Que devant tant de faste un infortuné meure,
Le ciel n'entendra pas s'échapper de leur sein
Un mot compatissant pour le deuil ou la faim ;
Leurs cœurs sont sans échos, leurs poitrines sans fibres !

— Il est un autre abus que les nations libres
Devraient, sans nul merci, proscrire des États :
C'est le sale trafic offert à des ébats
Qu'on a vu révolter la licence des rues.....
Aux abords du Palais, quand de ces offres crues
Viennent à son passage arrêter l'étranger,
Notre pudeur s'indigne ; on devrait fustiger
Comme un lâche forçat le courtier impudique
Qui nous force à rougir sur la place publique.
La loi devrait armer, dans ce cas trop urgent,
La main dont le pouvoir s'est dû faire un agent,
Afin qu'au moins le vice, affublé d'un long voile,
N'eût pas d'autres flambeaux que les feux de l'étoile.
Mais le crime déborde, et la corruption
S'en va semant partout la dépravation.

— La police a chassé les vices à patente,
Et la loi balayé tous les Trente et Quarante
De l'enceinte des murs du Palais rajeuni;
Mais, ne l'oubliez pas, l'acte n'est pas fini.
Tant qu'un trafic infâme ira, dans nos oreilles,
Crier à demi voix obscénités pareilles;
Tant qu'au bras de l'époux, en traversant Paris,
L'épouse devra fuir ces libertins flétris
Qui lancent à la fois le venin et l'injure,
Les scandales auront abondante pâture.....
— Dans le Palais enfin, l'usage a prévalu
Sur le vieux règlement du pouvoir absolu
Qui, dans tous les jardins, étouffait le cigarre;
Aujourd'hui, grâce au vœu d'un caprice bizarre,
Les dames ont absous cet abus révoltant.....
Et les tourbillons gris qu'on avale en sortant,
Ne sont plus désormais frappés d'intolérance :
La Beauté qui régnait de par nos lois de France,
A Brisé le *veto* qu'on frappait de dédain;
Nous sommes affranchis de tout culte mondain.....
Eh! de par Dieu! dussé-je en courir votre blâme,
Je préfère ma chaîne aux rancunes de femme!
D'ailleurs, esclave heureux de la captivité,
Je ne craindrais rien tant que trop de liberté!...

                                        J.-F. Destigny.

Paris, 12 mai 1838.

PARIS, IMPRIMERIE DE DECOURCHANT, RUE D'ERFURTH, I.

LE POËTE ET L'ÉPOQUE.

___

XXI· SATIRE.

___

On achète
Lyre et musette :
Comme tant d'autres, à mon tour,
Je me fais poëte de Cour.

BÉRANGER.

Fils d'un brave amputé sur le champ de bataille,
JEAN naquit pour la faim et grandit sur la paille.....
Son nom simple et commun aux vertus de son rang
Ne blessa point l'écho de la triste demeure
Où son vieux père attend que sa pauvreté meure :
    Il le reçut d'un tisserand.

Quand l'Éternel eut mis dix-sept ans sur sa tête,
Ce volcan où germait la divine tempête
Secoua tous ses freins, fit craquer ses parois,
Et, semant de ses vers la céleste ambroisie,
Crut voir danser le Monde, ivre de poésie,
    Sur les débris des derniers rois!...

Mais son rêve fut court, car l'hyène à l'œil fauve,
L'atroce Faim s'assit au fond de son alcôve,
Et son réveil compta cent royautés debout!...
L'astre du lendemain vint trouer son mirage,
Et, déçu, JEAN resta muet après l'orage,
            Devant l'*arc-en-ciel* du SEPT-AOUT !

La misère que suit une effroyable escorte
Verrouille avec fracas les battants de sa porte;
Elle donne à sa voix d'invincibles bâillons,
Et, grinçant contre lui les dents de l'ironie,
Garrotte étroitement cet aigle de génie
            Dans la honte de ses haillons.

Sa verve indépendante a beau narguer la gêne,
Et jouer dédaigneuse avec le bout de chaîne
Qui semble, à son insu, circonscrire son tour,
L'entrave du besoin tient son aile arrêtée :
Son esprit, en séquestre, est un vrai Prométhée
            Qui se débat sous le vautour.

La herse du Malheur intercepte sa route.....
Blotti sous le buisson que sa détresse broute,
Il attend, pauvre agneau, que vienne le trépas;
Mais la Mort qu'on appelle arrive, hélas, si lente !
Et sa main est réduite à presser la détente
            De l'arme qui n'éclate pas.

Son désespoir n'a plus, dans cette épidémie,
Que deux portes au choix : la *tombe* ou l'*infamie !*
L'Intrigue le poursuit et l'enchevêtre encor :
Il ouvre un œil ardent sur l'appât qu'elle étale,
Et sent entre ses chairs la fièvre de Tantale
    S'allumer à l'aspect de l'or.

S'il résiste à la voix de ses entrailles vides,
Du calomniateur les organes livides
Traîneront sur son nom leurs mensonges gluants ;
S'il succombe, les rois qui marchandent sa lyre
Parqueront, sans pitié, l'homme atteint de délire
    Dans l'antre plein de leurs truands.

Mais désormais la Foi trop souvent abusée
N'osera plus ouvrir son riant Élysée
A l'essor du poëte échappé d'ici-bas :
Quand un condor tomba de la voûte éternelle,
Comment croire à qui vient de déployer son aile
    Pour des cieux qu'il ne connaît pas ?

Nul ne peut de son front détourner l'anathème,
S'il n'a vu parapher son acte de baptême
Dans le gouffre sans bords d'un parquet ennemi ;
Nul apôtre, lançant une barque à la côte,
N'échappe au contre-coup de la honteuse faute
    Dont se souilla BARTHÉLEMY !...

Cet homme prouva trop, en se laissant corrompre,
Qu'un bras, fût-il de fer, était facile à rompre ;
On suspecte aujourd'hui tout généreux transport
De cacher sous le masque un sordide égoïsme,
Et le vain préjugé condamne l'héroïsme
        Avant qu'il soit sorti du port !...

Que fera le poëte ainsi chargé d'entraves ?...
JEAN, qui mourrait de faim sur le pain des esclaves,
Ira-t-il, dépouillé de son respect humain,
User dans les palais, sur le marbre des dalles,
Les lambeaux mal rejoints de ses vieilles sandales ?
        Osera-t-il tendre la main ?...

Non !... Sa Misère assise au fond de la mansarde
Où par les trous du toit la Canicule darde,
Comme des flèches d'or, ses gerbes de rayons,
La Misère, sa sœur, va, d'une voix éteinte,
Moduler, pauvre cygne, une dernière plainte.....
        Dans l'âtre JEAN prend des crayons.

Infortuné ! ses chants, proscrits avant d'éclore,
Ne réveilleront pas les heureux qu'il implore.....
Le siècle veut du drame en corselet de fer,
Des meurtres bien saignants, de l'horreur effrénée,
Du massacre tout chaud... Et la ville damnée
        N'accueille que des cris d'enfer !

Mais le timbre qui vibre une mélancolie,
Cette intime douleur qui soupire et supplie,
Ces motifs que la Faim compose en expirant,
N'ont point ému pour eux les fibres où gît l'âme,
Leur cœur ne sait s'ouvrir qu'à l'acier d'une lame
      Et battre qu'en se déchirant.

Quand le Paganini de la miséricorde,
LAMARTINE a, quinze ans, su tirer d'une corde
Des pleurs qu'eût enviés le triste Ézéchiel ;
Quand sur le front pesant de la France endormie,
Le rhythme langoureux de notre Jérémie
      Lance des *Oremus* au ciel ;

Quand un lecteur badaud, tout plein de ses alarmes,
A souffert de ses maux, larmoyé de ses larmes,
Et qu'un jour le pleureur des grandes nations
Lui jette le dédain par-dessus son épaule,
Il se réveille, lui, qui cherchait sous le saule
      L'auteur des Lamentations.

Ah ! si jamais poëte à l'ardente paupière
Soupire ses douleurs sur son chevet de pierre,
Si la voix de sa faim bruit sur les échos,
Allez dire à qui but les pleurs de LAMARTINE :
JEAN se meurt dans les bras d'une étroite famine,...
      La borne est son lit de repos !...

Allez dire aux passants qu'un homme est là qui pleure,
Qu'il s'éteint... que son corps sera froid dans une heure;
Dites : « C'est un poëte! allons le secourir!... »
Ils vous répondront tous, en secouant la tête,
« Que c'est perdre le temps d'écouter la requête
　　　Des poëtes qui vont mourir. »

L'infortuné succombe!... Une obole naguère
Eût tué le cancer de sa lente misère,
Et vous l'avez broyé sous un lâche refus!...
Son talent promettait des palmes à l'histoire,
Mais la Mort a soufflé sur ce rayon de gloire :
　　　Dieu ne le rallumera plus!

Ce roseau qu'a froissé l'haleine de l'orage,
S'est rompu sous le vent dès le matin de l'âge,
Comme un frêle jouet dépourvu de tuteur;
C'est en vain qu'aujourd'hui la pitié le regrette;
Il est mort quand son front se parait d'une aigrette :
　　　La Faim a dévoré l'auteur.

Mais qu'aurait-il donc fait dans ce torrent d'infâmes
Où l'étroit mercantisme a ballotté tant d'âmes?
Son grand apostolat n'eût pas été compris.
Que ses mânes en paix s'endorment dans leur cendre!
Son phare lumineux jamais n'eût pu descendre
　　　Jusqu'à ceux qui n'ont rien appris.

L'intérêt, ce typhus de l'époque où nous sommes,
Paraît, en grandissant, rapetisser les hommes.
L'intelligence est froide, et le feu clandestin
Qui calcine les cœurs en desséchant la vie,
Lui prête aujourd'hui seul la rage inassouvie
  Que lui commande le Destin.

Le poëte bâtard n'a plus rien de l'antique;
Perdu dans les détours de notre arithmétique,
Il enfile des mots qu'on appelle des vers ;
Puis, martelant l'esprit sur sa brutale enclume,
Entasse des feuillets maculés en volume,
  Et croit planer sur l'Univers.

Nous avons profané la sainte poésie
Qui coulait, avant nous, comme un parfum d'Asie
Du crâne bouillonnant des prophètes élus ;
Nos cauchemars boiteux sont d'atroces mensonges
Qui n'ont rien emprunté de ces merveilleux songes
  Qu'autrefois nos pères ont lus.

L'agio patenté de nos frelons du change
Emmaillotte les arts dans un sordide lange ;
Il assied ces forçats sur le banc des rameurs,
Et les fait batailler à tous les coins du Monde
Pour tourmenter les flots de cette mer immonde
  Dont les Agents sont écumeurs.

❀

Mais un aigle a surgi de cette décadence.....
Il darde d'un seul trait son vol d'indépendance
Au-dessus des grands noms qui brillent dans les cieux !
Hégésyppe Moreau se révèle à la terre
Par un de ces éclats que rugit le tonnerre
    Quand il bondit sur ses essieux !...

Quand de sa verve en feu des distiques de lave
Tombent comme un torrent indigné d'être esclave,
Notre âme boit à flots une secrète horreur.....
Sa rime incandescente a le nerf de la poudre ;
Et ses transports, armés des ailes de la foudre,
    Semblent semer de la terreur !

La presse aux mille voix, trop lente à te connaître,
Saura te couronner des palmes de grand maître ;
Espérons !... Je n'ai, moi, que de pâles accents ;
Mais quand chacun viendra t'ouvrir un Capitole,
Si ma Muse au tribut n'apporte qu'une obole,
    Du moins j'attiserai l'encens.

                              J.-F. Destigny.

Paris, 19 mai 1838.

PARIS, IMPRIMERIE DE DECOURCHANT, RUE D'ERFURTH, 1.

LES COURSES.

XXII' SATIRE.

Sunt quos curriculo pulverem Olympicum
Collegisse juvat, metaque fervidis
Evitata rotis, palmaque nobilis
Terrarum dominos evehit ad Deos.

Hor. *ad Mæc.*

I.

La Mode est dans ses goûts un bizarre Protée.....
Son être vaporeux, plus vain que le plaisir,
Plus vagabond qu'un rêve à la tête éventée,
Vous glisse de la main quand on le veut saisir.

Un caprice l'engendre; et la foule, sa mère,
S'agenouille, idolâtre, autour de son berceau ;
Puis un caprice éteint l'auréole éphémère
Dont la reine d'un jour se faisait un bandeau!...

Son programme et son code ont pour titre *inconstance.*
Aujourd'hui c'est LA COURSE!...—Armé de nos crayons,
Entrons dans l'hippodrôme où, comme un disque immense,
Elle étale aux regards ses frivoles rayons.

Voyez sur les gradins charpentés pour ses fêtes
S'ammonceler en grappe un monde éblouissant;
C'est la Mode qui meut ces guirlandes de têtes,
Et qui lance au tournoi des athlètes Pur-Sang.

Là, c'est le Jockey's Club, aréopage hippique,
Érigé pour la lutte en corps de tribunal;
Cercle de vrais Chirons *, plagiat britannique,
Consacré par la Mode au culte du cheval.

II.

Mille regards béants tombent de la tribune
Sur le point de l'arène où viennent les rivaux;
C'est l'heure du pari... Tout rêveur de fortune
A l'enjeu déjà mis joint des enjeux nouveaux.

Mais la cloche soudain s'agite sous la tente;
Elle jette, en vibrant, un signal dans les airs.....
Que de cœurs ont dû battre à ce glas de l'attente!
Que de vœux vont jaillir de tous ces yeux ouverts!...

Les coursiers, comme un trait que décoche la foudre,
S'élancent à la voix d'ardents Automédons;
C'est la flamme qui lèche une trace de poudre
Dès que leur bouche en feu sent flotter ses bridons.

---

* Comme leur patron de la fable, ces Centaures modernes ont à la fois
de l'homme et du cheval.

L'arène ensevelit sous sa grise poussière
L'ouragan indivis des jouteurs écumants;
Leur nuage fougueux vole à pleine barrière,
Et leur bruit les devance en longs gémissements.

Mais la masse rapide est enfin dénouée!
De sa vague poudreuse on voit s'élancer FRANCK *;
Il bondit comme un cerf en ouvrant sa trouée.....
Un seul coup de jarret le jette au premier rang!

FORTUNATUS **, LESTOCQ, LANTARA, MISS ANNETTE,
ROYAL-GEORGE, ALADIN, vos rivaux sont vaincus;
Mais qu'avez-vous prouvé qui mérite l'aigrette?...
LORD SEYMOUR, ton succès n'est qu'un succès d'écus.

Tes chevaux ont servi la vanité du maître,
Leur vitesse vingt fois t'a chargé de lauriers,
Tu triomphes dans l'âme... Eh bien! tu vas connaître
Ce que valent pour moi tes palmes d'étriers.

III.

Les Courses, n'en déplaise à d'orgueilleux Centaures,
Sont des combats de fous, sans mérite et sans but.....
Quand le coursier vainqueur perd sa force à pleins pores,
Il va droit du triomphe au chantier de rebut.

---

* Cheval bai, 5 ans, appartenant à LORD SEYMOUR.
** Noms de chevaux vainqueurs dans les dernières courses; ils appar-
tiennent tous à LORD SEYMOUR.

Le Pur-Sang, énervé dans des joutes barbares,
Sent tiédir dans ses flancs ses trésors de vigueur ;
Ses pieds, naguère prompts, de leurs pas sont avares,
Son œil ne transmet plus les éclairs de son cœur.....

Quel germe obtiendrez-vous, triomphateurs prodigues,
De l'étalon qui s'use en futiles ébats ?
Vous avez su coter ses précoces fatigues,
Mais qu'en fera la Race après vos cent combats ?

« Le présent nous enivre... Eh ! qu'importe la vie
» Que le Temps nous amène en chassant le passé ?...
» Léguons à l'avenir, au gré de notre envie,
» Monarques d'un instant, notre sceptre cassé ! »

Voilà le cri d'un siècle accroupi dans la boue,
Le but de l'égoïste et la loi du frelon.....
L'intérêt borne tout au cycle de sa roue,
Et circonscrit le monde au cadre d'un salon !

Cet or que l'heureux tient d'un fermier tributaire,
Cet or sué qu'il jette au gouffre des hasards,
Peut extirper la faim du grand corps prolétaire,
Activer le progrès et dérouiller les arts ;

Mais cent groupes joyeux vont en longues roulades
Porter son nom plus haut que tous les noms humains ;
Et des gradins, pour lui, vont tomber en cascades,
De longs cris, des bravo, des battements de mains !

De riantes beautés vont payer à sa gloire
Le tribut de ces fleurs qui parfument leurs gants;
Elles vont prodiguer l'éloge sans y croire,
Verser de leurs caquets les philtres élégants.....

Oui, l'encens d'étiquette aux lèvres parfumées
Va brûler un instant pétillant, gracieux;
Mais pour d'autres, demain, les suaves fumées
De ces mêmes autels monteront dans les cieux.

Que vaut une couronne au plus offrant vendue
Avec le prompt coursier qui sait l'atteindre au vol?...
Sa splendeur qu'un matin voit acquise et perdue,
S'éteint comme un rayon dans les ombres du sol.

Et voyez-les pourtant, écuyers intrépides,
Affronter les dangers qu'on sème sous leurs pas;
La Mort n'a pas de faulx pour trancher ces Alcides,
Et leur vitesse échappe aux ruses du Trépas!

Quand, pressé de la voix qui frappe ses oreilles,
Chaque athlète s'anime à vaincre ses rivaux,
On regrette de perdre à des luttes pareilles
Tant de vigueur si propre à de nobles travaux.

L'élan qui les emporte à travers la campagne,
Nivèle devant eux tous les plis du terrain;
Le même bond franchit le gouffre et la montagne,
Tant est vif le ressort de leurs muscles d'airain.

L'œil effrayé les suit dans leur course indomptée,
Comme un rapide esquif ballotté sur l'écueil;
Et leur fougue remplit sa route accidentée
Sous le double éperon que darde un sot orgueil.

Mais trop souvent l'obstacle, à ce bouillant courage,
S'oppose infranchissable au milieu de l'assaut;
Le cavalier s'irrite, et son aveugle rage
Les jette mutilés après ce dernier saut *!...

IV.

Nos éleveurs ont-ils, à ce jeu sanguinaire,
Moissonné quelque fruit pour tant de soins ardus?...
Non; l'argent a suivi le canal ordinaire,
Le riche a dévoré tous les enjeux perdus.

Pourquoi déshériter au profit d'une Altesse
Des producteurs courbés sous le poids des impôts?
Devrait-on dénier au droit de leur détresse,
Pour le progrès du sang, l'étalon des dépôts?...

Les trésors qu'engloutit la funeste manie
D'éreinter à deux ans nos plus nobles coursiers,
Seront-ils marchandés par la parcimonie
A l'émulation de leurs vrais nourriciers?...

* Les courses au clocher sont chaque année la source d'accidents dé-
plorables, et celles de la croix de *Berny* ont eu récemment encore leurs
morts et leurs blessés.

L'inutile danger qu'affronte ainsi l'audace,
Dépense, sans produit, d'énergiques transports ;
C'est un assaut d'enfants où, maître de la place,
Le vainqueur a perdu l'honneur de ses efforts.

Aujourd'hui que la Mode a pris sous sa tutelle
Ces gymnases bruyants de notre âge bâtard,
De grands noms, héritiers d'une gloire immortelle,
Se groupent sous les plis de leur vain étendard :

Car la gloire d'un règne impuissant pour la guerre
Aux jeux de l'hippodrome obtiendra des lauriers ;
Et l'étoile du brave, éclatante naguère,
Viendra de chute en chute au sein des écuyers.

Eh bien ! donc, JOCKEY's CLUB... élargis ta ceinture,
Épuise le PUR-SANG à disputer ton prix ;
Tes membres obtiendront des palmes en peinture
Au fronton replâtré du Cirque de Paris....

NEY DE LA MOSKOWA, ce fleuron de l'Empire,
Ce grand spectre qui saigne au palais du Faubourg,
Va crier de sa tombe à son fils en délire :
NEY ! respecte mon nom écrit au Luxembourg !...

Si tu vas le commettre au tapis de la course,
Garde-toi d'oublier qu'il te fut transmis beau ;
Préserve son éclat des fanges de la Bourse ;
Et lègue-le sans tache au marbre d'un tombeau !...

Évite ces paris où l'Intrigue assidue
Guette l'enthousiasme et la crédulité;
L'écho m'a souvent dit que ta tête éperdue
Veut de tous les plaisirs boire à satiété.....

Prends garde au JOCKEY'S CLUB... Un pas dans cette arène
Prépare un second pas qui mène à l'infini;
Sur la pente du jeu le moindre fil entraîne,
Et le rêve d'une heure est si longtemps puni!

                                    V.

Toi, fortuné SEYMOUR, dont l'âme est accessible
A toutes voluptés comme à toutes douleurs;
Toi qui verses le baume et te montres sensible
A qui va t'invoquer les yeux noyés de pleurs;

Je te proclame ici l'humain par excellence.....
Mais en semant ton or par lingots tout entiers,
As-tu jamais payé ta dette d'opulence
Au malheur que la Faim suit par tous les sentiers?...

Et, roi de l'hippodrôme, à toutes les misères
Quand l'or pleut de tes mains à tort comme à travers,
N'as-tu pas dans ton sein réchauffé des vipères?...
On se fait tant d'ingrats en sauvant des pervers!

                                    J.-F. Destigny.

Paris, 26 mai 1838.

PARIS, IMPRIMERIE DE DECOURCHANT, RUE D'ERFURTH, I.

L'INDUSTRIE.

XXIIIᵉ SATIRE.

Pactole qui prends source au principe des Mondes
Et cours à travers temps pour remonter à Dieu,
Grand char qui, sous tout règne, eus le droit pour essieu,
Condor qui sus toujours, de tes ailes fécondes,
Battre, sans les froisser, les flancs de l'Univers,
Diamant dont chaque âge a gratté les parcelles,
Foyer dont tous les rois craignent les étincelles,
    PROGRÈS sans choc, à toi mes vers !...

— L'esprit de l'homme étend ses rapides conquêtes
Jusqu'au delà des flots que sillonnent les arts ;
Le Commerce a changé les palais en bazars,
Et nivelé les rangs sans niveler les têtes.....
La France va bientôt de ses mille chemins
Trouer le ceinturon qui borne la Patrie ;
La frontière s'efface, et, grâce à l'Industrie,
    Les Peuples se touchent les mains.

Ce ruban métallique, enfant de l'Angleterre,
Comme un double serpent s'allonge sous nos pas ;
Il traverse les monts, les étreint dans ses bras,
Et se croise en réseau pour affubler la terre !
Il dirige l'essor de ce puissant enfer
Qui vole, en haletant, comme un foyer de lave ;
Il se cramponne au sol et tient le Globe esclave
      Dans ses grands bracelets de fer !

La distance n'est rien sous le wagon rapide
Qu'emporte l'air captif dans sa prison d'airain ;
L'innombrable convoi dévore le terrain,
Et suit le monstre en feu qui l'entraîne et le guide !
C'est la contrefaçon de la foudre des Dieux.
L'esprit qui la forgea, la main qui la maîtrise,
L'ont, comme un jour Japet, soustraite par surprise
      Du fond de l'arsenal des Cieux.

Aujourd'hui la vapeur est un levier immense
Que vont prendre à la fois toutes les nations ;
Elle est l'âme et le bras de nos créations.....
C'est l'unique pivot du siècle qui commence !
Le merveilleux secours qu'elle prête à nos corps
Ménage, sous nos fronts, la vigueur du génie,
Et sa force devient, quand son œuvre est finie,
      Le germe de nouveaux efforts.

Ces artères de fer qui coupent les campagnes,
Sautent des coteaux plats et des ravins profonds ;
Ces sentiers suspendus sur des gouffres sans fonds,
Ces tendons de géant qui tranchent des montagnes,
Ces nerfs de fonte enfin, ces fibres du Progrès,
Dans un foyer d'amour vont concentrer les mondes...
La vapeur qui franchit les déserts et les ondes
        Détruit la peine et les regrets.

Sont-ce là, dites-moi, ces charrettes si lentes
Qu'un animal rétif traînait avec effort ?...
Notre œil, émerveillé de l'immense transport,
Ne le voit que glisser sur des bandes brûlantes.....
L'éclair qui court subtil en déchirant les Cieux,
Et le plomb que son poids emporte dans le vide,
N'ont jamais su passer d'un élan plus rapide
        Que les wagons sur leurs essieux !

Dès que vient à jaillir de sa voûte enfumée
Le convoi populeux qui d'un trait vole au PECQ,
L'esprit a deviné le monstre à son aspect :
On entend dans ses flancs grouiller toute une armée...
Ce cratère qui tousse, et les exhalaisons
Qui sous le ciel noirci moutonnent en nuage,
Tout fuit entre les rails, comme un vaisseau qui nage,
        En semant de rouges tisons.

— L'intelligence humaine a franchi sa barrière ;
Et, malgré la torpeur d'un siècle fainéant,
L'esprit industriel court à pas de géant
Vers le but reculé de sa vaste carrière !...
La Mécanique étend ses magiques effets
Jusqu'au moindre ouvrier menacé de fatigue ;
Elle veille à ses jours, et, d'une main prodigue,
  Sème des trésors de bienfaits.

Voyez-vous, dans Paris, l'infortuné manœuvre
Suspendu comme un bloc sous l'ardoise des toits ;
Au bout du câble à nœuds qui se tord sous son poids,
Ne doit-il pas songer plus à lui qu'à son œuvre ?...
Balancé sur le gouffre, il plane sur la mort !
Il suffirait, hélas ! d'un instant de vertige
Pour détacher ce fruit de sa tremblante tige ;
  Il tient à peine à son support !...

Là, trente pas plus loin, un sale échafaudage
Menace à petit bruit la tête du passant.....
Deux pieux mal étayés sur un pavé glissant
Et qu'unit six grands mois un reste de cordage ;
Trois ais déjà pourris par quatorze saisons,
De vieux débris d'où pleut une grise poussière,
Voilà les vains gibets dont la gent routinière
  Salit la face des maisons.

Mais, admirez plutôt cet ÉCHAFAUD-MACHINE
Qui grimpe en un instant à la crête des murs,
Les bras en sont coquets, les étrésillons sûrs ;
Chaque membre de bois s'adapte et s'enracine
Au squelette élégant qu'on trouve audacieux ;
Mais greffant à l'allonge une allonge connue,
Si le centre d'appui montait jusqu'à la nue,
  JOURNET la conduirait aux Cieux !

Paris n'a-t-il pas vu cet échafaud-modèle,
Prenant un beau matin son gigantesque essor,
Gravir le Monolithe importé de Luxor ?...
L'énigme de granit que la science épèle
Sentit parer son fût de la base au sommet,
Et son front, décoiffé sans éprouver d'atteinte,
S'enorgueillit encor de la parure peinte
  Que la coquette ôte et remet.

Quand tu dotes Paris de ces belles estrades
Que notre œil voit partout escalader les airs ;
Quand, grâce à toi, l'on peut, sans trembler dans ses chairs,
Affronter les dangers qui grêlent des façades,
Le poëte à ton nom doit prêter son burin.....
Je l'ai voulu, JOURNET, mais l'austère Satire
Ne grave que des chants que sa colère inspire,
  Et ma table n'est pas d'airain.

A ces rares efforts d'une franche Industrie,
Que l'infâme Égoïsme oppose de pervers!...
L'Intrigue, en se tordant de vingt côtés divers,
Escompte ses forfaits masqués d'effronterie.
La loi reste impuissante en présence d'escrocs
Qui sauvent du carcan leur cou patibulaire,
Et la Justice attend qu'une chair populaire
    Revienne s'appendre à ses crocs!...

Des *Faiseurs* dont les noms tomberont de ma plume
Avant que l'ALGÉRINE abreuve les ruisseaux,
D'hypocrites forbans qui connaissent les sceaux
Dont j'ai déjà cinq fois poinçonné le *Bitume*,
Des Macaires d'Asphalte ont surgi de l'égout.....
Ils marchent le front droit, précédés de trompettes,
Ils gagent des Bertrands et soldent des gazettes
    Qui brûlent de l'encens à leur goût.

Oh! j'ai sondé les plis de leur sale grimoire,
J'ai scruté le passé de ces grands chevaliers,
Et sans briser mes traits contre leurs boucliers,
Je reviendrai souvent déchirer leur histoire.....
A qui connaît les noms du congrès intrigant,
Les demi-mots jetés en devront assez dire.....
Mais, tombe ici le masque!... On nargue avec ma Lyre
    Les insolences d'un TRIGANT!

L'impudeur monte et croît : elle dresse la tête
Comme fait l'homme intègre indigné d'un soupçon ;
Sa *probité* trépigne, et, ferme sur l'arçon,
Elle ose provoquer les risques d'une enquête !
Eh ! qu'importe après tout un arrêt infâmant ?
Le Code n'a plus rien pour dégrader son âme,
Et son charlatanisme attend une *réclame*
    Du scandale d'un jugement !

Aujourd'hui que la Bourse est un étang de fange,
Un cloaque, un repaire, un bouge de Truands ;
Aujourd'hui que tout antre, aux murs verts et gluants,
A de l'air moins infect que le temple du Change ;
Le cœur, au mot AGENT, se soulève et bondit.....
La sentine des Fonds révolte la pensée ;
Et l'on cherche comment une meute insensée
    Se vautre dans ce lieu maudit.

L'Égoïsme, au berceau, vient timbrer de sa ride
Les rejetons lépreux de ce monde d'argent ;
L'avenir s'ouvre à nous souffreteux, indigent,
Et couvert des lambeaux d'une époque putride.....
C'est le virus du mal qui pénètre les corps
Avant que la raison ait pu les reconnaître ;
C'est le doigt de Satan qui, quand Dieu les fait naître,
    Couche les fils au rang des morts.

La fièvre des coupons descend avec l'haleine
Dans les plis caverneux des poumons engourdis ;
L'oreille n'ouvre plus ses tubes assourdis
Qu'au verset d'agio qui constate la veine.....
Tout est *prime* à la Bourse ; et la prime est un jeu
Qui, sur le tapis vert, met l'honneur et la vie.....
C'est une passion qui reste inassouvie
    Tant que la folle a son enjeu.

Une bouche a crié du haut de la tribune
Et craché l'anathème aux fronts des charlatans ;
Mais ses cris étouffés sous leurs cris éclatants,
N'ont servi qu'à lancer le char de leur fortune !
L'Annonce aux mille échos tinte leurs noms flétris,
Comme un nom de vainqueur, jusqu'aux portes du temple,
Et quand la voix d'Auguis réclame un grand exemple,
    Trigant se proclame à tout prix !

L'impudeur est au comble !... Ils tordent l'infamie
Pour en extraire un mot qui leur vaille un écu.....
Le pied de l'intrigant, soit vainqueur, soit vaincu,
Se cramponne au terrain d'une plante affermie.....
C'est le vol à brevet qui se fait un flambeau
Des torches dont l'opprobre éclaire sa potence,
Quand son trafic a vu de sa propre sentence
    Ronger jusqu'au dernier lambeau !...

                      J.-F. Destigny.

Paris, 2 juin 1838.

PARIS, IMPRIMERIE DE DECOURCHANT, RUE D'ERFURTH, 1.

UN CUMUL.

XXIV° SATIRE.

Si fractus illabatur orbis,
Impavidum ferient ruinæ.
Horace.

Quand, déclarant la guerre à toute forfaiture,
Ma Némésis a pris un griffon pour monture,
J'ai crié : Je suis libre ! et ces trois pieds de vers
Ont trouvé des échos au bout de l'Univers !
Mais, en abandonnant la bride à ma colère,
Je me suis fait du Code une étoile polaire;
Le Droit est ma boussole; et, sans respect humain,
Je poursuivrai l'abus, des serpents à la main.
— Les embûches de nuit * serviront la rancune?...
Ma tête en prévoit mille et n'en redoute aucune.
J'ai trop de cœur en moi, j'ai sur moi trop d'acier
Pour tomber sous les coups d'un guet-apens grossier.

* Des *Industriels* froissés par ma Satire ont proféré contre moi des menaces de mort.

24

Qu'un vil *Bravo* de Bourse, à l'angle d'une rue,
Surgisse de l'égout et contre moi se rue
Comme un tigre alléché par le parfum du sang;
J'ai pour m'en garantir un moyen tout-puissant.....
Je nargue sans effroi la Commandite entière!
— Mais, Lecteur, brisons là pour entrer en matière.

Le Vol déguenillé, paria du salon,
Qui passe, en grandissant, de la Bourbe à Toulon;
Le crime de la Faim dont, aux heures précises,
La Loi garnit les bancs des vingt-sept Cours d'Assises,
Le fretin de l'opprobre a ses degrés distincts.....
Quand, cédant à la voix de sinistres instincts,
Chacun de ces maudits embrasse une *industrie*,
Le cercle qu'il préfère est alors sa patrie.
Son premier pas empreint sur cet infâme sol,
Paraphe son livret pour le meurtre ou le vol;
Il *travaille* à son choix Paris ou la Campagne,
Mais le cumul n'est pas dans les statuts du Bagne.....
Aujourd'hui que la France affiche l'impudeur,
On prend de ses forçats des leçons de candeur!
L'hôtel de l'Agio, plus sale qu'un repaire,
Aux prêtres de la prime a construit une chaire :
Des bataillons d'escrocs, aux mépris de nos lois,
Y viennent, en plein jour, croasser à la fois.
Le Vice y marche nu, l'Intrigue y parle en reine,
Et quatre-vingts forbans sont juges de l'arène!

Un type de Macaire, un impudent pipeur,

Qui crut à ma Satire inoculer la peur,

Y traîne sourdement ses immenses réseaux......

Qu'il marche à découvert, ou nage entre deux eaux,

Sa main tient un appât qu'évite la prudence.

Le Gascon, tête et bras d'une *décuple* agence,

Girardine avec grâce, et, berger de bon ton,

Caresse en la rasant l'échine du mouton.

Voyez de quel éclat scintille l'auréole

Dont l'a déjà coiffé son *intègre* BOUSSOLE * !

Cet HOMME UNIVERSEL qui glane à millions,

Rognerait jusqu'au sang des griffes de lions

Pour en vendre les poils et la corne à la livre.....

Sa langue circonvient, sa politesse enivre,

Et l'abîme engloutit d'énormes capitaux !

De ses coupons à prime il sait gonfler le taux,

Fouetter à coups d'*annonce* une lourde apathie,

Et souvent garrotter le bras qui le châtie.....

C'est MACAIRE SECOND !... — Mais de quel droit l'agent

A-t-il de ses Badauds éparpillé l'argent ?...

De quel filon vient l'or que sa folle doctrine

Livre au fade coulis qu'il baptise ALGÉRINE ?

Ses MINES, son ROULAGE et le BITUME-ROUX,

Que les lois timbreront de leur juste courroux,

---

* LA BOUSSOLE INDUSTRIELLE, mauvais journal publié aux frais et par les soins d'un gérant, pour vanter les Sociétés suivantes : 1° *Distillerie du Nord* ; — 2° *Bitume-asphalte vitrifié* ; — 3° *Transport dans le nord de la France* ; — 4° *Recherche et exploitation des mines de houille et de fer*, etc.; — 5° *Société parisienne pour le commerce des immeubles* ; — 6° l'*Algérine*, que M. AUGUIS a si heureusement qualifiée, etc., etc .... Le gérant de cette feuille est un ancien commis de L'HOMME UNIVERSEL.

N'ont-ils pas pour patron ce fils de la Garonne ?...

Citez-moi le clinquant qui manque à sa couronne.....

— As-tu jamais voulu, ridicule géant,

Enchaîner la Fortune et sortir du néant,

Avec des monts rêvés, un môle impérissable ?

Souviens-toi qu'à Bordeaux ta colonne de sable

S'émietta grain à grain sous un fardeau moins lourd.

Ta richesse factice aujourd'hui te rend sourd

Au concert mal sonnant de mes rimes sauvages ;

Ta flottille est en mer, et l'écho des rivages

Ne peut aller si loin détrôner ton orgueil.....

Écoute ! ton navire a craqué sur l'écueil !

Je vois courir aux cieux des vapeurs moutonnantes

Qui peuvent te broyer sous leurs foudres tonnantes.....

Qu'oseras-tu répondre à ces crédules gens

Dont la main t'arracha d'entre les indigents ?

Les as-tu bien bercés dans un perfide rêve,

Ces armateurs chagrins qui sillonnent la grève ?

« En abordant, dis-nous, toi qui partis tout nu,

» Pourquoi ton grand vaisseau n'est-il pas revenu ?... »

Voilà ce que diront un jour à ta rentrée

Ceux qui sentent sombrer ta carène éventrée.

Mais qu'importe aujourd'hui le *tolle* déchirant

Des voix qu'on entendra te maudire en pleurant ?

Tes trésors vont enfler, l'intrigue te protége ;

C'est en roulant que l'or fait la boule de neige.

Encore un an de prime, un an d'impunité,

Tu seras lourd de fange et de prospérité !...

Dix projets à la fois, Mes Seigneurs les Cupides!...

Qui gorgera d'écus ces dix gouffres avides?

La France, lasse enfin de saigner sous vos dents,

Se surprend à trouver vos désirs impudents!...

Prenez garde qu'un jour, sondant votre tanière,

L'implacable vengeur ne palpe, à sa manière,

Vos coffres pesants d'or et vos fronts cauteleux!

L'Océan populaire a des transports houleux

Qui font grincer les murs sous des éclats de foudre;

Il est lent à frapper, mais il réduit en poudre,....

Quand la Justice laisse un coupable impuni,

Le Peuple prend séance et puis tout est fini;

Car son courroux puissant tombe avec la parole!...

La Fortune a pour vous détourné son Pactole,

Mais l'onde en est fangeuse, et l'or qu'il va roulant

Laissera sur vos doigts un stigmate brûlant.

Vous resterez flétris tant que la voix du Monde

Lancera l'anathème à cette horde immonde

Qui salit de sa bave un sublime Progrès.

Dans les siècles futurs, votre ignoble Congrès

Sèmera le dégoût de sa page d'histoire.

Les peuples épurés craindront alors d'y croire.....

— Allez, vils intrigants, misérables suppôts,

Prélevez sur la Faim vos énormes impôts.

Le Pouvoir entendra ma supplique fervente,

Et dût Paris porter sa requête vivante

Comme un cri des Trois-Jours jusqu'au trône des rois,

Vous aurez des gibets, vous qui portez des croix!...

— Quand l'impuissante loi, que la Chambre martelle,
Aura jeté sur nous sa tardive tutelle,
On verra le crédit, desséché par l'abus,
Refuser aux Beaux-Arts les trésors qu'il a bus.
Une prudence étroite, au Progrès fait esclave,
Opposera long-temps son invincible entrave;
L'esprit devra combattre un préjugé nerveux,
S'accrocher à son front, se pendre à ses cheveux,
L'étreindre corps à corps et briser sa puissance.....
Que n'a-t-on su trancher le mal à sa naissance?
Désormais les efforts d'une lutte à tout prix
Ne peuvent arriver qu'à sauver des débris;
Les mesures sans but que le Pouvoir mendie,
Ne sont qu'une assurance après un incendie.....
L'Agiotage étend son criminel essor;
Et les freins qu'on lui forge aiguillonnent encor
L'appétit de ce monstre aux profondes entrailles.
La Bourse, en lui prêtant l'abri de ses murailles,
Le couvre d'une égide et protége son cours.
Le jeu s'enorgueillit du mutisme des Cours;
Il se fait un damier du tribunal suprême,
Et le Pari s'attaque à la sentence même!...

L'industriel taré qu'aujourd'hui nous frappons,
Borne son entreprise au trafic des coupons;
Ce qu'il veut avant tout, c'est du papier de *primes*.....
Il cote de sang-froid les vertus et les crimes!

Dès qu'il voit un projet flétri de défaveur,
Il invente un moyen d'attiser la ferveur ;
Il bâtit un château, se charpente une affaire,
Et pipe vers sa glu la gent actionnaire.
ASPHALTE OU BATIMENTS, ALGÉRINE OU TRANSPORT,
Tout est propre à son but, tout le mène à son port.
L'intrigue est un levier dont son esprit docile
A, de longtemps, su faire un instrument facile.
Des projets embryons, enfants de ses désirs,
Trépignent dans sa tête au seul mot de loisirs ;
Ses lèvres, sans relâche, épellent DIVIDENDE ;
En un mot, c'est l'oracle et le dieu de la bande.
Il traîne sur ses pas un peuple de gérants,
Qui de sa probité sont les dignes garants ;
Car le bout de cordon qui rougit leur poitrine
Révèle, à qui les voit, leur vertu clandestine.....

— Qui forgera des freins pour ces déprédateurs ?...
La Satire !... Je veux, de mes vers détracteurs,
Timber tous les feuillets de leurs noires annales.
J'arracherai le toit protecteur des scandales
Que trament à huis-clos ces fourbes artisans ;
Et dût mon bras de fer les flageller quinze ans,
Je veux les voir enfin traînés dans la poussière !
— Mais c'est trop séjourner dans cette sale ornière ;
Le cumul des grandeurs appelle aussi mes coups ;
Que la chasse aux lions donne sursis aux loups !...

— Vous qui de vingt fleurons embarrassez vos têtes,

Sachez que cet aimant provoque les tempêtes !

Dans le siècle, un CUMUL de fortune et d'honneurs

Est un foyer perfide où germent des malheurs ;

Mais dans la politique, il est plus grave encore.

Quand un roi fait pleuvoir sur l'homme qu'il honore,

Des titres, des rubans, des charges, des bienfaits ;

De sa largesse on doit suspecter les effets.....

Ces merveilleux élans d'une faveur intime

Sont des roses qu'il tresse au front de sa victime :

Il doit bientôt l'abattre... Et ce cordon de fleurs

Qu'il jette sur ses yeux pour en masquer les pleurs,

Sont les signes certains d'imminents sacrifices.....

Les princes et les rois sont pétris d'artifices ;

Chaque mot de leur bouche est un double tranchant

Qui façonne à son gré le cœur en l'attachant ;

Et LE CUMUL, alors, est un nœud d'esclavage

Où tout esprit soumis se complait et s'engage.....

— Voulez-vous rester libre ? à tout contact humain

Fermez obstinément et le cœur et la main ;

Car le germe fécond qui s'attache à notre âme,

La charité d'un frère et l'amour d'une femme,

Tout, jusqu'à la pitié, paralyse un transport !

C'est une ancre qui tient le vaisseau dans le port.

J.-F. Destigny.

Paris, 9 juin 1838.

PARIS, IMPRIMERIE DE DECOURCHANT, RUE D'ERFURTH, 1.

LES CHEMINS DE FER.

XXVe SATIRE.

> D'un globe étroit divisez mieux l'espace ;
> Chacun de vous aura place au Soleil.
> BÉRANGER.

Le gigantesque enfant dont la taille rebelle
S'obstine à déchirer son immense maillot,
PARIS va de MONTROUGE atteindre à LA CHAPELLE,
Et des quais de LA GARRE au delà de CHAILLOT.

Sa ceinture d'*Octrois*, douze fois élargie,
Commence à se trouer sur le quartier d'Antin ;
L'envahisseur prendra pour bureaux de Régie,
NEUILLY, BOULOGNE, ARCUEIL, CHARENTON et PANTIN.

Bien qu'aujourd'hui la Seine apporte à pleines rives
Ses innombrables dons au colosse gisant,
De l'Ogre qui grandit les entrailles actives
Ne trouvent déjà plus son gosier suffisant.

Cette vaste Arachné, du sein de la patrie,
Vers tous les points du globe étend ses grandes mains...
C'est l'ostensoir du luxe,... un foyer d'industrie
Qui rayonne partout des milliers de chemins.

C'est un avide étang qui, percé de rigoles,
Va bientôt épancher l'onde sur nos vallons;
Car ses mille sentiers sont autant de Pactoles
Par où doit ruisseler le trop plein des salons.

Tardivement honteux de nos routes de terre,
Il lance à travers champs ses wagons de transport;
Et, touchant d'un trait d'aile au seuil de l'Angleterre,
Fait du HAVRE un faubourg, et de la Manche un port!

— Quand, prenant à Paris les rails de la VALLÉE,
L'Esprit suit le projet redouté des PLATEAUX,
On entend, dans ses joncs, la Seine désolée
Pleurer ses longs convois de trains et de bateaux;

Mais ÉVREUX et LOUVIERS, ELBEUF et PONT-DE-L'ARCHE
Tressaillent d'aise au bruit que fait DIEPPE en criant :
Ils ont vu le Progrès qui se réveille et marche,
Et leurs mains ont tressé des palmes à RIANT.

L'atelier populeux dont la berge du fleuve
Étale avec orgueil les merveilleux produits,
Le berceau des CORNEILLE attend la route neuve
Qui doit de son commerce abréger les circuits.

YVETOT et BOLBEC, DARNETAL, et PONTOISE,
VERNON, LES ANDELYS, MANTES, MEULAN, MAISONS,
Et POISSY, ce grenier de la Seine et de l'Oise,
Viendront sans consulter ni l'eau ni les saisons.

La Vapeur franchira de sa puissante haleine
Les prés et les coteaux, les rocs et les bas fonds ;
Ses rubans de métal transformeront en plaine
L'orifice béant des âbimes sans fonds.....

— Mais l'œuf industriel, couvé par le génie,
Serait-il écrasé sous le pied du Pouvoir ?
Au profit d'AGUADO, le Banquier qu'on renie,
Serait-il aujourd'hui trahi sans le savoir ?...

Quand naguère LAFFITTE eut l'honneur ineffable
D'user tous ses clous d'or pour un trône de bois,
N'avait-il jamais lu la véridique fable
Du manant qui réchauffe un serpent dans ses doigts ?...

Sa prospérité gêne..... On forge des entraves
Qui, par un nœud secret, circonscrivent ses pas ;
Une invisible main tient ses membres esclaves,
Afin que désormais il ne grandisse pas !...

Revenons : — DIEPPE a droit au bienfait qu'il réclame ;
Il tient par sa racine au continent français :
Mais ce droit tout sacré que ma Muse proclame,
Peut-il jamais du HAVRE exclure le succès ?

Le tracé des PLATEAUX ne sert que des bourgades,
Et semble dérisoire aux investigateurs ;
Il court sous des tunnels, il franchit mille arcades,
Et serpente indécis en tournant les hauteurs.

Peut-être dira-t-on qu'incessamment accrue,
La foule des hameaux qui peuplent ces déserts
Viendront grouper leurs feux au bord de cette rue
Que DEFONTAINE pend aux flancs des monts ouverts ?...

Ce rêve est insensé ; mais dans un cercle immense
Dont la courbe tiendrait NEUCHATEL et BEAUVAIS,
Dût-on changer en peuple une double affluence,
La ligne serait fausse et le tracé mauvais.

— Voyez ce monde assis sur les bords de la Seine :
Il travaille et produit des bras et des trésors ;
Mais le débouché manque, et le sang de sa veine
Se consume et s'éteint sans profiter au corps.

L'Étranger verse à flots sur les confins de France
Et jette dans Paris des tissus frauduleux,
Et notre frère a faim au sein de l'abondance,
Ou perçoit sur le crime un denier scandaleux.

A qui doit-il ces maux dont se ride sa vie ?...
Souvent au cercle étroit qui le tient enfermé ;
Quand sa main, si la loi l'eût une fois servie,
Aurait gagné le champ qu'il n'a plus affermé !...

Cent mille travailleurs épars sur les deux rives,
Que Riant a voulu doter de ses chemins,
Se dressent, le front cave et les prunelles vives,
Pour maudire la Chambre ou lui battre des mains.

Le mot Exclusion embrase leur colère;
Il les fait tous d'un bloc surgir et menacer :
C'est, depuis les Trois Jours, un mot impopulaire
Que nul représentant n'aurait dû prononcer.

Pourquoi l'ai-je entendu, des échos de Tribune,
Retentir à la Bourse et dominer le cours?
A-t-on voulu tenter un brelan de fortune;
Ou ce mot aurait-il plus de poids qu'un discours?...

Eh! qu'importe au pays ce vain nom Privilège?
La France l'a rayé du code de ses droits.
Pourrait-on restaurer l'idole sacrilége
Que Paris étouffa sous l'exil de trois rois?

Quand le Vainqueur palpa leurs têtes couronnées,
Sa bouche, en proclamant l'égalité pour tous,
Ne dit pas : « Dans huit ans, ces clauses surannées
» N'obligeront de fait que le Peuple et les fous. »

Or, point d'exclusion!... Que Dieppe ouvre sa voie,
Qu'il déroule ses rails jusqu'au front des Plateaux;
Mais qu'Elbeuf et Louviers prennent leur part de joie
Dans le riche vallon qui coupe leurs coteaux!

Si le *grand* AGUADO peut jamais se résoudre
A ne prêter son nom qu'à des projets légaux,
Si de l'*exclusion* il rengaine la foudre,
L'Agio seul fera l'épreuve des rivaux.

Quiconque porte en lui l'instinct de la prudence,
Avant d'ouvrir son coffre à de stériles frais,
Devra scruter à fond ces cornes d'abondance.....
Il serait superflu de les vider après.

— Mais c'est trop m'engager dans la glissante arène
Où les Lois de Septembre enchaînent mes ébats.....
N'écoutons que de loin la perfide sirène
Qui m'a dit de greffer ma rime à leurs débats.

Remontons dans les Mœurs; quittons le sale empire
Dont ma Muse a promis de respecter l'enclos;
Sur cet autre hémisphère où son Griffon respire,
On trouve tant d'abus à crier aux échos!

PARIS est un manant pétri d'étrange sorte;
La raison n'est pour lui qu'un bagage sans prix,
Et dès qu'un seul pied touche au granit de sa porte,
On y prend le boulet de qui n'a rien appris.

Dans ses murs l'ignorance est une épidémie;
On la boit à longs traits à tous les carrefours;
Il n'est pas un seul trou, sauf une Académie,
Où l'on bigarre mieux les lambeaux du discours.

De son esprit épais on n'aperçoit la corde
Que s'il voit un objet pour la première fois ;
C'est devant des wagons que la coupe déborde ;
Il est stupide, alors, des yeux et de la voix.....

Mais toi, qui des Badauds et de l'actionnaire
As dû, depuis longtemps, interroger l'esprit,
Fils du grand ENFANTIN, ex-apôtre PÉREYRE,
Écoute ; c'est pour toi que NÉMÉSIS écrit.

Tes Cyclopes errants sur l'étroite levée
Qui porte les convois de PARIS à CHATOU,
N'ont-ils pas certain jour abrégé leur corvée
En faisant de tes rails un jeu de casse-cou ?

Prends-y garde !... La Ville est souvent ridicule ;
Elle colporte un bruit et brode un accident ;
Ce qui n'est qu'un ciron, grâce au monde crédule,
Enfle et devient chameau du Nord à l'Occident.

La panique des sots coterait à la baisse
Tes leviers tout puissants qu'anime la vapeur,
Et ton œil effrayé du gouffre de ta caisse
Verrait tous tes wagons désertés par la peur.....

La Vogue est une reine ; un seul mot la détrône ;
Elle tombe à la voix d'un bourreau goguenard,
Et tel qui le matin la caresse et la prône,
Va la traîner le soir aux fosses de Clamart !

C'est affreux!... — Mais sais-tu quelle secousse horrible
A dû froisser les chairs de tes Automédons,
Quand les Voyers ont pris l'attitude terrible,
Et crié ; Mort!... Mort!!!... avec leur noirs guidons!...

Sais-tu de quel frisson la colonne vivante
A ressenti le froid en volant au trépas!...
Sais-tu comment le guide a bravé l'épouvante,
Et conjuré l'Enfer qui ne s'arrêtait pas!...

Mille cris déchirants, des voûtes éternelles
Font là, comme un seul cri, rugir tous les échos!...
Les remorqueurs broyés lancent leurs sentinelles,
Et l'œil fuit, éperdu, les volcans en repos!...

Le désordre s'accroît... la frayeur se propage...
Dès que le danger cesse ou en sonde l'horreur.....
Et la foule qui pleut inonde le passage
Où des grêles d'éclats ont semé la terreur!...

— Ce sinistre innocent tache ta présidence,
Car ta grande œuvre veut d'infatigables soins;
Péreyre, souviens-toi qu'une lourde imprudence
Fait déchirer ton nom par trois mille témoins!...

                                        J.-F. Destigny.

Paris, 16 juin 1838.

PARIS, IMPRIMERIE DE DECOURCHANT, RUE D'ERFURTH, 1.

L'ÉTUDIANT.

—

XXVI' SATIRE.

—

Sur le flanc débraillé de la Cité malsaine,
Au bord du vaste égout qui se nomme LA SEINE,
S'élève tout grouillant un populeux faubourg ;
C'est le QUARTIER LATIN. — Depuis le Luxembourg
Jusqu'aux murs trop connus de Sainte-Pélagie,
Ce mamelon de toits n'est qu'une immense orgie.
Pour l'œil observateur, c'est le roi des bazars :
Côte à côte entassés, la débauche et les arts,
Le travail et le bruit, le cynisme et l'étude,
S'y sont enracinés à force d'habitude.
La moderne Babel est un gai rendez-vous
Que la folle Province encombre de ses fous ;
C'est un large tamis où tombent pêle-mêle
L'insecte et le froment, la semence et la grêle.

— L'Étudiant est roi depuis le Panthéon
Jusqu'à l'antre désert du nouvel Odéon.
Son règne est triennal; et sa liste civile
Assouvit de son or l'appétit de sa ville.
Quand Novembre, ce mois des galas solennels,
Nous l'amène chargé des écus paternels,
Philippe * ouvre sa cave où l'Aï, dès qu'il baisse,
Se transforme en lingots et remonte à la caisse;
Duval ** étend sa nappe, active ses fourneaux,
Bénit les Facultés qui vident ses tonneaux,
Et tressaille en voyant l'or briller sur la carte;
Là, le salon qui vit Voltaire et Bonaparte,
Le vieux Café Procope, ouvre ses deux battants
Au tourbillon criard des docteurs de vingt ans.
L'Estaminet dit Belge, où se débat la poule,
S'engorge vers le soir des débris de la foule,
Tandis que d'autres, las d'un bonheur incomplet,
Vont danser chez Musard ou dormir chez Soufflet.
Les loges du Prado, depuis sept mois vacantes,
A ce joyeux retour, s'emplissent de Bacchantes,
Et Dufresne, jaloux d'un fortuné rival,
Commence dès Novembre un fangeux carnaval.
On s'y vautre sans frein, on flétrit ses années
Au contact infamant de filles avinées;
Et, cédant à l'attrait de sa vocation,
C'est là qu'un bachelier prend son inscription.

* La maison de Philippe, restaurateur, rue Montorgueil, est le rendez-
vous des Étudiants viveurs dont la bourse est garnie.
** Duval, marchand de vins traiteur, place de l'Odéon.

Sans craindre d'épuiser l'abondance éphémère
Que grappilla pour lui sa généreuse mère,
Le prodigue étourdi change l'or en billon ;
Avant de rien semer, il fauche à plein sillon
Sa santé, sa vigueur, sa fortune et sa vie.
A ces banquets d'amour où l'âge le convie,
Sa tête l'abandonne ; il s'y vautre et s'endort ;
Et pourtant tout excès est un germe de mort !
Il suit ce tourbillon de frénétique joie ;
La débauche l'entraîne ; il y nage et s'y noie !...
— Dès que l'or englouti par le joyeux essaim
Ramène, en s'épuisant, la raison et la faim,
C'est alors, mais trop tard, que l'épargne commence...
L'ÉTUDIANT perdu dans cette foule immense
Qui ne vida jamais d'autre fût que le seau,
Court enrichir d'un sou l'*aquatique* ROUSSEAU.
Dans cet antre où s'asseoit la cohorte *pannée*,
Celui qui dans un jour dévora son année,
S'attable sans dédain devant un mets douteux ;
Car c'est là qu'un gibier perfidement honteux
Dérobe au noir civet l'ornement de sa tête..... ·
L'Étude aussi prend là sa tardive conquête ;
L'Indolence y travaille, et le jeûne forcé
Répare les dégâts d'un désastreux passé.
Chaque Élève est actif et de science avide,
Tant qu'il sent sous ses doigts plisser sa bourse vide ;
Mais vienne le Semestre huiler ses passions,
Il reprend son tapage et ses libations.

— Dès que l'Été revient noyer de sa lumière
Les bosquets rabougris qui forment la Chaumière,
L'Étudiant, usé par l'excès des plaisirs,
Va retremper ailleurs ses volages désirs.
Débordant de Paris sur l'inepte Banlieue,
Il parcourt dans les champs des rayons d'une lieue,
S'enivre, se querelle, et, flanqué de héros,
S'irrite, bat la garde et les soldats ruraux!
Déjà le Carabin avait pris pour Lisette
Un nabot vétéran qu'il habille en grisette;
Ils viennent renforcer un quadrille boiteux.....
Desnoyers change en punch un clairet capiteux :
Le nectar frelaté bouillonne dans les verres,
Et son fumet d'alcool enflamme des trouverres.
Un infernal concert troué de *quiproquo,*
Des quatre coins du ciel épouvante l'écho!
L'effort de cent poumons fait vibrer jusqu'aux nues,
Avec des mots tronqués, des notes inconnues.....
Mais, l'archet magistral enchaînant ce volcan,
L'Orchestre ouvre l'arène au crapuleux *cancan.*
La fille au teint de plomb et la vierge folâtre
Disputent les *bravo* d'une bande idolâtre.....
Partout le ridicule a fait place à l'obscène,
La pudeur prend la fuite, et Sodome entre en scène!...
Jamais dans les transports de ses lubriques jeux
La ronde des Truands n'eut d'ébats si fangeux,
Et jamais tavernier, sous sa table rougie,
Ne vit rouler à flots tant de vice et d'orgie!

Qui dirait, en sondant le fond de ces tripots,

Que l'Avenir y doit prélever des impôts

De vertus, de talents, de science et de gloire?

Dans le germe, aujourd'hui, ces géants de l'histoire

Ne sont que des Lapons à demi corrompus.

Dégagés des liens que leur fougue a rompus,

Ils courent les sentiers de ce monde putride

Comme un coursier qui vient de secouer sa bride.

Toute barrière cède à leur terrible assaut;

Si l'obstacle résiste, il est franchi d'un saut!

Ils sèment en passant le bruit et l'abondance,

Flétrissent la candeur, affichent l'impudence,

Déchirent le contrat de plus d'un jeune époux,

Et profitent sans peur de l'adultère absous.

— Quand leurs mains ont d'un code usé la couverture,

Quand leurs doigts ont palpé des scalpels en peinture,

Quand enfin l'or d'un père a fait sceller pour eux

Le parchemin qui donne un droit malencontreux,

Ces ignorants, drapés d'une morgue de prince,

Vont de leur vain clinquant éblouir la province!

Mais, insensé! que dis-je?... Ah! mes Docteurs, pardon!

Vous avez mérité des brevets d'espadon;

On vous a proclamés prévôts de la savate;

Vous savez en trois temps joindre un nœud de cravate;

Votre canne décrit un savant moulinet;

Vous dansez comme Essler et sonnez du cornet.....

Eh! la palme ne peut vous être contestée;

N'emporterez-vous pas la pipe *culottée?*...

— Entrons dans cette ruche où de la cave aux toits
L'Étudiant gravit par des sentiers étroits;
Entr'ouvrons l'alvéole où Gustave et Perrette
Savourent à huis clos leur paix d'anachorète.
Assis, l'un sur la chaise et l'autre sur un lit
Qui trahit, l'indiscret, les traces d'un délit,
Ils s'agacent tous deux... Ma foi, laissons-les faire!
L'examen de leur bouge est notre unique affaire.....
— Une table à trois pieds qu'à grands coups de talons
Gustave rend boiteuse; un crâne, deux poêlons,
Un masque, des fleurets, un fœtus qui marine,
Un litre d'eau-Trigant qui fut de l'Algérine,
Un *tibia* qui sert de patère à chapeau,
Deux canards dont le foin a fait craquer la peau,
Le squelette poudreux d'un fidèle caniche,
Trois livres en lambeaux oubliés dans sa niche,
Un cornet à piston, un peigne et trois souliers,
Sont l'inventaire exact des objets mobiliers.
— De l'aube du matin à l'heure où l'on se couche,
Gustave et sa grisette ont la pipe à la bouche,
Un nuage roulant obscurcit les carreaux,
Et jaunit un *fémur* qui sèche à leurs barreaux.
Au-dessous, au-dessus, et partout dans l'enceinte
Règne une odeur de *grog* de *bishop* et d'absinthe.
Bientôt des chants d'ivresse et mille éclats de voix
De ces murs crevassés font trembler les parois.....
La montagne s'agite, exhale un bruit immense,
Et de trente cornets le *solo* recommence!

— Cependant, au milieu de ce brutal fracas,
L'Esprit appliqué veille et ne se distrait pas.
L'observateur, penché sur la page d'un livre,
N'a plus l'oreille ouverte aux cris d'une foule ivre.
Calfeutré sous le toit de sa triste prison,
Il fouille la science, étend son horizon,
Prend essor, s'abandonne au vol de la pensée,
Plonge dans les trésors de l'histoire passée,
Pèse, éprouve, commente, et, riche de butin,
Traverse les clameurs de son Quartier-Latin.
C'est l'ange du travail, c'est un aiglon céleste
Qui suit l'éclair et vole où Dieu se manifeste,
Car il sait qu'en lui seul est toute vérité;
Mais son âme ne suit que la réalité;
Sa raison se révolte à la foi d'un prodige
Qui commande aux humains d'adorer le prestige.
La science de l'être et l'étude des lois,
Sont deux phares qu'il veut allumer à la fois;
Il cherche des sentiers dans leurs forêts ardues,
Ouvre d'autres chemins sur les routes perdues,
Et, méprisant le bruit d'un vulgaire ignorant,
Dirige vers le vrai ses pas de conquérant.
C'est là que tend l'essor de notre Chirurgie:
Mais la Charte des Cours, par le sceptre élargie,
Demandait qu'une main la remît au creuset;
Le récif n'était pas où le Peuple creusait.....
Et le Droit, aujourd'hui que la vertu fatigue,
N'est plus qu'un marchepied dont s'empare l'intrigue!

— ÉTUDIANTS d'EUROPE ! un sublime avenir
Doit remplacer enfin l'ère qui va finir !
Alimentez en vous cette électrique essence
Où les arts et la gloire empruntent leur puissance.....
Le feu de liberté qui consume vos cœurs,
Sait au premier tocsin enfanter des vainqueurs ;
Mais ne promenez plus sur le pavé des villes
Les brandons destructeurs des discordes civiles.
Prêchez par votre exemple, épurez vos transports ;
Soyez moins débauchés que l'ouvrier des ports.....
Vos deux Cours sont pour nous de riches pépinières,
Ne les transformez pas en de sales ornières !
La France, à son réveil, vit surgir de vos bancs
D'énergiques soldats, dignes des premiers rangs :
Elle attend sa splendeur du fruit de vos études....
Mais quand serez-vous las d'obscènes habitudes
Qui dégradent vos noms et flétrissent vos jours ?
Quand n'ouvrirez-vous plus un infâme concours
De cynisme et de fange entre vos deux Écoles ?
Paris, le dépravé, rougit de vos paroles !
Vos gestes de taverne et vos chants d'abattoir
Révoltent la pudeur des filles du trottoir ;
Et vos actes enfin, vos danses, vos scandales,
Tout en vous fait pâlir l'horreur des Saturnales !

J.-F. Destigny.

Paris, 23 juin 1838.

PARIS, IMPRIMERIE DE DECOURCHANT, RUE D'ERFURTH, I.

LE BATARD.

XXVII' SATIRE.

Factus sum sicut passer solitarius in tecto.
PSAUME CI°.

Quand de vains Préjugés, ces lois de la Sottise,
Demandent à l'enfant que le prêtre baptise :
« QUEL EST TON NOM?... ES-TU LÉGITIME OU BATARD ? »
En vérité, le cœur bondit dans la poitrine,
Et l'homme aussi demande à la Sainte Doctrine :
   « VIENS-TU DU CIEL OU DU HASARD ? »

L'ÉTERNEL, en prêtant une âme impérissable
A des êtres qu'un souffle a su tirer du sable,
N'admit jamais entre eux de démarcations ;
Il dit : MULTIPLIEZ ; et, quand la Créature
A d'un fatal hymen circonscrit sa nature,
   Elle a forfait aux Nations.

L'indissoluble nœud qui fait le mariage
N'est pas dans le contrat que dicte un vain usage,
Et que vient lacérer l'Adultère infamant ;
Il n'est pas dans le pacte écrit par l'Égoïsme,
Ni dans les sales feux d'un commode cynisme.....
    Il est dans le cœur de l'Amant.

Si l'amour qu'alluma l'étroite Sympathie
Entretient de deux cœurs l'union assortie,
Et féconde par eux des germes d'avenir,
Dieu, lui, n'exige pas que pleuve l'eau bénite
Avant d'inscrire aux cieux la naissance illicite
    Du frêle enfant qui doit venir.

C'est la seule union que nous ait enseignée
La voix qui dit : « Mortel, sois père ! et ta lignée
» S'étendra d'âge en âge avec l'aide du Temps..... »
Mais l'Intérêt veut l'autre ; il en soude la chaîne ;
Et le sordide Hymen voit la saison prochaine
    Éteindre ses feux inconstants.

Il faut, me direz-vous, qu'un aveu tutélaire
Légitime du moins l'embryon populaire.....
Eh ! malgré ce tribut soustrait à la raison,
L'Anonyme sera ce qu'il était la veille ;
Toujours le mot BATARD poursuivra son oreille,
    Lui qui devrait porter blason !

Le Préjugé l'attache à ce boulet qu'il forge,
Lui met l'entrave aux pieds et le poing sur la gorge :
Fil à fil il détruit la trame de ses jours !
C'est comme un paria maculé d'infamie
Qui doit tout redouter de la caste ennemie
     Dont il implore les secours.

Il est partout suivi du rigide anathème
Qui le prit en frappant aux portes du baptême,
Pour ne l'abandonner qu'à celles du trépas :
Car, si jamais cœur d'ange accueille sa misère,
Et qu'il faille au contrat nommer enfin son père,
     Le malheureux n'en aura pas.....

Tous ses rêves d'amour seront flétris sur l'heure ;
Si sa flamme est profonde, il faudra donc qu'il meure
Sans espoir d'aplanir cet obstacle puissant :
Qui ne craindrait d'unir à la main de sa fille
La main d'un inconnu, sans parents, sans famille,
     Dont on ne peut coter le sang ?

Si l'Aquilon des rois veut réveiller l'orage,
Et que la France appelle à venger son outrage
Tout soldat dont un Maire a griffonné le nom ;
Le Bâtard, notre égal au jeu de la mitraille,
Obtiendra, sans dédain, sur le champ de bataille.
     L'honneur d'être chair à canon.

Mais quand l'airain bruyant sonnera la victoire,
Quand chacun prendra part au gâteau de la gloire,
Le BATARD n'aura plus de place aux bulletins ;
Son prénom, si connu dans les chaudes mêlées,
Retombe, avec le bruit des cartouches brûlées,
  Dans l'oubliette des Destins.

Et vous tous, avortons à la grêle stature,
Qui glanez les lauriers du fils de la Nature
Pour vous tresser à l'aise un bandeau triomphal ;
De vos nobles aïeux, célèbres jusqu'aux pôles,
Vous ne pouvez sans peine atteindre les épaules
  En grimpant sur leur piédestal.

Leurs noms, que les échos de l'Europe et des ondes
Ont colportés si grands aux limites des mondes,
Ne sont plus aujourd'hui, grâce à leurs héritiers,
Que des titres poudreux oubliés dans nos villes ;
Les aigles de l'Empire et les gloires civiles
  N'ont enfanté que des rentiers.

Mieux vaudrait mille fois, frelons de sinécures,
N'avoir mis pour enjeu que des têtes obscures
Sur ces damiers d'intrigue où vous restez vainqueurs ;
Votre inerte courage a pris pour ses écoles
Jusqu'aux derniers recoins des lieux à protocoles :
  C'est le triomphe des sans-cœurs.

Mettez dans un plateau vos soutiens cacochymes,
Dans l'autre un bataillon de guerriers anonymes,
Et levez la balance, ô mes Sires les Rois ;
Vous verrez ce que pèse, un matin de bataille,
L'ensemble catarrheux de cette valetaille
    Dont vous exagérez le poids.

Le dernier des BATARDS pourrait, dans sa colère,
Broyer tous les rameurs de l'immense galère
Dont votre main avide étreint le gouvernail ; .
Cessez de dédaigner le talon qui vous blesse,
Car la Roture, un jour, a chassé la Noblesse
    Comme un troupeau de vil bétail.

Si l'être, à qui l'Amour fit don de l'existence,
A su briser d'un choc l'insolente jactance
Que l'orgueilleux apprit de ses pères éteints ;
Admirez son essor : il gravit avec zèle
Jusqu'aux sommets, qu'aidé d'une obligeante échelle,
    Le Privilége avait atteints.

Plus l'Aigle, dont le vol escalade les nues,
Traînait bas, en partant, ses ailes demi-nues,
Plus nous applaudissons à cet audacieux,
Quand de son aire infime il déserte la mousse,
Jette un cri, s'abandonne à l'ardeur qui le pousse,
    Et monte comme un trait aux Cieux !

Quand aussi le BATARD, que sa détresse irrite,
Rassemble les efforts de son propre mérite,
Puis s'élance, éperdu, vers de nobles travaux,
La Foule qui le voit bat des mains et l'admire.....
Son culte spontané monte jusqu'au délire,
    Et l'enivre de ses bravos.

Mais que l'infortuné boit de coupes d'absinthe,
Dès qu'il vient à franchir l'inextricable enceinte
Que l'humanité prête aux orphelins errants !
Son abandon l'astreint aux caprices d'un maître,
Et, tout frêle, il apprend que Dieu ne l'a fait naître
    Que pour l'esclavage des grands.

Tout passe devant lui comme un frivole songe,
Car jamais nul espoir ne berça d'un mensonge
Un projet caressant enfanté par ses vœux ;
De l'horizon de fer que lui fit la Nature,
Il sent se rétrécir la funeste ceinture
    Sans pouvoir en lâcher les nœuds !

Son cœur de feu tressaille au mot *Indépendance,*
Mais à l'heureux gorgé d'ivresse et d'abondance,
La détresse du pauvre inspire de l'effroi ;
Le BATARD n'ose pas arborer de bannière,
Et quand la guerre étend son vaste cimetière,
    Il donne encor du sang au Roi.

Voyez-vous, Gens du Monde, effrontés adultères,
L'atroce résultat de vos nuits de mystères ?
De la fille du Peuple, ignobles séducteurs,
Vous avez, à prix d'or, profané l'innocence ;
Elle était vierge..... Eh bien ! aujourd'hui, la licence
    La jette aux bras des délateurs !

Messeigneurs les puissants, vous êtes des infâmes !
Votre appétit brutal a convoité des femmes
Dont le cri de la faim a dompté la vertu !
Vous avez soudoyé leurs premières caresses,
Et las de les salir du nom de *vos maîtresses*,
    Vous avez dit : « PEUPLE, EN VEUX-TU ? »

Vos fils adultérins, ces Bâtards qu'on méprise,
Iront un jour chercher un brevet de maîtrise
Dans tel repaire enflé de forçats impudents ;
Et la Police alors, fouillant son répertoire,
Chassera vos lépreux jusqu'au banc du prétoire
    Dont vous serez les présidents !

Oh ! s'il m'était permis d'enrichir ma peinture
De croquis empruntés à la Magistrature,
J'aurais, entre cent noms, le choix des prévenus !
Je les sens malgré moi palpiter sous ma plume.....
Dans nos scandaleux jours, le vice est une écume
    Qui monte avec les parvenus.

❋

Savez-vous ce que souffre un Bâtard noble et tendre,
Quand il appelle un cœur qui ne veut pas l'entendre ?
Sa poitrine en secret se déchire en lambeaux.....
Il lit dans tous les yeux un *non* qui désespère !
Et l'amour filial redemande son père
    Jusqu'à la pierre des tombeaux.

Sa raison s'abandonne à de vagues allarmes,
Le chagrin dans ses traits creuse un lit à ses larmes;
Il rêve un nom confus, caresse un doute affreux,
S'interroge, se plaint, maudit la loi suprême,
Et demande à son Dieu dans un cri de blasphème
    De quel droit il est malheureux !...

Mais qui peindra l'excès de sa douleur amère,
Si le Bâtard grandit orphelin de sa mère ?...
Son front sera toujours triste comme un vaincu;
Son air sera contrit; et sa prunelle avide
Cherchera vainement une ombre dans le vide.....
    Il mourra sans avoir vécu !!!...

                J.-F. Destigny.

Paris, 30 juin 1838.

PARIS, IMPRIMERIE DE DECOURCHANT, RUE D'ERFURTH, 1.

UN ACQUITTEMENT.

XXVIIIe SATIRE.

On s'arrête la loi, la Satire commence
NÉMÉSIS.

L'implacable Parquet, dans son réquisitoire,
Tenait SEPT PRÉVENUS comme entre des étaux :
Le crime palpitait..... Le juge du Prétoire
Le voyait, sous ses doigts, déborder des plateaux.

L'infaillible verdict du Jury populaire,
Ce jugement de Dieu, grondait de toutes parts ;
Et, contre les assauts d'une juste colère,
L'Éloquence pour eux n'avait plus de remparts.

Depuis que la JUSTICE, au fond du noir dédale,
Égrène en sommeillant son chapelet d'escrocs,
Paris ne vit jamais le charnier du scandale
Étaler à la fois plus de fange à ses crocs.

Mais le glaive du Code a glissé sur leurs têtes :
Le Juge leur paraphe un bill de probité !
Son arrêt les cajole, et, malgré cent requêtes,
On leur fait *prospectus* de leur impunité !...

Va ! Némésis, revêts l'infernale simarre ;
Prends séance, et repasse au creuset de tes vers
Ces hommes que la Loi vient d'absoudre à sa barre,
Tout en les flétrissant du titre de Pervers !

Attaque ces forbans dans l'infamante arène
Où le vol impuni moissonne à pleines mains :
Brise le piédestal où s'intrônise en reine
Celle qui du Progrès veut barrer les chemins !

L'audacieuse Intrigue a soustrait sa bannière
Au sceau réprobateur d'un arrêt impuissant ;
Mais elle va hurler sous mes coups de lanière,
Comme un renard surpris qu'on fouette jusqu'au sang.

— Messieurs de Saint-Bérain, la Morale outragée
Appelle un juge intègre à peser votre sort,
L'opinion !... L'abus est à son apogée.....
Et ce grand tribunal juge en dernier ressort !

Vos dupes, dont les cris font tinter nos oreilles,
S'indignent contre vous et contre vos suppôts ;...
Ferait-on jusqu'aux cieux monter clameurs pareilles
Si jamais dol sur eux n'avait pris ses impôts ?...

Quand cette immense voix qui remplit l'hémisphère
S'élève, à vos seuls noms, et vous laisse flétris ;
Quand on dit : « Votre bande est un vivant ulcère
Qui dévore les flancs du crédule Paris ; »

Quand enfin la Vengeance, ardente, inexorable,
Demande à tous l'octroi d'un juste châtiment,
En vérité, l'esprit voit le mal incurable,
Et si la loi pardonne, il cherche en vain comment.....

Vous résumez en vous tous les vices d'un bagne :
Oui, quand de vos coupons vous frelatez le taux,
Votre nom transalpin fait rougir l'Allemagne ;
L'or vous a transformés en péchés capitaux.

Vous attisez les feux de la race maudite
Qui, sur tous les trésors, va traînant ses lacets.....
Vous avez jusqu'aux os rongé la Commandite,
Sans que votre âme avide ait jamais dit : Assez.

Ignobles charlatans ! la fraude, votre essence,
Est l'astre de vos nuits, le dieu de vos autels ;
Elle compte vos pas depuis votre naissance
Jusqu'au lit de repos où dorment les mortels.

Désormais vers le but que le crime convoite,
Votre appétit voudra plonger comme un vautour ;
Le Code, pour vous prendre, a la main trop étroite...
Mais vous tendrez votre aile aux ciseaux de la Cour ?

Ces tribunaux, moulins à chétive canaille,
Tordent tant de fripons qu'ils les confondent tous;
Si l'on n'y trouvait plus de crible à votre taille,
Grands Escrocs patentés, oh! prenez garde à vous!

L'Enfant qui touche un fruit, la Faim qui le dérobe,
Sont toujours, sans pitié, par la férule atteints;
Craignez donc d'affronter l'Aréopage en robe
Sous des habits râpés et des castors déteints.

Mais loin de nous, pourtant, la ridicule idée
Qu'entre des friponneaux un banquier soit perdu;
Sa taille les dépasse au moins d'une coudée,
S'il est vivant, en buste; en pieds, s'il est pendu.

Ces hommes ont des traits que l'on ne peut confondre...
Ils portent le front droit, le regard insolent;
Leur bouche s'ouvre à peine à l'instant de répondre,
Et le coffre est chez eux le siége du talent.

La vertu, les beaux-arts, l'honneur, l'esprit, la gloire,
N'offrent à ces Plutus que de faibles attraits:
Ils sont d'un vandalisme à déchirer l'histoire
Pour enfler leurs *trésors* de coupons ou d'extraits.

Aussi l'être oublié de l'aveugle Fortune
Est-il classé par eux au nombre des maudits;
Le pauvre est paria, la plèbe est importune,
Et les artistes sont des ramas de bandits.

L'argent, unique dieu de tout homme de Bourse,
Est pour leurs yeux blasés un prisme chatoyant :
L'être le plus grossier de mérite et de source
Obtient, grâce au métal, un succès foudroyant.

Que ces vils tripotiers que ma Verve flagelle
Osent braver, sans or, le sarcasme des grands,
Le seul poids de leur chute écrasera l'échelle
Qui naguère les fit escalader les rangs.

Depuis qu'aux fronts des rois Juillet mit son empreinte,
Barème a détrôné les armes du blason ;
Mais son orgueil, assis sur la noblesse éteinte,
N'est qu'un poison qui sert d'antidote au poison.

Le *gratte-sous* aspire à ce même pinacle
D'où son choc renversa de chimériques droits ;
Il y monte en aveugle, et se donne en spectacle
Au plébéien qui rit de ses gestes étroits.

Pour atteindre plus tôt de son échoppe au faîte,
L'ambition du ladre invente des ressorts ;
Tout devient dans ses mains une arme de conquête,
Et contre l'honneur même il lutte à bras le corps.

L'intrigue est son levier ; son être, sa pensée,
Respirent dans ces mots : S'ENRICHIR A TOUT PRIX.....
Tout obstacle est frivole, et sa fougue insensée
Moissonne à pleins sillons de l'or et du mépris !

— Le puits de Saint-Bérain est comme un gouffre avide
Que de riches Badauds gorgent de millions ;
La Sottise l'emplit, et l'Appétit le vide.....
C'est l'antre où l'homme tombe aux griffes des lions.

Ce que ma Muse atteste, un long arrêt le prouve.
Le Tribunal a dit, en se paralysant :
« Nous acquittons des faits que le bon droit réprouve,
Mais le Code est armé d'un glaive insuffisant..... »

Dès que votre acte a pu se soustraire à l'empire
Que la Morale exerce avec l'arme des lois,
Vous tombez dans le cercle où siége la Satire.....
Venez donc à la barre où l'on juge les Rois !

La Raison a crevé ces ballons ridicules
Que naguère l'Annonce enfla sur nos chemins !
Eh ! bien, dégorgez l'or que, sottement crédules,
Des troupeaux d'imprudents ont jeté dans vos mains.

Vous avez englouti, sous mille et mille formes,
Comme l'ogre des Cours, d'innombrables budgets,
Et Rien !... Qu'avez-vous fait des capitaux énormes
Dont la bourse des sots engraissa vos projets ?

Vous ne répondez plus ?... Écoutez !... Je parie
Qu'entre les résultats par les fouilles produits,
Le plus prompt, le plus net, est la caisse tarie ?...
C'est que la Vérité n'est pas dans tous les puits !

Dans le transport fiévreux d'une impudence infâme,
Votre charlatanisme emboucha ses clairons;
Et la presse rougit en voyant la *Réclame*
Draper de plis soyeux la taille de larrons.

Mais cette voix pudique, un peu d'or la fit taire.....
Saint-Bérain envahit l'oreille des passants;
Puis, dédaignant bientôt le voile du mystère,
Il quitta le charbon pour exploiter l'encens.

L'Annonce, à beaux deniers, sut conjurer la baisse;
L'esprit du directeur brodait les bulletins;
Et tant que l'argument ruissela de sa caisse,
Le charlatan resta maître de ses destins.

Le dol victorieux étendait sa carrière;
L'ingénieur docile inventait des filons,
Et l'audace dès lors, sans bride ni barrière,
Faisait sauter la *prime* à triples échelons!

Quand à ce bruit gagé succéda l'aphonie,
Quand le jongleur pendit ses symbales d'airain;
L'Actionnaire, inerte à son glas d'agonie,
Oublia jusqu'au nom du *riche* Saint-Bérain.....

Que dis-je?... l'anathème accusa l'existence
D'un guet-apens tramé par des audacieux,
Et l'oracle des lois n'eut pas une sentence
Pour étouffer ce cri qui monte encore aux Cieux!

D'après de tels abus, un coupable silence
Pourrait, d'un vol timide, encourager l'essor!...
Non; d'autres Juges vont reprendre la balance.....
Que Thémis se réveille!... Il en est temps encor!...

La Cour voudra scruter dans ses replis immondes
Le dossier qu'ils ont pu soustraire au Tribunal;
Des Livres feuilletés les entrailles profondes
Traduiront au grand jour un secret infernal.....

Des cent marchés *à prime* inscrits sur chaque page,
Ma voix, si la Pudeur ne les fouille à huis clos,
Vous apprendra trop tard le criminel usage,
Moutons, qui confiez votre peine aux échos.

Eh! qu'importent d'ailleurs ces peines indécises
Que le Code marchande à de coupables fronts?
Ne dois-je pas vingt fois leur ouvrir mes assises,
Et déchirer leurs seins par de poignants affronts?

C'est un simple sursis que ma Justice accorde;
Car, dût-on contre moi faire appel au Pouvoir,
Je réduirais ma lyre à sa dernière corde
Avant de transiger..... — PRÉVENUS, AU REVOIR!!!...

J.-F. Destigny.

Paris, 7 juillet 1838.

PARIS, IMPRIMERIE DE DECOURCHANT, RUE D'ERFURTH, 1.

LA DAME
DE CHARITÉ.

XXIX° SATIRE.

Ah ! si vous aviez vu comme j'en fis rencontre !
(Tartufe.)

I.

Le bal des pauvres.

L'airain municipal avait tinté minuit
Dans le clocher de bois qui domine la Grève :
L'arcade qu'à grands frais notre époque relève *
Roulait, comme un torrent, la foule à plein conduit !
C'est que déjà l'orchestre emportait en cadence
Tout le monde élégant de la grande Cité ;
C'est que, pour ennoblir ce bal de charité,
    Le Cagotisme ouvrait la danse !

* L'Arcade Saint-Jean, à l'Hôtel-de-Ville.

Dix quadrilles, noyés sous les gerbes de feux
Que le gaz alimente aux lambris de l'enceinte,
Électrisent bientôt la saturnale sainte
Qui verse à l'indigent le tribut de ses jeux ;
C'est un vrai paradis que l'Aumône improvise !
Elle a sanctifié les plaisirs défendus,
Et le pauvre bénit tous les danseurs perdus,
  Malgré les foudres de l'Église.

LA DAME PATRONESSE y porte ses trente ans
Avec cette candeur qu'impose l'Évangile ;
Sa prunelle de feu, sa prévenance agile,
Captivent les regards de trois mille assistants.....
Mais, au bruit des ébats, la dévote en extase,
N'est que par charité l'ornement de ce lieu ;
Son âme s'affranchit et remonte à son Dieu
  Comme l'encens qui fuit le vase.

Quand le zèle l'emporte à travers cet essaim
De beaux anges parés que la pitié rassemble ;
Quand aux cœurs paresseux notre syphide semble
Crier à demi-voix : DONNEZ, LE PEUPLE A FAIM ;
Son pouvoir apparaît grand de toute sa taille ;
Elle commande en reine à ces groupes coquets,
Fait taire l'avarice, interrompt les caquets,
  Et butine après sa bataille.

La dame se consacre au secours des humains.....
Parmi les dons signés qu'on met en loterie,
Ces merveilleux réseaux de la coquetterie,
Ces tableaux, ces tapis, sont l'œuvre de ses mains.
De cette femme en Dieu l'adroite modestie
Ne dépouille jamais l'habit qu'elle a vêtu,
Mais sa main le soulève..... On sait que la vertu
    Gagne à ne briller qu'en partie.

Ses actes ne sont plus de ces bienfaits menteurs
Qu'étale avec orgueil une audace hypocrite :
Elle verse le taux de l'aumône souscrite,
Mais son œil ne craint pas l'œil des admirateurs.
Ce diamant, jaloux du beau feu qu'il récèle,
N'ose de ses rayons inonder le regard ;
Mais il sait trop son prix pour s'éteindre à l'écart
    Sans décocher une étincelle.

Quand, au bal dont les fruits doivent sécher des pleurs,
Sa noble charité s'abandonne à la joie,
Ce ne peut-être, ô Ciel! pour qu'un amant la voie,
Qu'elle a ceint sur du blanc l'écharpe aux trois couleurs!
Cependant sa vertu... Paris entier la nie!
« Elle attise, dit-on, des intrigues de cour...
» Sa ferveur n'est qu'un masque... avec le Maire un jour... »
    Dieu! quelle atroce calomnie!

Voyez-vous sa paupière affubler son œil noir
Comme le capuchon couvre une moine perfide ?
C'est un rideau tendu sur un miroir limpide ;
C'est un astre étouffé sous un large éteignoir !
Son cœur confond le bal avec la sacristie :
Quand l'orchestre profane a des accords touchants,
Elle y mêle en secret les catholiques chants
    De la divine Eucharistie !...

II.

Saint-Roch.

Le prêtre dont le froc s'est rougi d'un cordon *
Donnait sur ses tréteaux l'office à grande gamme ;
La recette montait... Mais le poids du bourdon
Rendit bientôt SAINT-ROCH jaloux de NOTRE-DAME.

La Gent dévote alors dut battre les chemins.....
Ma charmante héroïne entra dans la croisade ;
Elle exalta le bruit, quêta de toutes mains,
Et versa dans le tronc l'or à pleine rasade.

Le Curé, tout joyeux du rapide succès,
Dans son prône musqué proclama la sainte œuvre,
Et, dès ce jour, la DAME obtint son libre accès
A la grande tribune et jusqu'au Banc de l'Œuvre.

* L'Abbé OLIVIER, curé de Saint-Roch, et récemment crucifié de la Lé-
gion-d'Honneur, est en hostilité ouverte avec le Conseil Municipal qui
lui conteste le droit d'augmenter le poids de ses cloches.

Las de l'humilité que prêcha le Sauveur,
OLIVIER veut enfin jouer à bénéfice;
Il veut qu'une Quêteuse allume la ferveur,
Et fasse entre ses doigts fructifier l'office.

Le cœur, toujours ému par le son argentin
Dont la beauté dévote enivra sa détresse,
Il vole, plein d'espoir, dans le quartier d'Antin,
Se démène et parvient à monter une messe.

DUPONCHEL, en confrère, a donné son tenor,
Son orchestre, ses chœurs, son arsenal de fête;
Le Château prête un dais, l'adjoint prête son or,
Et le banquier promet sa femme pour la quête!

Le jour dit, elle arrive... Oh! les ravissants traits!
C'est bien la PATRONESSE à nos lecteurs connue.....
Mais, prodiguant à l'œil ses merveilleux attraits,
Aujourd'hui, pour son Dieu, la DAME est presque nue!

Un suisse empanaché prend son pas de vainqueur
Dès que l'ange apparaît sur les degrés du temple;
Il conduit son triomphe à la grille du chœur,
Et ce n'est plus l'autel que le Clergé contemple!

L'apôtre de SAINT-ROCH entend l'or et l'argent
Ruisseler dans les mains de cette enchanteresse;
Et les coups mesurés par lesquels son agent
Fait appel aux dévots dont ils fendent la presse!...

Son esprit, enivré de ce premier bonheur
Se flatte d'un retour à l'antique doctrine.....
Il rêve UNE BARETTE *, et c'est LA CROIX-D'HONNEUR
Qui vient, comme un cachet, tomber sur sa poitrine !

Qu'importe ?... sa Quêteuse entasse les deniers
Dont la crédulité fait une large offrande ;
La moisson d'une fête a rempli ses greniers.....
Dieu ! que, l'intrigue aidant, la Providence est grande !

III.

L'Opéra.

Satan, pour se venger, déployant son drapeau,
Prend l'OPÉRA pour lice, allèche le troupeau
Qu'il vit boire à longs traits la divine harmonie,
Déroule ses trésors, envahit tous les sens,
Et fait que le concours du geste et des accents
        Rend le triomphe à son génie !

Déjà le monde ambré, qui protégea le froc,
Le Comte, le Marquis, ont déserté Saint-Roch.....
Notre immortel DUPREZ, de son talent immense,
Captive les esprits, déchaîne les transports ;
Et l'âme qui s'abreuve à ce torrent d'accords,
        Bénit l'ivresse qui commence.

* Bonnet carré rouge que portent les Cardinaux.

Cet asile des chants, riche de voluptés,
Étale aux yeux de tous des grappes de beautés,
Des plaisirs de tout rang, des amours de tout âge ;
Et, dans ce sanctuaire où s'ébattent les ris,
La céleste QUÊTEUSE est reine des houris
    Qui brillent au premier étage.

Ses doigts de pure neige, où luit un diamant,
Sont un but pour la bouche, et, pour l'être, un aimant
Qui dompte la raison, séduit l'âme et l'attire.....
Ses charmes sont divins ; son œil a des éclairs,
Et l'on sent, quand DUPREZ l'attendrit à ses airs,
    Tomber le fouet de la Satire.

Quand cet écho fervent du prône et des sermons
Est en plein Opéra, dans l'antre des démons,
Comme un astre où l'Amour vient allumer son rêve,
La DAME fait, dit-on, œuvre de charité.....
Ce n'est point le dédain, c'est la félicité
    Qui comprend l'espoir et l'achève.

L'Esprit malin prétend que son cœur partagé,
Tantôt cherche le monde, et tantôt le clergé,
Pour dépister l'ennui qui la suit à la trace.....
Eh ! bien, elle a raison ; ses calculs sont adroits ;
L'équilibre certain est dans le contrepoids :
    Ce que l'un fait, l'autre l'efface.

IV.

Épilogue.

Ces équitables vers paraîtront indiscrets?...
Qu'importe!... Un bras qui scrute au fond des plis secrets
Ne saurait énerver l'arrêt de sa justice.....
J'ai de l'encre et du fiel pour la vertu factice.
L'ange de bon secours a droit à mon respect,
Mais j'assène le poing sur tout masque suspect
De cagotisme à froid, de basse hypocrisie.....
Qu'un chevalier rampant larde sa poésie
D'adjectifs empruntés aux langues des salons,
NÉMÉSIS vole au but par des sentiers moins longs.
Son alphabet ne prend ni le POINT ni l'ÉTOILE ;
Du vice qui se drape elle arrache le voile!
Car, sans prêter l'oreille aux cris des prévenus,
La Thémis des Enfers les veut garrotter nus,
Et clouer au gibet d'une longue infamie.....
Les singes de vertu sont une épidémie
Que l'homme indépendant doit traîner au grand jour;
Ils ont trouvé, dit-on, patronage à la Cour?
Eh! bien, je ne veux pas léguer ma tâche à d'autres...
On peut frapper Judas sans blesser les Apôtres.

J.-F. Destigny.

Paris, 14 juillet 1838.

PARIS, IMPRIMERIE DE E.-B. DELANCHY , rue du Fg-Montmartre , 11.

LA GRISETTE.

XXX· SATIRE.

J'ai su depuis qui payait sa toilette.

BÉRANGER.

Ils ne sont plus ces temps où l'aimante Grisette
S'habillait de percale et se nommait LISETTE.
Depuis que la Débauche, en robe de satin,
Vient des PANORAMAS dans le QUARTIER-LATIN
Vendre à l'Étudiant sa crapuleuse ivresse ;
Depuis que l'Adultère et l'ingrate maîtresse
Colportent, jusqu'aux seuils de nos deux Facultés,
Les perfides trésors de leurs seins frelatés,
La Jeunesse n'a plus que des amours infâmes !
Aujourd'hui le calcul a dégradé les âmes ;
L'argent sonne, et l'abus étouffe le désir ;
Un cynisme effronté détrône le plaisir.
La Grisette s'éteint ; notre époque la tue.
Elle aimait et donnait... elle se prostitue !

30

L'Égoïsme a détruit ce type Frétillon
Qui n'avait pour tout bien qu'un humble cotillon,
Mais dont le cœur de feu, prêt à tout sacrifice,
Ne se flétrissait pas de fraude et d'artifice.
L'orgueil de nos *dandys* a masqué de clinquant
Ce minois qui, naïf, eût paru si piquant,
Et, sous les oripeaux d'une sottise altière,
L'œil ne reconnaît plus l'agaçante ouvrière.
Autrefois diligente, à l'aube du matin,
La Grisette courait s'enrichir de butin,
Et rapportait le soir sa gaieté de la veille :
Elle était, pour l'Amour, comme une active abeille
Qui travaille, moissonne, entasse pour l'hiver ;
Mais dans ce fruit l'exemple a fait éclore un ver.
Sans penser qu'un autre âge amène la détresse,
Que la faim est souvent fille de la paresse,
Elle effile, en riant, la trame de ses jours,
Comme si le fuseau devait tourner toujours.
Tant qu'un amant crédule, et dans l'indépendance,
Fait pleuvoir, à son gré, de l'or en abondance,
Elle jonche de fleurs les cailloux des chemins,
Et, pour vider le coffre, elle y fouille à deux mains ;
Les trésors du moment sont livrés au pillage.
La barque du plaisir s'abandonne au sillage
Que trace le vaisseau d'un monde corrompu ;
Mais quand, la voile au vent et le câble rompu,
L'orage du destin lui déclare la guerre,
Un Dieu seul peut lui rendre ou le calme ou la terre.

Ce Dieu, que la Grisette appelle de ses vœux,
C'est un riche qui livre à ses goûts ruineux
L'intarissable puits d'une grande fortune.
La plainte du Prodigue aujourd'hui l'importune,
Et l'ingrate le fuit pour ne l'entendre pas.
Naguère l'intérêt l'enchaînait à ses pas ;
Mais dès qu'elle pressent que les greniers sont vides,
L'infâme porte ailleurs ses caresses avides,
Et dénigre le fou dont elle ourdit les maux.
C'est la chenille enfin qui s'attache aux rameaux,
En ronge les bourgeons et la feuille et l'écorce,
Grignote à leurs dépens, s'engraisse de leur force,
Et, quand ils vont mourir, salit ses bienfaiteurs.....
C'est un chancre qui vit de ses admirateurs.

La Grisette est souvent la fille du mystère,
Ou l'enfant mal gardé de quelque Militaire
Qu'une balle frappa d'un poinçon de rebut.
Le vieux soldat voudrait guider à son début
L'essor aventureux de l'Icare femelle,
Et sa tremblante main craint de froisser son aile.....
Ce beau cygne entreprend un vol audacieux ;
Mais tandis qu'il s'apprête à remonter aux cieux,
Il est précipité dans cette mer immonde
Où s'ébattent sans frein tous les vices du monde,
Au sein de ce Paris, gouffre d'atrocités,
La plus sale, en ses mœurs, de toutes les cités !

Dès qu'il tombe au foyer de la corruption,

L'ange subit l'arrêt de condamnation

Que l'Éternel un jour a prononcé sur Ève !...

Le serpent commença, l'Étudiant achève.

La vierge voit bientôt les beaux lis de son front

Se faner feuille à feuille, et le doigt de l'affront

Lui graver dans les chairs ses infernales rides.....

Elle a vingt ans à peine, et ses tempes arides

Ont reçu le cachet du vice et du malheur !

Son opprobre déjà la scelle à sa douleur

Mieux que ne sont rivés les forçats à leur chaîne ;

Car, avant de dormir dans une mort prochaine,

Son père la maudit, il blasphème son nom.....

Celui qui n'a jamais tremblé sous le canon,

Qui n'a jamais pleuré son drapeau tricolore,

Frémit, s'indigne et pleure à la voix de sa LAURE.....

Et quand la main de Dieu sonne enfin son trépas,

Il se dresse, retombe, et ne pardonne pas !...

Qui voudrait maintenant arracher de l'abîme

Celle qui n'aura plus de secours légitime ?

Reste-t-il dans la foule un être surhumain

Pour dompter son dégoût et lui tendre la main ?

Non !... Dès que l'innocence a franchi cette porte

Par où l'âme se jette au fleuve qui l'emporte,

Elle appartient au vice ; et le bras tout puissant

Qui remet le péché qu'on apporte en naissant

La pourra seul soustraire aux vagues effrénées

Du Carybde moral où roulent ses années.

— La Grisette normale est une fille à part,

Qui pour code a l'amour et pour Dieu le hasard.

C'est pour l'observateur un étrange problème;

Elle est folle, inconstante, et, malgré tout, elle aime.

Son cœur, appartement qu'elle donne à loyer,

S'ouvre aussi quelquefois à qui ne peut payer;

Plus traitable, en ce point, que tout propriétaire,

Il n'a jamais voulu chasser un locataire,

Et, pour se conserver l'amour de chacun d'eux,

Il préfère souffrir et compatir à deux.

— La toilette réduit sa frugale pitance;

Elle marchande un pain à sa frêle existence

Pour enfler le total de son modeste avoir;

Boit du lait le matin, en boit encor le soir,

Et, par ce jeu, parvient à se draper l'échine

D'un crêpe *de six quarts* importé de la Chine.

Puis, quand revient l'été, ce maître des saisons,

Le coutil, le satin, transformés en prisons,

Enferment, sans étreinte, un pied qui se dérobe

Sous les plis ondoyants d'une soyeuse robe.

Le riche mantelet et l'orgueilleux chapeau

Qui fait au gré des vents flotter, comme un drapeau,

Les restes reblanchis d'une plume d'autruche,

Et tend son large bord décoré d'une ruche

Au souffle caressant d'un zéphyr amoureux,

Fascinent les regards qui s'attachent sur eux.

C'est le *nec plus ultrà* d'étiquette première,

C'est la mise qui brille à la GRANDE-CHAUMIÈRE.

— J'ai pénétré moi-même au fond du large enclos
Où, pour son *demi-franc*, l'on assiste, à huis clos,
Aux lubriques ébats que DÉLESSERT protége.
L'impudeur étalait son bizarre cortége
Dans l'arène que ferme un jardin attrayant :
C'est la lice où l'Enfer peut monter, en payant,
Battre les entrechats des sataniques rondes.....
La Grisette y grouillait dans les gorges profondes
Qu'abrite un double rang de magiques bosquets,
Et l'écho répétait d'indicibles caquets.....
L'œil rencontrait partout, au centre de la lice,
Des femmes que rançonne un caissier de police ;
De ces folles beautés dont chacun, à l'encan,
Qu'il soit pair du royaume ou tombé du carcan,
Peut s'adjuger les feux en traversant la rue.....
Les vestales du crime, à cette foule accrue
Se mêlent, prennent part au hideux tourbillon.....
L'obscénité fermente et roule à plein sillon
Des êtres palpitants d'impudence et d'orgie.
De tous les points du bal, une tourbe surgie
S'élance au bruit confus de mille forcénés.....
Le galop recommence... un galop de damnés !...

Le dégoût distinguait quatre nuques tondues
Dans l'ouragan vivant de ces filles perdues ;
Des femmes-cavaliers qne, malgré leur habit,
Chacun reconnaissait à leur sale débit.

Ces quatre teints plâtrés ont un langage obscène ;
Leurs gestes crapuleux nous répètent la scène
Qu'au PRADO, cet hiver, on joua de fureur ;
C'est, en raffinement, le comble de l'horreur !...

Que nous est-il resté de la vive Grisette
Qui répondait au nom de LISE ou de SUZETTE,
Travaillait tout le jour et folâtrait le soir ?...
Depuis qu'au rang de *Dame* elle a voulu s'asseoir,
La Paresse a d'un souffle effeuillé sa couronne.
Aujourd'hui qu'elle aspire à singer la baronne,
A calquer d'autres airs, à feindre le grand ton,
Ce n'est plus qu'un anneau chargé d'un faux chaton ;
Le vain éclat en fait suspecter la matière ;
Le mensonge du stras nuit à la bague entière.
— Pour égaler son type, elle a pris ses défauts :
Elle fume et s'enivre avec tous les vins chauds ;
Tombe dans la sentine et remonte à l'estrade,
Bondit de couche en couche en sa course nomade,
Et, sans linge ni pain, sous ses brillants atours,
Met ses nipes en gage et ses bâtards aux TOURS ;
Dérobe à ses amants pour calmer sa détresse,
Trafique de sa honte, escompte sa tendresse ;
Puis, quand sa beauté touche à l'arrière-saison,
Vit de crime, et s'éteint au fond d'une prison,
Sous les coups d'une loi trop longtemps endormie.....
Quiconque part du vice arrive à l'infamie !

GRISETTES, suspendez vos ignobles transports !

Songez bien que demain l'implacable remords

Viendra comme un vautour ébrécher vos poitrines.

Je ne veux point prêcher d'effrayantes doctrines ;

Mais, arrêtez, enfants ! et regardez là-bas

L'inévitable abîme où tendent vos ébats !...

Quand vous traînez vos jours dans cette frénésie

Que la séduction traite de poésie,

Regardez sous vos pieds le cratère qui bout !...

Si votre cœur persiste à suivre jusqu'au bout

Ce long sentier rempli de fange et de misère,

Ne cherchez pas du moins à propager l'ulcère.

N'affichez plus l'opprobre aux yeux de l'Univers

Dans ces bruyants sabbats qui détraquent les airs ;

N'outragez plus enfin par d'autres saturnales

De paisibles quartiers blessés de vos scandales ;

Car le Temps est armé d'élastiques jarrets.

Quand son doigt formidable a gravé vos arrêts,

GRISETTES, le supplice est prêt à vous atteindre !

Détournez sa vengeance ou tâchez de l'éteindre.

Oui, si vous ne brisez le glaive dans sa main,

Peut-être serez-vous à la Morgue demain.....

Ce n'est pas un vengeur que la colère embrâse ;

Il juge lentement ; mais, s'il frappe, il écrase !...

J.-F. Destigny.

Paris, 21 juillet 1838.

PARIS, IMPRIMERIE DE DECOURCHANT, RUE D'ERFURTH, 1.

L'OUBLI.

XXXI' SATIRE.

La demeure de NAPOLÉON à Sainte-Hélène
a été transformée en ferme, et la chambre de
l'EMPEREUR est devenue une étable!!!....

TOUS LES JOURNAUX.

L'éternel destructeur des êtres et des choses
    Accourt, sur l'aile des instants,
Moissonner, à tâtons, les lauriers et les roses;
    Et l'Oubli marche avec le Temps.

L'implacable vieillard jette au néant qu'il ouvre
    Tout ce qui n'est pas immortel :
Le crétin de la borne et l'habitant du Louvre,
    Le bouge et le brillant hôtel.

L'orgueil et la beauté, la fortune et la gloire,
    S'éclipsent dès qu'il les atteint;
Ils roulent inconnus dans l'urne de l'histoire.....
    Ce qui brillait, la mort l'éteint.

Le frère du Néant prend alors sa pâture
        Aux mains de son grand pourvoyeur;
Dès que le Temps se fait bourreau de la Nature,
        L'Oubli s'en fait le fossoyeur.

L'éteignoir suit de près l'homme illustre qui tombe
        Martyr de ses convictions,
Et le saint dévoûment, avant d'avoir sa tombe,
        Est oublié des Nations.

Le vengeur méconnu d'une ingrate patrie
        Meurt proscrit sous d'autres climats,
Où l'hiver des cachots, sur sa tête flétrie,
        Sème une couche de frimas.....

Qu'importe qu'on exalte à chaque anniversaire
        Les fils du Peuple-Souverain?
Qu'importe que Paris garde leur baptistère
        Gravé sur des tables d'airain?

Le sacrilége Oubli fait peser sur leur cendre
        Son insupportable linceul,
Puisqu'à leur tertre en friche on ne voit plus descendre
        L'ami jaloux d'y pleurer seul.

Des cyprès rabougris, que le Voyer tolère
        Sur le Carreau des Innocents,
La feuille ne sait plus trembler à la prière,
        Quand on y brûle un vain encens.

Les tombes de nos morts n'ont vu que huit années
    Mordre leurs clôtures de bois,
Et d'ingrats héritiers les ont abandonnées.!
    Et l'épitaphe manque aux croix !

Vénérez ces grands os que le Temps doit dissoudre,
    Vous qui comptez sur les vivants ;
Consacrez-leur du moins l'argent de cette poudre
    Que votre bronze jette aux vents.

Mais des célébrités dont le siècle s'engoue,
    L'Oubli devance le trépas ;
Qu'un roi tombe du trône et roule dans la boue,
    Les rois ne l'en arrachent pas.

Une idole du Peuple a, sous notre bannière,
    Senti les coups du même sort ;
Avant que son cadavre eût enrichi sa bière,
    Notre LAFAYETTE était mort !

Et le soleil des camps, qui de la Renommée
    Occupa, vivant, les cent voix,
Perd, comme un lustre éteint sans laisser de fumée,
    Toutes ses flammes à la fois !

Voyez, à Sainte-Hélène, entre ses rocs impies
    Le toit où mourut le géant,
La perfide Albion, la reine des harpies,
    L'a mis plus bas que le néant !

L'hypocrite qui fait asseoir SOULT à sa table,
  Anneau des deux gouvernements,
A transformé là-bas, en une sale étable,
  Le plus sacré des monuments !

Tandis qu'un peuple entier qui vénère en cachette
  Le plus sublime des vaincus,
Conserve en reliquaire un meuble qu'il achète
  A force de peine et d'écus ;

Tandis que tout Anglais tressaille et se découvre
  Au grand mot de NAPOLÉON,
La Reinette impubère, en profanant son Louvre,
  Fait un chenil d'un Panthéon !

Fut-il jamais permis d'imprimer tant d'outrage
  Au front d'un colosse abattu ?
Vit-on jamais vainqueur prodiguer, dans sa rage,
  Tant d'opprobre à tant de vertu ?

Non, cette atrocité ne sort que de l'écume ;
  VICTORIA n'a pas donné
L'ordre de fatiguer d'une lutte posthume
  L'ombre du soldat couronné.....

Sir HUDSON-LOWE eût craint cet excès d'infamie.....
  Lui, qui mérita le carcan,
Eût tremblé d'irriter une cendre ennemie
  En mettant son urne à l'encan.

Ainsi, l'Autorité de la Grande-Bretagne,
　　Cette sibylle de nos droits,
Fait ce qu'eût craint de faire un argousin de bagne
　　Choisi par le Congrès des Rois !

Eh bien ! lâches suppôts de la Sainte-Alliance,
　　L'Aigle survit à ses revers !
Bien qu'étreint dans les flots, il plane sur la France ,
　　Et vous révoltez l'Univers !

La gloire des mortels sollicite des pages
　　Qui, par leur immortalité,
La fassent surnager à l'Océan des âges
　　Et gagner la postérité.

Quand la Colonne aura la cendre impériale
　　Au pied de son fût glorieux,
Paris devra dresser sa digue triomphale
　　Du sol de la Bastille aux cieux.

Ces colosses qu'ont faits et le Peuple et l'Empire,
　　Garants d'un grand acte accompli,
Résisteront ensemble au torrent qui conspire
　　A les éteindre dans l'Oubli.

Les titres que le sort burine dans l'histoire
　　Entre des flots d'événements,
Surgissent quelquefois et partagent la gloire
　　Ou l'affront des gouvernements.

Les robustes débris de tout vaste navire
        Domptent souvent les flots amers ;
Mais, quand sur le récif une barque chavire,
        Ses restes vont au fond des mers.

Le triomphe du pauvre est de courte durée,
        Ses lauriers sont agonisants,
Quand du riche qui met ses trésors en curée,
        Le nom sait affronter les ans.

Toute palme a besoin que l'argent la ravive,
        Et l'artiste n'en sème pas :
De quel droit voulez-vous que son talent survive
        Au coup de faux de son trépas ?

Escousse avait jugé l'auréole éphémère
        Qui du poëte ceint le front,
En acquérant, au prix d'une existence amère,
        La célébrité de l'affront.

Pourquoi chercher ainsi dans l'affreux suicide
        Un renom toujours flétrissant ?
Pourquoi ?... quand on retient chaque nom d'homicide
        Écrit sur des caillots de sang !

Quand aujourd'hui le crime est comme un point de mire
        Où visent les ambitions.....
Qu'on dédaigne les arts..... que notre siècle admire
        De frénétiques passions !

Vous demandez pourquoi ?... N'en cherchez plus la source
    Ailleurs que dans ces bulletins
Où le moindre journal, comme il cote la Bourse,
    Cote la mort tous les matins.

Qu'un silence absolu dérobe à la misère
    Ce lâche et criminel recours ;
Que l'Oubli frappe au cœur le sacrilége ulcère
    Qui se propage de nos jours !

En perdant leurs échos, les fauteurs de ce crime
    Rentreront aux sentiers humains,
Et bientôt un acier, qui partout nous décime,
    Sera propice dans leurs mains.

Jetez sur tant d'horreurs l'impénétrable toile
    Que méritent ces tristes morts ;
Mais aidez le talent à dépouiller le voile
    Qu'il déchire avec tant d'efforts !

Je ne demande pas qu'on frappe des médailles
    Aux dramaturges débutants,
Ni qu'un journaliste ouvre aux gens de toutes tailles
    Ses colonnes à deux battants.

L'éloge exagéré mène droit à l'intrigue,
    Et tombe au choc de la raison,
Comme ces fruits bâtards qu'une branche prodigue
    Veut jaunir avant la saison.

Qu'au talent qui chancelle, une main secourable
        Daigne applanir les monts ardus ;
Qu'elle trace aux aiglons la route inextricable
        Que faussent des chemins perdus!

Qu'aux ombres de l'Oubli le flambeau de la presse
        Oppose d'éternels rayons ;
Et que l'artiste prête, à l'artiste en détresse,
        L'appui divin de ses crayons!

Si la rouille s'attaque à toutes les couronnes,
        Que l'esprit fouette son ardeur ;
Les gloires de tout rang ont besoin de patronnes,
        Le frottement fait la splendeur.

Que désormais l'Oubli soit un mot de clémence
        Qui n'étouffe que des brandons ;
Qu'il frappe les échos de l'ère qui commence
        Et la scelle de ses pardons !

D'inutiles rigueurs tronquent les garanties
        Qui sont la base de vos droits ;
Monarques, aujourd'hui, c'est grâce aux amnisties
        Que les Peuples gardent des Rois.

                                        J.-F. Destigny.

Paris, 28 juillet 1838.

PARIS, IMPRIMERIE DE DECOURCHANT, RUE D'ERFURTH, 1.

L'USURIER.

XXXII SATIRE.

L'argent est le seul Dieu que notre époque adore.
Sous les mille drapeaux que l'intrigant arbore,
Les efforts n'ont qu'un but; le monde intelligent
N'use que d'un levier... l'irrésistible argent.
L'homme qui sort du peuple et n'a dans sa besace
Qu'une vertu modeste, étrangère à l'audace,
Ne peut jamais, traînant les fers de son destin,
Que descendre le soir au gîte du matin,
Si l'argent ne vient pas faciliter sa route.
Mais le marchand, dévot à Sainte Banqueroute,
Doit, grâce aux concordats, parvenir à ses fins.
Sait-on quel or servit à solder ses draps fins?...
L'église, en l'enterrant, fera pleurer son orgue.
Aux riches morts Lachaise *, aux va-nu-pieds la Morgue!

* Cimetière de l'Est.

32

Aussi, pour amasser le précieux métal,

Notre siècle se vend, comme un bœuf sur l'étal,

Sans pudeur, par lambeaux, et jusqu'au dernier membre.

La vertu n'atteint plus de Juillet à Décembre

Sans qu'une flèche d'or ébrèche son cimier.....

Paris n'est désormais qu'une fosse à fumier !

C'est que l'ambition est de tous les étages :

La Pauvreté, s'aidant de sales tripotages,

Veut tâter du pinacle, et, sans y parvenir,

Elle voit dévorer son modeste avenir.....

La fortune prétend éclipser la fortune,

Elle veut surpasser l'éclat qui l'importune,

Quand son luxe, colosse à frêle piédestal,

Chancelle et tombe enfin au seuil d'un hôpital !

Quel pouvoir a sitôt changé l'Elbeuf en bure ?

L'atteinte d'un fléau, le contact de l'Usure !...

Chacun voit dans l'argent le merveilleux ressort

Propre à neutraliser les secousses du sort ;

On veut, quoi qu'il en coûte, en glaner des parcelles.

Mais l'appétit s'irrite... Après les étincelles,

Nos vœux mal assouvis convoitent le foyer,

Et l'ambition prend des écus à loyer.

Ce premier tort prépare une déroute immense :

Il faut alors brûler le chancre qui commence,

Trancher le membre atteint, et, d'un coup décisif,

Paralyser soudain la dent du corrosif,

Ou s'attendre à le voir déchaîner ses ravages.

L'usure est de nos jours une mer sans rivages !

Ce gouffre insatiable, où roulent confondus
Les États obérés et les peuples perdus,
Fourmille de prêteurs à petite semaine.....
Les lois n'abattent pas cette chenille humaine
Qui s'attache aux bourgeons des plus jeunes rameaux !
On les voit épargner cette source de maux,
Cet essaim de rongeurs où le crime fermente,
Cette lèpre sans fin que la détresse augmente.....
Et pas un bras ne jette une digue au torrent !
Sous le manteau troué d'un commerce apparent,
L'Usurier cache mal son instinct de panthère,
Et le Code impuissant respecte le mystère
Dont l'ogre d'Israël s'enveloppe à demi !
Les lambeaux dispersés de ce peuple ennemi
Sont parmi les chrétiens de vivantes éponges
Qui s'abreuvent d'argent à l'aide de mensonges,
Et le parquet français souffre leurs attentats !...
Les ROTHSCHILD, repus du suc des potentats,
Écornent les budgets même du Grand-Empire ;
Ils prélèvent impôt sur tout ce qui respire,
Escomptent les *agni,* les absolutions,
Et se *passent* les rois des grandes nations,
Comme on passe une *traite* à l'ordre d'un compère,
Avec le simple *endos* du Fisc ou du Saint-Père.
Ce sont bien là des Juifs qui s'engraissent de nous ;
Mais devant ces grands noms la loi tombe à genoux ;
L'Usure, que le Droit peut frapper sans relâche,
Est toujours plus directe et trop souvent plus lâche.

Les grugeurs déguisés que j'enchaîne au carcan,
Sont de bas regrattiers, des chenilles d'encan,
Qui, lourds d'un vert billon, fruit de l'épicerie,
S'engraissent des écarts d'une folle industrie.
Leur type est l'échalas coiffé d'un chapeau roux ;
Leurs yeux, deux lumignons brillants de feux jaloux
Dont la douceur séduit, mais dont le calme effraie.....
Leurs doigts veulent serrer marchandise et monnaie !
Leurs tempes, à l'étroit dans le cercle du front,
Semblent deux parchemins préparés pour l'affront ;
Et leurs gestes blasés au jeu qui nous corrode
Sont les vrais mouvements de Pilate et d'Hérode.
Que ce léger croquis rétréci par le frein
Dont les lois de Septembre emprisonnent mon sein
Se déroule aux regards de la France attentive,
L'œil de l'esprit lira dans ma verve captive ;
Mais, avec les détours du Code improvisé,
Je me tais, cher Lecteur, j'ai déjà trop osé.
— Sortons, et pour jamais, de l'antre politique.....
Vois ce *ponte* affublé de la perruque antique
Jeter à la disette un perfide hameçon :
Ce harponneur d'humains est quelque vieux garçon
Qui, prématurément serré dans sa mansarde,
Attend qu'un jouvenceau s'élance et se hasarde
Aux caprices d'un fleuve échappé de son lit.....
C'est l'homme dont la main aime à tordre un délit
Pour en extraire un suc ou craintif ou coupable.....
C'est un bras qui meurtrit ceux que le sort accable !

La bourse du perfide, ouverte à l'indigent
Qui n'a plus dans son coffre un scrupule d'argent,
Luit aux yeux de la Faim, comme les vains appâts
Que le ciel des Trois-Jours vit au bout des trois mâts,
Sans prestige ni but pour la folle semaine ;
C'est un filet qu'on jette à la misère humaine ;
Et ce filet n'a rien qui commande la foi.....
Cependant sous les cieux nécessité fait loi :
L'adversité, cédant à sa détresse accrue,
Va mendier secours à l'angle de la rue.....
L'Usure qui la guette emplit son tablier ;
La Pauvreté qui n'a que ses draps à plier,
Descend de sa mansarde et s'abandonne au cours
Du forfait qui la rend libre pour trente jours.....
C'est un simple sursis que son calcul accorde ;
Mais un mois, c'est pardon pour qui craignait la corde.

Brisons-là, bon Lecteur ;... pénétrons dans l'enclos
Où l'Usurier fomente un commerce à huis clos
De mandats controuvés et de lettres de change.
Approchons du forban qui, dans un vol étrange,
Sans paraître là-bas et sans quitter d'ici,
Tire un billet menteur des chantiers de BERCY.
Dix prête-noms, groupés autour de sa tanière,
Ont mérité les coups de ma lourde lanière ;
Mais l'Usure est un crime, et je n'ai pas le droit
D'accuser son repaire à tel ou tel endroit.

Poursuivons. — L'Usurier se fait AGENT D'AFFAIRES ;
Pour attiser les feux des paniques vulgaires,
Il griffonne l'*exploit* ; mais la verge d'acier
Des mains de cet intrus passe aux mains de l'huissier,
Avant de résonner sur le dos des victimes.
Sur la taxe pourtant, sa moisson de centimes,
Malgré le Code et Dieu, se cote en passe-droits.
Il amène sa dupe à des sentiers étroits,
La talonne de frais, l'accable de requêtes ;
S'efforce d'épuiser les arrêts, les enquêtes ;
Fait par *duplicata* les actes infernaux
Qui de l'or des clients gorgent les tribunaux ;
S'acharne à tout mêler, rend le dédale double,
Et s'engraisse d'écus en pêchant à l'eau trouble.....
Quand la gêne du faible, au bord de son chemin,
S'apprête, suppliante, à lui tendre la main,
Sa disette d'argent, que la feinte exagère,
Dénature le prêt, le marchande en mégère,
Vend des colifichets à qui veut des lingots,
Des vins et du coton, du fer et des fagots
A l'être dépourvu qui demande assistance,
Et répond par des mots à son ardente instance.....
— L'intrigue de l'Usure ourdit un guet-apens
Qui se promet tout bas de vivre à nos dépens,
S'exerce à nous brider de ses lacets perfides,
Et nous sait dépouiller de nos moindres égides ;
Mais l'esprit sans travers peut braver ses dangers,
Quand sa force résiste aux besoins passagers.

L'Artiste que la Faim, sa fidèle compagne,
Tiraille à belles dents et claquemure au bagne
D'une existence aride, ouverte à la douleur ;
L'Artiste qui tarit la coupe du malheur
Épuise, en végétant, les phases de l'Usure.
Chaque instant de ses jours déchire la blessure
Que la misère a faite aux fibres de son cœur.
Il s'énerve à chercher le remède vainqueur
Qui doit porter le baume au foyer de son âme,
Et l'éternelle peste étend sa lèpre infâme
Dans les replis secrets de son malheureux sein.
Le fléau destructeur n'a ni trève ni frein ;
L'intérêt s'accumule, et ces riches merveilles,
Qu'on paya si longtemps de travaux et de veilles,
Ces chefs-d'œuvre que l'art a tirés du néant,
Serviront de pâture au grugeur fainéant !...
Pénétrez dans ce gouffre, et voyez sous le dôme
Ce grand portrait du dieu de la place Vendôme ;
Il va tomber aux mains d'un sordide escompteur
Qui naguère prêta cent écus à l'auteur !
Ces joyaux ciselés, ce soyeux cachemire,
Ces diamants pure eau qu'un lapidaire admire,
Tout cet attirail propre à parer des bazars,
Ces prodiges du goût, de l'esprit et des arts,
Tout enfin, tout ici provient de la détresse
Qu'a produite, en deux ans, l'amour d'une maîtresse ;
Le sordide intérêt, en les rongeant, a pris
Ces merveilleux objets qu'il voulait à tous prix.

L'Usure a sa patente, et l'Annonce la prône
Du Faubourg Saint-Marceau jusqu'aux marches du trône.
Tantôt son intrigue offre une prime aux effets
Garants de ces dépôts que la Misère a faits ;
Tantôt, c'est un peu d'or que la perfide étale
Pour allumer la soif d'un moderne Tantale ;
Et partout c'est l'abîme ouvert aux malheureux
Que d'ignobles frelons ont fait compter sur eux.
— Quand donc le bras des lois, sortant de l'apathie,
Protégera-t-il ceux que le fléau châtie ?
Quand nos juges, armés de glaives moins discrets,
Brandiront-ils enfin de foudroyants arrêts
Aux fronts de ces vautours qui déchirent le monde ?
Le siècle, à deux genoux, dans la sentine immonde,
Attend qu'un poing d'acier paralyse l'essor
Des reptiles humains qui se vautrent dans l'or ;
Quand ce poing viendra-t-il écraser la sangsue
Qui s'engraisse d'un bien que l'activité sue ?...
L'Usure qui corrode un peuple producteur,
Mérite de tomber sous le fer du licteur ;
Mais dans les arsenaux lâchement endormies,
Les lois sont de nos jours d'inutiles momies,
Depuis que le Parquet des systèmes bâtards
A tant de fois changé ses glaives en poignards.

                                        J.-F. Destigny.

Paris, 4 août 1838.

PARIS, IMPRIMERIE DE DECOURCHANT, RUE D'ERFURTH, 1.

LE MARIAGE.

—

XXXIII' SATIRE.

—

Son maintien honnête et sa douceur m'ont
gagné l'âme ; et je suis résolu de l'épouser,
pourvu que j'y trouve quelque bien.

HARPAGON *dans l'Avare de* MOLIÈRE.

La Spéculation, cette fièvre des âmes,
Étendra donc partout ses conquêtes infâmes !...
Du plus sacré des nœuds, du plus saint des serments,
L'Intrigue mercantile a fait des instruments !
Dégradé par l'esprit d'un siècle monétaire,
L'Hymen n'est qu'un marché que paraphe un notaire
On le discute à froid, on le pèse au carat,
Et quand, pacte conclu, vient le jour d'apparat,
Le cœur est le dernier qu'on invite à la fête !
Eh ! n'est-ce pas assez que la femme s'apprête
A donner, par contrat, une dot et sa main ?...
Vienne l'or aujourd'hui, l'amour viendra demain !

33

— Seize ans et mille attraits font adorer Marie :
Mais comment espérer que l'ange se marie ?
Elle n'a pour trésors que sa grande beauté,
Sa vertu, sa candeur, et cette probité,
Patrimoine de peuple, attribut de famille,
Qui passa, dans le sang, de la mère à la fille.....
Elle est belle ! et l'amour a brillé dans ses yeux !
Mais la vierge n'avait d'autre abri que les cieux,
Et d'autre gagne-pain que la bêche d'un père.....
Lui fauché par la Mort, que faut-il qu'elle espère ?
De la pitié ?... Jamais ! sa fierté n'en veut pas.
Des amis ?... Elle est pauvre, et le champ du trépas
Vient d'engloutir le seul qu'elle ait eu de sa vie !...
Des compagnes peut-être ?... En est-il dont l'Envie
Consente à respecter d'aussi riches attraits ?...
Elle porte un serpent dans chacun de ses traits.
Voyez à ses genoux la jeunesse folâtre
Étaler le tribut d'un encens idolâtre :
Ce culte mène au vice, et du vice au remords ;
Car, après la gaîté, vient l'office des morts !
Le seul diamant qu'eût l'enfant du prolétaire,
Détaché de son front, tombe et se brise à terre ;
Et l'opulent amour qui s'est fait son écueil
En foule les débris aux pieds de son orgueil.
Pour éviter l'horreur d'une étroite détresse,
On la verra descendre au rôle de maîtresse !
Car la pauvreté seule, en creusant son Enfer,
Changea ses nœuds de fleurs en menottes de fer !...

Mais suivons jusqu'au bout l'insolente Fortune.
— Le calcul a proscrit cette amante importune
Dont un éclair fatal incendia le cœur ;
Et l'esclave, traînant les chaînes du vainqueur,
Va noyer dans l'opprobre une ardeur effrénée !...
— Tandis que roule ainsi la fille abandonnée,
Le séducteur, fidèle à son rêve d'argent,
Caresse l'intérêt qu'il a pris pour agent.
Son Barème, qui voit la race financière
Lourde de vieux écus grattés dans la poussière,
Brigue son alliance, au mépris de l'affront
Qui menace, imminent, de maculer son front.
Né d'un spéculateur de médiocre étage,
Il n'a jamais connu celle dont l'héritage
A pu, si brusquement, absorber ses efforts :
L'Amour n'attisa pas le feu de ses transports ;
C'est le dieu monnayé qui le jette en délire.
La femme, qu'un vain joug soumet à son empire,
A ce froid égoïste oppose un froid égal ;
Et chacun des tisons du foyer conjugal
Brûle de son côté, sans marier sa flamme
Au rayon répulsif qui convoite une autre âme.
Ces deux êtres enfin, par le cœur isolés,
Sont, dans l'ordre moral, des forçats accouplés
Qui s'énervent tous deux à tirailler leurs chaînes.
C'est le dernier degré des tortures humaines ;
C'est un autre Caucase où chacun, tour à tour,
Devient, sans le savoir, ou victime ou vautour.

— HERMANCE avait pourtant les vertus de MARIE ;
Mais ce lis de candeur que le vice carie,
Nourrissait dans le germe un plus modeste amour.
Sans prendre les grands airs des dandys de la Cour,
GEORGES portait en lui ce parfum d'élégance
Qui semblait démentir son acte de naissance.
Le fils de l'artisan, par un maintien exquis,
Détrôna dans son cœur le comte et le marquis.
Ils burent à longs traits dans la coupe embaumée
D'où trop souvent l'espoir s'évapore en fumée.....
L'Intérêt dut trancher le nœud mal assorti :
Car GEORGES, bien qu'aimé, n'était pas un *parti*
Qui méritât l'aveu d'une gent parvenue.
Quand sa prétention, jusqu'alors inconnue,
Vint à blesser l'orgueil de la caste d'argent,
HERMANCE fut contrainte au sacrifice urgent
Qui la garantissait d'une alliance *indigne!*
L'Ambition commande, et le cœur se résigne.

Interrogeons leurs seins froidement déchirés
Par les ongles crochus d'ogres dénaturés
Qui veulent du volcan maîtriser le cratère,
Ce double amour disjoint fait un double adultère.
L'eau sainte de l'Hymen, loin d'éteindre leurs feux,
Les nourrit de l'obstacle et va glaner pour eux
Jusqu'au moindre élément propice à leur pâture ;
Et le devoir est las de vaincre la nature !

L'intérêt sacrilége a fomenté les maux

D'êtres que la tendresse avait rendus jumeaux,

Et l'on croit les brasiers étouffés sous leur cendre!...

Oh! ne l'espérez pas... L'homme peut condescendre

Jusqu'au double tourment de souffrir et se taire;

Mais s'il prête à ses traits le masque du mystère,

S'il peut marcher de nuit, par des sentiers discrets,

L'adultère n'a pas ralenti ses progrès.

Combien, dans les salons infectés d'Excellences,

N'a-t-on pas vu de gens soumettre à leurs balances

Leurs femmes et leurs dots, las qu'ils sont d'un hymen

Dont ils passent échange après cet examen!...

C'est que le fléau peut de ses ailes sinistres

Blesser un front de peuple et des fronts de ministres;

C'est que la soif de l'or, plus forte que l'amour,

Peut en vaincre l'ardeur et se frayer un jour

Son accès clandestin jusqu'aux degrés du trône.

— Scrutez les unions que l'ambition prône,

Levez le drap soyeux, et, sans trop le mouvoir,

Écartez les rideaux qui ferment le boudoir.

Cette indiscrétion est piquante à commettre!...

Qu'elle est belle!... Voyez; sa main froisse une lettre!

Une larme d'amour crève au coin de ses yeux!...

Son désespoir amer semble accuser les cieux.

On lit dans sa langueur la peine qu'elle endure;

Son front décoloré, qu'attriste la parure,

Mêle un sombre nuage au sourire qu'elle feint;

C'est le dernier rayon d'un astre qui s'éteint!

Elle a cent fois relu des serments de tendresse
Qu'un époux criminel écrit à sa maîtresse,
Et l'esprit de vengeance ébranle sa vertu !...
Survient alors l'ami qu'elle a tant combattu ;
Celui qui fut toujours le dieu de sa pensée,
Le magique aliment de son ardeur passée !...
Et l'indiscret, heureux de surprendre ses pleurs,
S'empresse de glisser le poison dans les fleurs
Qu'il effeuille en riant pour endormir sa peine.....
Son amour dédaigné triomphe par la haine !
— La spéculation avait formé des nœuds
Qu'une vivace intrigue a su rompre à ses vœux ;
C'est le crime-principe enfantant d'autres crimes.
L'appétit de l'argent nous creuse plus d'abîmes
Que deux siècles d'efforts ne pourront en combler ;
Mais, qu'importe ?... Luttons !... Qui se laisse accabler
Sans tenter en mourant un choc qui le délivre,
N'est pas digne qu'un Dieu lui permette de vivre.
Guerre ! éternelle guerre à la corruption
Qui se cramponne au sein de notre nation
Pour l'étreindre bientôt de ses branches immondes !
Elle enfonce partout des racines profondes,
Et tend dans sa puissance à nous dicter des lois :
C'est le bâton pourri dont abusent les Rois.
Broyons de nos talons sa tige vermoulue !
C'est la moralité que le Peuple a voulue.
Paris en vit la loi sur le triple feuillet
Que nos fils nommeront PRÉFACE DE JUILLET.

Mais dès que l'or s'attaque à notre espèce humaine,
La dépravation élargit son domaine.
La foule s'abandonne aux plus sales excès !
Dans nos sentiers de fange, on ne trouve d'accès
Que pour suivre l'égout d'une éternelle orgie !...
— Si l'épouse en désordre, et la lèvre rougie
Des vins qu'a savourés sa prostitution,
Grimace les dehors de la dévotion,
Vous qui la connaissez, gardez-vous d'en médire !
C'est une femme en Dieu, qui souffre le martyre
Pour lessiver de pleurs tous les péchés d'autrui ;
L'Église la nomma son angélique appui.....
Le jury des cagots la proclame candide !
— Son mari, dont l'accent doucereux et perfide
A su mettre en défaut la meute des soupçons,
Dine avec des Phrynés qu'il déguise en garçons !
Bien que parmi les fils que sa table rassemble,
Il n'en puisse trouver un seul qui lui ressemble,
La paix règne chez lui, tout s'y règle au compas,
Jamais le moindre mot !... Ils ne se parlent pas.

Voilà ce qu'est l'Hymen fait par-devant notaire.
— Mais, reposons nos yeux sur l'heureux prolétaire
Qui demande à ses bras le pain de chaque jour !
Ses notaires, à lui, sont l'Estime et l'Amour ;
Son cœur est le contrat où sa dot est écrite,
Et souvent on le voit s'épargner l'eau bénite.

Un lien sympathique enchaîne ses destins ;
Et rarement les sens de leurs feux libertins
Portent dans l'atelier le sacrilége outrage.....
Entre ces vrais époux le repos et l'ouvrage,
L'abondance et la faim, le plaisir et le deuil,
Tout est mis en commun, tout est vu du même œil.
Admirable contraste !... Encourageants modèles !...
Quand serez-vous, comme eux, respectés et fidèles,
Illustres affligés, qui n'avez que de l'or ?
Jamais ; car votre choix se trompe de trésor.
Vous ne cherchez rien tant qu'un large possessoire ;
La dot est PRINCIPAL, et l'épouse ACCESSOIRE !...
— Eh quoi ! des *marieurs*, aidés de leurs suppôts,
Prélèvent sur la chair de sordides impôts ?
DELESSERT, le sais-tu ?... Sais-tu que des infâmes
S'occupe, dans Paris, à trafiquer de femmes ?
Qu'on marchande leur main, qu'on discute le prix
Que doit rendre au courtier l'achat de leurs maris ?
Sais-tu que la pudeur se révolte à la vue
De ces troupeaux coiffés que l'on passe en revue ?...
Si ce nouveau délit échappe aux tribunaux,
Exhume des secrets de tes noirs arsenaux,
Car il faut qu'à tout prix la morale ait vengeance...
Leurs BUREAUX sont peuplés d'une exécrable engeance !

J.-F. Destigny.

Paris, 11 août 1838.

PARIS, IMPRIMERIE DE DECOURCHANT, RUE D'ERFURTH, 1.

LE COURTISAN.

XXXIV° SATIRE.

Ils sont comme les confiseurs
Partisans de tous les baptêmes,
BÉRANGER.

Chaque essence nourrit un chancre qui la mine,
L'abeille a les frelons, la Foi ses *partisans*,
Le riche des valets, le pauvre sa vermine ;
Les peuples ont des rois, les rois des courtisans !

Mais entre ces fléaux de caractère immonde
Que l'on voit, sans merci, ronger leurs bienfaiteurs,
L'universel dégoût n'en peut trouver au monde
De plus lâchement bas que les adulateurs.

Ces reptiles humains, vertébrés pour la boue,
Caressent la Fortune à l'instar des serpents,
Et vont, en équilibre au sommet de sa roue,
Lécher le piédestal des derniers occupants !

34

Paris les vit, un jour, maréchaux de l'Empire,
Conspuer des Bourbons les drapeaux avilis,
Et, de l'aigle blessé reniant le martyre,
Sacrifier l'abeille aux blanches fleurs de lis.

Mais comme le revers fut de courte durée,
Le culte des flatteurs ne fut pas immortel,
Et ces caméléons, ardents à la curée,
Durent au premier Dieu reconstruire un autel.

Rallumé pour un an, le soleil de la gloire
Vint les électriser du feu de ses rayons;
Leur dévoûment dura jusqu'aux bords de la Loire,
Où la Clio française abdiqua ses crayons.

Quand l'aquilon, brisant le sceptre des conquêtes,
Appesantit alors ses rafales sur nous,
Le souffle du Malheur n'effleura pas leurs têtes;
Ils bravèrent l'orage en marchant à genoux !

La vengeance des rois et le flot populaire
N'ont pu de nos États balayer ce limon.....
Précipité du char par un choc de colère,
Le courtisan se roule et s'accroche au timon.

Cette lèpre vivace est aux cours qu'elle prône
Comme un chancre affamé qui s'enracine aux chairs;
Un roi ne parviendrait à l'arracher du trône
Qu'en lui sacrifiant ses membres les plus chers.

Les flatteurs, l'œil cloué sur les regards du maître,
Interrogent son geste et préviennent ses vœux :
Ils devinent son ordre avant de le connaître,
Sans lui laisser le temps de prononcer JE VEUX.....

Perfides comme un tigre à l'affût de sa proie,
Ils singent, à l'instant, l'ivresse et les douleurs :
Si l'idole sourit, ils bondissent de joie;
Si l'idole soupire, ils sont noyés de pleurs !

Qu'ils préparent d'encens pour le prochain baptême
Qui va rendre si gai presque tout le Château !
Tel polit un discours, tel charpente un poëme.....
Chacun des moissonneurs veut avoir son râteau.

Les sonnets rajeunis et les phrases banales
Qu'offrirent nos aïeux aux princes vagissants,
Sont glanés jusqu'au fond de nos vieilles annales
Pour peindre des souhaits aussi faux qu'impuissants !

Nos grands adulateurs, dans l'excès des louanges,
Vont charger un berceau de gigantesques vers :
Je gage qu'ils diront que l'Enfant dans ses langes
Dépasse d'un grand pied les dieux de l'Univers !

Hypocrites frelons ! Que demain la tempête
Vendange et torde à sec la grappe d'Orléans;
Que le royal bandeau leur tombe de la tête,
Et vous viendrez alors dénigrer vos géants !

En vérité, je plains le prince qui gouverne !
L'entourage d'un trône est peuplé de bandits,
Le sceptre est un fardeau, le Louvre une caverne,
Et tous les prétendants sont d'avance maudits !...

Quand l'Aigle dérouté vola d'un trait d'haleine
Depuis les murs fumants de l'antique Moscou
Jusque dans les rochers de l'île Sainte-Hélène
Où l'Anglais, en tremblant, lui mit la chaîne au cou ;

Les courtisans brodés, qui survivent encore,
Usèrent leur poitrine à blasphémer son nom ;
Et, quand vint à tomber l'immense météore,
Ils furent les Judas de ce dieu du canon !

L'Enfant que leur amour baptisa ROI DE ROME
Lorsque le bras du père ébranlait douze États,
Fut sous leurs propres yeux, à la chute de l'HOMME,
Tué pour le repos des autres potentats !

Ces Maréchaux, gorgés par vingt ans de victoire,
Maculèrent le livre à son dernier feuillet !
Ils ont trahi cinq rois ; et dans trente ans l'histoire
Jugera leur serment au trône de Juillet.

L'ambition qui sut empoisonner leur vie
S'altère de faveurs en les engloutissant ;
Monarques, gorgez bien leur soif inassouvie,
Ou tremblez que vos pieds ne glissent dans le sang !

Car, si vous dédaignez leur exigence accrue,
De perfides conseils vont égarer vos pas ;
Le Courtisan se vend aux partis de la rue
S'il espère y trouver des faveurs qu'il n'a pas.

— Le Pouvoir n'est pas seul en butte aux flatteries,
Le talent en devient tributaire à son tour ;
Et jusqu'à la Beauté voit nos galanteries
Lui tendre des filets que l'on tend à la Cour.

L'éloge est dangereux dès qu'il devient extrême ;
Tout chef-d'œuvre est sorti de la correction ;
Louer en critiquant des débuts que l'on aime,
C'est ouvrir les sentiers de la perfection.

Quand la verve a tiré de l'âme d'une lire
De médiocres sons, indignes des échos,
Bien coupable est l'ami qui croit, dans son délire,
Exalter un talent vanté mal à propos.

Le modeste écrivain qui sent boiter sa phrase
Dans un style bâtard qu'on a trouvé fleuri,
Reçoit de son flatteur un titre qui l'écrase
Quand il veut du Public affronter le jury.

L'artiste courtisé voit filer son étoile
Dès que l'on juge à froid l'œuvre de ses pinceaux ;
Et son orgueil jaloux entend contre sa toile
Siffler les quolibets que lancent des rivaux.

La femme aime à trouver une cour assidue
Dans l'essaim merveilleux de ses admirateurs;
Elle croit aisément que la couronne est due
A sa grâce angélique, à ses traits enchanteurs.

L'éloge que l'esprit distille sans fadaise
Enivre sa raison comme un vin capiteux;
Elle excite la flamme et s'épanouit d'aise
En promenant sur elle un regard vaniteux.

Les magiques parfums de la coquetterie
Dédommagent le cœur de ses gracieux frais;
Sans être ingrat, l'objet de tant d'idolâtrie,
S'il est rebelle avant, n'est plus rebelle après.

Qu'un éloge soudain électrise la femme,
Et livre, en pénétrant, une porte au désir,
Les ruses du flatteur vont subjuguer son âme.....
C'est l'esclave qu'il peut enchaîner à loisir.

Dès que la vanité se prête à sa caresse,
L'adulateur obtient d'infaillibles effets;
Et l'esprit doit bientôt, exalté par l'ivresse;
Descendre sans remords l'échelle des forfaits.

— Je vois partout l'orgueil s'abreuver de louanges;
Les auteurs vont quêter des courtisans pour eux;...
On s'enivre d'encens comme, au séjour des Anges,
On s'enivrait, dit-on, du nectar fabuleux.

Chaque célébrité veut traîner après elle
Des sectateurs nombreux qui, rangés par troupeaux,
Grandissent pour sa gloire à l'ombre de son aile,
Et fassent ondoyer les plis de ses drapeaux.

Le roi des romanciers voit grouiller à ses portes
Mille êtres chevelus, tous solides romains,
Qu'au Théâtre-Védel Paris vit en cohortes
Enlever des succès à la force des mains.

Ce sont les courtisans de la littérature.
Ces grands prédestinés chantent deux immortels :
Pour eux *Caligula* résume la nature,
Et l'auteur d'*Hernani* mérite des autels ! ! !

Avez-vous jamais vu ces claqueurs fanatiques
Préparer au parterre un triomphe à DUMAS ?
C'est l'Enfer soulevé, ses clameurs frénétiques,
Ses grincements aigus, sa rage et son fracas !

A chaque mot obscur qu'à la scène on débite,
Le bataillon sacré répond en glapissant;
Leurs membres sont tordus, et l'œil dans son orbite
S'anime et roule enflé de gros caillots de sang !

Voilà les souteneurs des œuvres-moyen-âge !
Voilà ceux dont le front porte l'instinct du beau !
Cet ouragan fiévreux vient de se mettre en nage
A prouver que son astre est l'unique flambeau !

— Verrons-nous la sagesse arracher ces chenilles
Qui rongent les rameaux de l'arbre des États?
Les rois traîneront-ils ces vivantes guenilles
Tant que la vieille Europe aura des potentats?

Les femmes et les grands, les arts et la fortune,
Sont flétris du contact de cet ignoble essaim!
Les veut-on délivrer de la secte importune
Qui sème, en se vautrant, et l'opprobre et la faim?

Que l'être convaincu de basse flatterie
Soit, comme le menteur, écarté des emplois!
Qu'enfin la vérité, qui fut longtemps flétrie,
Revienne triomphante à la table des rois!

Le mérite osera descendre dans l'arène
Et disputer le prix à toute ambition;
Mais tant que des flatteurs on portera la chaîne,
Tout sera dévoré par l'adulation.

— Allez, vils courtisans que le peuple méprise!
Allez baiser les clous des trônes vermoulus;
Mais avant que du pied la Liberté vous brise,
Rongez bien jusqu'aux os ceux qui vous ont voulus!

3.-J. Destigny.

Paris, 18 août 1838.

PARIS, IMPRIMERIE DE DECOURCHANT, RUE D'ERFURTH, 1.

L'ÉGOÏSTE.

XXXV° SATIRE.

Sache que ton bonheur est inséparable du bonheur
de tes semblables. Fais-leur tout le bien que tu voudrais qu'ils te fissent à toi-même : porte le dévouement
à l'humanité jusqu'au sacrifice de ta vie.

DÉCALOGUE MAÇ.˙., ART.˙. V°.˙.

L'enfant grandi n'a fait que changer de berceau :
Qu'il soit issu de prince ou trouvé dans la boue,
C'est toujours l'embryon dont le destin se joue,
Si la fraternité ne l'attache au faisceau.
L'homme isolé ressemble à la goutte de pluie
Qui s'échappe des cieux et roule dans les airs;
Avant qu'elle ait franchi leurs immenses déserts,
    Le vent ou le soleil l'essuie.

Un pied malencontreux écrase au moindre effort
Tout chalumeau qui gît séparé de la gerbe ;
Et l'aquilon des maux rompt et couche dans l'herbe
Tout lierre qu'il surprend orphelin de support !
Du navire qui suit sa flotte sans l'atteindre,
L'équipage tremblant s'épuise à louvoyer ;
Et l'étincelle d'or qui jaillit du foyer
       Ne peut que pâlir et s'éteindre.

Mais l'étroite union de mille chalumeaux
Sait affronter le choc d'une masse pesante ;
La plante sarmenteuse est toujours imposante
Quand sa tige s'enlace aux branches des ormeaux :
Le navire qui marche à l'abri de cent voiles
Peut cingler jusqu'au port sans craindre les autans ;
Et le feu qui pétille en foyers éclatants
       Décoche à son tour des étoiles.

Le tribut des ruisseaux nourrit les flots amers
Dont le globe infini s'est fait une ceinture,
Et des gouttes du ciel, ces pleurs de la nature,
L'ensemble doit remplir l'immensité des mers !
Mais l'astre qui pompa de ses rayons avides
Les étangs endormis dans leurs lits de gazon,
Boirait des Océans les ondes à foison
       Sans jamais voir leurs gouffres vides.

Chaque être est donc pour l'être un riche complément,
Puisque l'affinité garantit leur durée ?
De l'Égoïste enfin l'existence murée
Peut donc aux droits d'autrui porter du détriment ?...
Oui, car l'humanité, mécanisme suprême,
Reçoit toute action des rouages humains
Que le grand Constructeur assembla de ses mains ;
    Et son ressort tient du problème.

Dans le cercle inconnu que traça l'Éternel,
Si l'égoïsme froid paralyse une roue,
Malgré son temps d'arrêt, le grand ensemble joue,
Mais la raison flétrit ce repos criminel.
Chacun se doit à l'œuvre : et quand Dieu le convie
Au partage des biens, des maux et du trépas,
L'homme doit obéir, sans prétendre ici-bas
    Rester le frelon de la vie.

Le maître qui voulut féconder le néant,
Et nous procréa tous de la même famille,
N'a pas pour l'empourprer fait naître la chenille,
Et mis sur le pavois un ordre fainéant.
L'Esprit qui prévoyait l'instinct de la sangsue
Ne fit pas de nos flancs un vivant abreuvoir ;
Il ne livra jamais aux trompes du Pouvoir
    Le suc vital qu'un Peuple suce.

Le principe des rois que j'appelle tyrans
Fut l'atroce Égoïsme, enfant du Privilége.
Le vaincu s'inclina sous le joug sacrilége
Qu'avait ferré pour lui la main des conquérants !
Et la soif d'opprimer étendit ses ravages.....
Et l'esclave impotent laissa river ses fers !
Alors tous les fléaux sortirent des enfers.....
    Ce fut un gouffre sans rivages !

Le mal enraciné prit divers échelons :
Du palais à l'échoppe il porta sa conquête ;
La roture égoïste assuma sur sa tête
Une part de l'opprobre acquis dans les salons.
Depuis ce temps, les cœurs se sont chargés de rides,
L'appétit de l'argent fait taire la pitié ;
L'ami ne trouve plus dans sa vieille amitié
    Rien, que des entrailles arides !

Les plaintes du malheur, les cris du désespoir,
N'ont pu de l'Égoïste éveiller une fibre ;
Son âme imperturbable a gardé l'équilibre
Devant l'horrible faim qui croyait l'émouvoir !
Son sein qui, calciné par une flamme intime,
Absorbe le bien-être et boit des pleurs de sang,
Dévore un chyle impur qui l'irrite en passant,
    Et fait de son ventre un abîme !

Jamais il n'est tombé de son œil caverneux,
Devant le mal d'autrui, la moitié d'une larme !
S'il est événement qui l'attriste ou le charme,
Ce n'est que l'intérêt qui dirige ses vœux.
Son front, de l'honnête homme a quelquefois l'écorce;
Mais, que le fard s'écaille! il apparaît à nu :
C'est un monstre incarné sous un masque ingénu;
     Ce n'est qu'un piége sous l'amorce.

Desséché par la soif d'un bonheur excitant,
Il demeure impassible aux voix de la tendresse ;
Il boit comme un glouton l'enivrante caresse,
Sans la rendre jamais à l'amour qui l'attend.
Le misérable, usé par le ver qui le ronge,
Engloutit sans relâche un aliment nouveau.
Inutile pour tous comme un roi-soliveau,
     Il absorbe comme une éponge.

Son âme, inaccessible aux grandes passions
Qui de l'être immortel rapprochent la nature,
Se refuse à la gloire et se donne en pâture
Au vice qu'ont flétri toutes les nations !
Il s'est fait *paria* dans le sein de l'Europe;
L'être dénaturé s'est lui-même proscrit,
Et ce lépreux du cœur traîne un pas circonscrit
     Dans le réseau qui l'enveloppe.

Quand la Mort vient faucher la trame de ses jours,
L'orgueil d'un héritier met un crêpe à ses armes,
Le temple prend le deuil; il est semé de larmes.....
Oui, mais le Peuple passe et le maudit toujours!
L'indifférence creuse et referme sa tombe.
Qu'importe son trépas?... C'est un monstre vaincu...
Pas un pauvre ne sait combien il a vécu.....
    C'est la branche morte qui tombe.

Il ne paya jamais son tribut de travail;
Il se gorgea longtemps des richesses communes.....
« Qu'il meure, dira-t-on, l'artisan d'infortunes!
» Que la terre et l'oubli recouvrent ce bétail!
» Du fleuve populaire il ne fut que la vase;
» Il vécut en chenille aux dépens des rameaux.....
» Puisque la Mort abat cet instrument de maux,
    » Que le public mépris l'écrase!!! »

Pour donner place franche à son marbre insolent,
On arrache la croix, signe unique, éphémère,
Que la douleur d'un fils éleva pour sa mère!
On foule sans respect les restes du talent!...
Bienheureux, pauvre mort, si le riche n'exhume
Ta poussière qui doit révolter son orgueil!
Manant, cède ton lit au superbe cercueil
    Où dort l'Égoïsme posthume!

Au cortége pompeux, si lors je demandais
Quel nom porta le corps que ce beau drap recouvre,
Si j'entrais dans les flots de cette marche qu'ouvre
Le grand char de velours surmonté de son dais!...
Pas une larme aux yeux!... Pas un regret sincère
Devant un corbillard brodé de tant de pleurs!
On n'y voit qu'un faux deuil chargé de fausses fleurs
    Que mène un jonc de commissaire!

Voilà donc l'Égoïste au pied du tribunal
Où le peuple entier rend sa justice suprême!
Qu'il ait porté la toge ou ceint le diadème,
Rien ne peut le soustraire à ce Code pénal.
Vivant, son or peut-être eût faussé la balance
Que la foule aujourd'hui vient de prendre à deux mains;
Mais, le glaive tendu sur ses restes humains,
    Le juge gronde sa sentence :

« Anathème au rongeur qui broya jusqu'aux os
» Des trésors dont la faim se fit une curée!
» Anathème au glouton dont la gorge altérée
» Engloutit de nos fils l'argent et le repos!...
» Que la terre lui pèse! et qu'un jour sa mémoire
» Éveille de l'horreur au sein des nations!
» Que l'on grave au burin nos imprécations
    » En frontispice à son histoire!!! »

L'Égoïste proscrit de toutes les Cités
Devrait porter au front le sceau de l'infamie.....
La loi devrait brûler cette lèpre ennemie
Comme un germe qu'on sait riche d'atrocités!
Le mal est incurable; il s'enflamme et dévore
Ce qu'un siècle fangeux respectait de vertu :
Si l'on ne voit bientôt ce vautour abattu,
    Sa rage doit s'étendre encore!

— La loi vient de frapper le type des escrocs
Qui naguère parvint à détourner son glaive :
Elle a bien commencé; Magistrats, qu'on achève!
Le pilori du vol en veut trente à ses crocs.
De ce torrent d'abus l'égoïsme est la source :
Allons! courage! allons, reprenez le marteau !
Que la Justice plante un infâme poteau
    Sous les colonnes de la Bourse!

Votre bras craindrait-il de clouer au carcan
Quatore agents de change engraissés de rapines?
Seriez-vous déjà las de fouiller les sentines
Où le sale agio vend le crime à l'encan?
Arrachez donc le masque aux rois du tripotage !
Paraphez les arrêts dont je les ai flétris!
Dites l'*ecce homo*... Je veux que tout Paris
    Se lève et leur crache au visage !

J.-F. Destigny.

Paris, 25 août 1838.

PARIS, IMPRIMERIE DE DECOURCHANT, RUE D'ERFURTH, 1.

LES VACANCES.

XXXVIᵉ SATIRE.

> Nec partem solido demere de die
> Spernit, nunc viridi membra sub arbuto
> Stratus, nunc ad aquæ lene caput sacræ.
>
> HORACE.

Thémis ferme boutique!... On ne va plus entendre
La Chicane en rabats bredouiller au Palais!
Déjà ses Cicérons, impatients d'attendre,
Sur tous nos grands chemins ont brûlé vingt relais.

Au fond de la Gascogne et de la Normandie
Retombent, par torrents, avocats et plaideurs.....
Sur le métier des lois la trame reste ourdie,
Et les moutons, en vain, réclament des tondeurs.

Chargé de l'or des sots, et las de singeries,
Le Barreau se démembre et vole à ses plaisirs.
Paris n'a pas assez de ses Messageries
Pour porter l'émigrant au but de ses désirs.

Les antres où grouillait le peuple du scandale
Sont aujourd'hui déserts, quoique pleins de dossiers :
On n'entend plus grincer sur la poudreuse dalle
Que le talon traînard des plaideurs tracassiers.

Du foyer des procès inamovibles lares,
Certains montent pourtant la garde des dragons ;
A leur cause rivés, des chicaniers avares,
Quand cet enfer se clot, en vont flairer les gonds.

Mais le tourbillon noir qui, des doubles arcades,
Roulait, à flots étreints, dans le grand corridor,
Ne viendra, de deux mois, inonder en cascades
Le perron que défend la grille aux boules d'or.

De mille prévenus la Conciergerie
Gorge, sans nul répit, ses cabanons gluants.....
Qu'ils attendent!... Qu'importe à l'avocasserie
Le temps qu'y doit croupir ce peuple de truands ?

Les épis sont glanés et la chasse est ouverte :
Allez de vos loisirs fatiguer les cantons!
De perdreaux, Messeigneurs, la campagne est couverte ;
Allez !... Le Parquet chasse à remplir vos cartons.

Vous verrez, au retour, à vos heures précises,
Le parc où Delessert vous traque du bétail :
Chassez ! La caille passe, et le gibier d'assises,
Dans les quatre saisons, peut s'abattre en détail.

Des monts helvétiens allez gravir les cimes ;
Dépouillez, Magistrats, vos toges de Palais !
Courez, par des sentiers tout crevassés d'abîmes,
Conquérir, pour un jour, le bonheur des châlets !

Vos cœurs ne prendront rien de ces mœurs primitives
Dont la naïveté fait aimer la vertu ;
Vous reviendrez, jugeurs, après vos tentatives,
Pour franchir un sommet que nul pied n'a battu.

La soif d'approfondir les lois de la Nature
N'est qu'un prétexte feint pour vos excursions ;
Parmi ces rocs mouvants, vos yeux cherchent pâture
Sans préparer votre âme à des émotions.

Allez boire le vin de la fainéantise
Dans les murs lézardés qui furent des châteaux ;
Allez poursuivre ailleurs de votre convoitise
La vierge qui vendange au flanc de ses coteaux.

Laissez Paris, heureux de cette courte trêve,
Oublier les ennuis de vos lourds plaidoyers ;
Dans la main du bourreau laissez dormir le glaive,
Mais renvoyez le juste à ses pauvres foyers.

Les Vacances du juge aggraveront la peine
D'hommes qui, jusqu'alors, ne sont que prévenus.....
De quel droit soudez-vous des mailles à leur chaîne ?
Sont-ils ainsi flétris avant d'être connus ?...

Déjà la passion des plaisirs agricoles
Avait de la Cité balayé le fretin :
L'ordre de Salvandy, fermant les deux Ecoles,
Avait rendu la paix au vieux Quartier-Latin.

De cent clairons divers l'étourdissante gamme
Ne tombait déjà plus à travers les balcons;
Du pied de l'Arsenal aux tours de Notre-Dame
Paris cherchait en vain ses Dufrênes gascons.

Saint-Jacques, accroupi dans un morne silence,
Interroge son coffre et le calendrier.
Il décompte par jours ses deux mois d'abstinence,
Impatient qu'il est de s'entendre crier.

Du monde étudiant les veuves abattues
Sillonnent, le matin, les places du faubourg,
Et vont le soir, à jeun, recompter les statues
Dans les carrés déserts du triste Luxembourg.

Depuis que chaque ruche a perdu ses abeilles,
La manne souvent manque à ses gentils frelons;
L'abondance allégeait la fatigue des veilles,
Leur carême, aujourd'hui, rend les instants si longs!

Sa fidélité pèse à la grisette humaine;
Elle cherche un *Arthur* pour essuyer ses pleurs :
Peut-être elle eût voulu pâtir une semaine,
Mais deux grands mois, mon Dieu!... C'est effeuiller ses fleurs.

Le moderne Esculape, évadé de sa couche,
Propage le poison dans les départements;
Il flétrit sa conquête, il salit ce qu'il touche,
Et se livre sans crainte à ses débordements.

Le village, indigné de tant de saturnales,
Désire que Novembre emporte vers Paris
Cet essaim de démons, aux griffes infernales,
Qui s'est fait son opprobre et l'effroi des maris.

Ses vœux seront comblés; mais le virus infâme
Qui s'infiltre déjà dans les canaux du sein
Aura su préparer la gangrène de l'âme
Avant que la sagesse en devienne le frein.

Les esprits dégrossis et la foule crédule
Marqueront d'un fer chaud ses actes scandaleux;
La raison gravera le sceau du ridicule
Sur le nom de sa danse aux gestes crapuleux.

Quant à l'Étudiant, déchu dans sa province,
Il portera bientôt le fardeau du mépris,
S'il ne courbe son front à l'arrêt qui l'évince,
Ou ne veut abdiquer le ton qu'il avait pris.

Les Vacances pourtant sont des haltes propices
Pour qui de la science a coupé les chardons;
Mais leur cours est semé de mille précipices
Pour ceux qui du travail ne sont que les bourdons.

Les colléges, enfin, ont sur toute la France
Naguère déversé leurs populations :
Voyez-vous ceux qu'un roi proclama l'Espérance
Et le riche Avenir des grandes Nations ?

Ces troupeaux dispersés dans les plis de la terre
Vont brouter le bonheur aux moindres arbrisseaux ;
Des Vacances pour eux l'étape est salutaire
Comme un lit de gazon à l'onde des ruisseaux.

Ils rentrent s'épurer dans le sein des familles
Pour en sortir demain plus aptes aux progrès :
Ce sont des rejetons qui, changés de charmilles,
Vont jaunir un instant et reverdir après.

Les passions n'ont pas mis leur chancre à ces tiges ;
Le repos les nourrit à l'abri des autans,
Jusqu'à ce que le monde allèche de prestiges
Leurs bourgeons entr'ouverts sous l'haleine du temps.

Que leurs jeunes cerveaux, dilatés par l'ivresse,
Alimentent leurs feux au foyer des plaisirs !
Le germe du talent éclot dans l'allégresse,
Et le plan du chef-d'œuvre est l'enfant des loisirs.

Cependant, sachez bien que, longtemps prolongée,
La sieste d'esprit exige plus d'efforts.
La rouille du repos qui suit une apogée
Doit de tout mécanisme énerver les ressorts.

Les Vacances des Cours sont de quatre semaines
Trop longues pour le front qui redoute un arrêt,
Car la prison meurtrit d'étreintes inhumaines
Des hommes trouvés purs dès que le juge est prêt.

Le magistrat se doit à son grand ministère
Tout entier, sans relâche et sans restrictions :
Il ne s'appartient plus quand un roi lui confère,
Sur le serment d'honneur, ses graves fonctions.

La Justice demande un Parquet de réserve
Qui porte le flambeau dans les cœurs cauteleux,
Retourne un prévenu, le dissèque, l'observe,
Et ne laisse échapper aucun pli frauduleux :

Mais elle veut surtout que la sonde si lente
Dont s'arme, au nom des lois, le juge appariteur,
Ne repose jamais dans la main indolente
D'un être qu'amollit un luxe corrupteur.

Eh bien ! interrogez le for des consciences
Qui dirigent souvent le glaive de nos lois.....
J'ai vu dans ma prison, grâce au temps des Vacances,
L'innocent *oublié* durant QUATORZE MOIS !!!

Cet exemple est notoire. Après l'état de siège,
Le malheureux, atteint par un fatal courroux,
Tomba, comme un enfant, dans la gueule du piège;
Et nous avons dormi sous les mêmes verroux.

Qu'un praticien, las de ses fortes études,
Détende son esprit, après de longs travaux ;
Qu'il savoure des grands les molles habitudes,
Dans le canton de Bade ou le pays de Caux ;

Qu'il s'enivre, deux mois, des parfums d'Italie ;
Qu'il sable du *Laffitte* ou de l'*Aï* mousseux ;
Qu'il boive le plaisir, d'un trait, jusqu'à la lie !
Ma verve épargnera ce noble paresseux.

Mais que l'Étudiant, pilier de la Chaumière,
Traîne sa turpitude au sein de ses foyers ;
Qu'il aille révolter la pudique fermière
Avec de sales chants appris chez Desnoyers.....

Certes, c'est abuser de son droit de Vacances !...
Qu'a donc fait ce docteur affamé de repos ?
Il a vautré son nom, mimé des contre-danses,
Et d'un sabbat d'Enfer assourdi les échos !

S'il est un travailleur qui dévore ses livres,
Loin du fracas du bouge et des obscénités,
On peut en trouver deux qui se vont rouler ivres
Jusque sur le granit du seuil des Facultés !

J.-F. Drestigny.

Paris, 1er septembre 1838.

PARIS, IMPRIMERIE DE DECOURCHANT, RUE D'ERFURTH, 1.

LES AVOCATS.

ZZZVIIᵉ SATIRE.

Jadis, si l'on en croit Esope,
Les orangs-outangs de l'Europe
Parlaient si bien, que d'eux, hélas !
Nous sont venus les avocats.

BÉRANGER.

I.

L'AVOCAT... c'est le paon, le renard et la pie :
Son être indéfini participe des trois :
C'est le caméléon de la chicane impie,
Le protecteur du peuple ou le valet des rois.
Au Palais, cet acteur des drames de la barre
A le geste orgueilleux et le verbe éclatant.....
Sa robe est le fourreau d'une lame barbare
Qui poignarde avec grâce et déchire en flattant.

Son intellect ourdit des trames inconnues ;
Sa parole a des lacs où se prennent les sots ;
Et dans les plis d'un front qui menace les nues,
L'œil assez pénétrant lirait d'étranges mots.....
Mais l'écorce du bois n'en trahit pas la sève :
Un masque impénétrable emprisonne ses traits.
L'Avocat doucereux a le poli du glaive,
Il fascine en frappant, et le sang coule après.
L'homme d'ambition, le fils de ces familles
Dont un troupeau d'enfants ronge les revenus,
Le gentillâtre enfin, qui traînait ses guenilles,
Trouvent dans le barreau l'échelle aux parvenus.
Pareil au mât graisseux qui balance à son faîte
Des guirlandes de *prix* si convoités d'en bas,
Le mont de la chicane a de l'or à sa crête ;
Mais que de prétendants qui n'y parviendront pas !
L'Intrigue et la Vertu, le Mérite et l'Adresse,
Tentent, pour y grimper, d'énergiques efforts ;
Cent doigts touchent le fruit qui plonge et se redresse,
Tant l'arbre des faveurs a d'occultes ressorts. ·
Entrez dans le Palais : voyez ce pêle-mêle
De bredouilleurs d'office et de célébrités.....
Entendez-vous ces voix ? l'un rugit, l'autre bêle.....
Si l'on jugeait, aux cris, tant de capacités,
Si l'on toisait leur taille au pied de leur jactance,
Je les proclamerais des géants en rabats,
Des oracles divins, des foudres d'éloquence !...
Mais, écoutons ! l'un d'eux entame les débats.

Ce prêtre de Thémis entonne en style d'ode
Un plaidoyer tissu d'arguments filandreux ;
Son culte de commande a pour missel un code
Artistement flanqué de quatre sacs poudreux.
Épuisant les secrets de l'art télégraphique,
Son débit monotone endort le tribunal :
Ses mains sèment l'ennui; son chant soporifique
S'engourdit des pavots qu'il verse à plein canal.

II.

Tandis que tout Paris vénère la science
        De nobles illustrations,
Arrachons le clinquant... scrutons la conscience
        Des grandes réputations !

Un procès scandaleux vient de mettre en lumière
        Les turpitudes du Palais :
Deux grands noms du barreau sont tombés dans l'ornière
        Où l'argent trouve des valets !

Des escrocs que poursuit la vengeance publique,
        Ces Cicérons audacieux
Ont, dans leurs plaidoyers, fait le panégirique,
        Debout, à la face des cieux !

Le Prospectus, enflé par les mille trompettes
  Des grands chevaliers exploitans,
Était pâle de ton et flasque d'épithètes
  Pour ces légistes charlatans.

Ils ont crevé la peau du ballon des louanges
  A force de l'avoir gonflé;
La Justice a détruit ces triomphes étranges
  Dès que son haleine a soufflé.

Le mont s'est aplati sous le jet d'une foudre
  Dont ils conjuraient les éclats,
Et l'équitable arrêt qui l'a réduit en poudre
  A froissé les deux avocats.

Le marteau du grand juge, en frappant tant de boue,
  A fait jaillir plus d'un affront;
Et ceux qui, complaisants, lui tendirent la joue,
  Portent des taches sur le front.

On n'eût pas dû trouver dans les ruisseaux des villes
  Où se vautre un sale intérêt,
D'hommes assez déchus, ni d'âmes assez viles,
  Pour détourner un tel arrêt :

Mais ce qu'un être abject eût redouté de faire,
  Deux avocats l'ont entrepris!
Deux talents que leurs noms distinguent du vulgaire
  Ont cherché l'or sous le mépris!

Qu'ils viennent désormais jeter dans la balance
    Le poids de leurs *considérants !*
L'infamante défaite a détrempé leur lance ;
    Elle a flétri ces conquérants.

Leurs prôneurs, désillés, savent à quelles causes
    L'argent les fait prêter la main ;
Ils ont surpris le ver dans ses métamorphoses,
    Il aura beau luire demain.

Martin, dont parle Esope, avait produit merveille
    En se ruant sur les âniers ;
Mais, quand sa peau tomba, ce lion de la veille
    Mourut sous les coups des meuniers.

III.

Le défenseur du pauvre est l'ange tutélaire
Dont le bras tout-puissant détourne la colère
Que la loi brandissait contre un front abattu ;
C'est le creuset sans paille où l'austère science
De tout homme accusé passe la conscience.....
    C'est l'échalas de la vertu.

Il plaint le criminel en flétrissant le crime ;
Aux vautours du Parquet dispute la victime
Que trop souvent la faim poussa jusqu'au délit ;
Protége l'innocent en butte aux calomnies,
Et porte même à ceux qui vont aux gémonies
    Des secours de cœur et d'esprit.

Combien n'a-t-on pas vu d'Avocats intrépides
Attirer sur leur sein les balles homicides
Dont un code erroné menaçait d'autres cœurs ?
Pour enchaîner les coups d'une injuste sentence,
Combien n'en vit-on pas livrer leur existence
       A la merci des rois vainqueurs ?

Dans ces murs, à nos yeux, tout récemment encore,
Des gloires de Palais, dont le barreau s'honore,
Ont amorti le choc des valets du Pouvoir.
Qu'ils triomphent !... La peine a pu blesser leur tête,
Mais s'il revient au peuple une aurore de fête,
       Entre eux et lui c'est au revoir.

D'un procureur de roi la bouche contractée
Lançait des mots perçants comme des coups d'épée
Sur l'avocat d'un frère indigné de ses fers.....
Le défenseur prudent évita l'hydrophobe ;
Il lava ses crachats sans déchirer la robe
       De cet héritier des Enfers.

Dupont a vu deux ans l'arrêt de la vengeance
Rétrécir l'horizon de son indépendance,
Et donner des liens aux foudres de sa voix ;
Mais sa vertu de bronze a, malgré ses menottes,
Entravé les projets de ces Iscariotes
       Qui nous ont charpenté des croix.

BOINVILLIERS, provoqué par un brutal message,
Dédaigne, généreux, de cracher au visage
D'un spadassin de Cour qui trône en furibond;
Il sait se refuser à l'infernale joie
De cet être insolent, comme un oiseau de proie,
      Sur le cadavre de DULONG.

« Attendez, a-t-il dit, le procès recommence :
» L'appel interjeté, ma tâche reste immense ;
» Général, attendez; je ne m'appartiens pas!... »
Au noble dévoûment qui devrait te confondre,
Peux-tu trouver encore un seul mot à répondre,
      Sanglant pourvoyeur du Trépas?

Non, l'or n'étouffe plus tous les feux que recèle
Un foyer d'où partit cette rare étincelle;
Toute vertu n'a pas déserté le barreau.
Vous n'êtes pas rompus au joug des ministères;
Nos frères, entre vous, sauront trouver des frères
      Qui les préservent du bourreau!

Quand des ambitions, imprudemment accrues,
S'acharnent dans vos rangs à lever des recrues,
Cet abus porte en lui d'utiles contre-poids;
Car l'esprit cultivé dans le champ de l'étude
N'amassera jamais assez de turpitude
      Pour traîner le boulet des rois.

IV.

Mais vous, riches talents, que la Chicane prône;

Avocats, qui grimpez sur les marches du trône;

Conseillers fainéants, vermine du budjet,

Qui grattez trente mois sur les plans d'un projet

D'énormes pots-de-vins et des jours tissus d'or!

Allons! quitterez-vous les goules d'un Trésor

Qu'a depuis si longtemps vidé la sénicure?

Praticiens de nom, Légistes en peinture,

Êtes-vous assez gras du sang des travailleurs?

Que votre bras cultive ou qu'il moissonne ailleurs.

Las de prêter les flancs aux dents de la rapine,

Le peuple, de son pied, veut arracher l'épine.....

Mais l'avocat s'attache aux sein des nations,

S'y cramponne, et surnage aux révolutions,

Comme le corps poreux d'un tronçon de liége.

Et, dès qu'il a pompé fortune et privilége,

Il abandonne aux flots ses membres de géant,

Pour s'endormir assis dans les bras du néant.....

Vienne le Temps glacer l'apôtre du mensonge,

Sa faux le trouve alors gorgé comme une éponge,

Et fatigué de biens qu'il n'a jamais produits.....

L'arbre chargé de fleurs était stérile en fruits.

J.-F. Destigny.

Paris, 8 septembre 1838.

PARIS, IMPRIMERIE DE DECOURCHANT, RUE D'ERFURTH, 1.

LES CLAQUEURS.

XXXVIIIe SATIRE.

Tu demens?... Ergo judex eris.

De l'honneur primitif l'auréole est ternie ;
La vieille loyauté déserte les bazars ;
Le calcul rétrécit la ceinture des arts ;
Le règne de l'argent a proscrit le génie !
Tout commerce n'est plus qu'un sacrilége Etna
Dont le sol attrayant déguise les cratères :
On ne voit qu'agio, que trafics militaires,
    Et les marchés de la TAFNA !

La presse indépendante embouche ses trompettes
Pour dénoncer la fraude et la paralyser ;
Mais l'intrigant adroit se fait préconiser,
Et flanque ses greniers d'un cordon de vedettes.
L'adultère et l'escroc, le fourbe et le craqueur,
Trouvent des avocats et de l'idolâtrie !...
Il n'est, en vérité, forban de l'industrie
    Qui ne rencontre son claqueur !

Les ministres des rois sèment les sinécures,
Pour voir dans leur sillon lever des courtisans;
Les paillasses dorés du ballet de quinze ans
Savent de leur disgrâce étouffer les augures.
De peur que l'on ne vienne obstruer ses chemins,
L'ambitieux se fait des valets à revendre,
Et la *Claque* qui sut, à bras le corps, le prendre,
　　Moissonne l'or à pleines mains.

Là-bas, des orateurs, fainéantes cigales
Qui viennent affamer la grange des fourmis,
Opposent, dans la Chambre, aux sifflets ennemis,
Les dociles *bravo* de leurs nobles cabales.
Plus loin, c'est le Parquet prônant le substitut;
Et, dans ce vieux manoir, la claque octogénaire
Des quarante inventeurs du grand Dictionnaire
　　Qui sort moisi de l'Institut.

L'apôtre fanatique a la femme crédule
Qui colporte la fleur des prédications;
Chaque idole a son prêtre et ses ovations,
Et chaque hôte profane un cercle qui l'adule.
C'est qu'un mince mérite, affermi de supports,
Monte, sans trébucher, par des gradins prospères;
C'est que le prédicant a besoin de compères
　　Dont les cris fouettent nos transports.

Les Claqueurs ont, pour mains, des machines à gloire
Qui fabriquent des noms et des majorités :
Vrais collaborateurs de nos célébrités,
Ils leur font envahir les pages de l'histoire.
Ce sont les ailes d'or des plus audacieux :
Dès qu'un auteur podagre à voler s'évertue,
Les aigles de la *Claque* enlèvent la tortue,
    Pour, d'un trait, la porter aux cieux !

Chaque théâtre est tout à ces oiseaux de proie
Qui sont, à part l'esprit, de souples *Figaros* :
Suivant que de la scène elle a vu les héros,
Leur bande, d'un seul coup, les proclame ou les broie !...
D'où sortent ces vautours des réputations ?
Qui fait dans nos cités grouiller tant de vermine ?
Est-ce l'art ?... Écoutons ! en voici l'origine,
    Si j'en crois les traditions.

Quand MARS et DUCHESNOIS, ces géantes rivales,
Se disputaient le prix du plus pompeux des arts,
Pour immobiliser le fléau des hasards,
Leur talent descendit au champ-clos des cabales !
Mais le juge, flottant entre les deux succès,
De la rivalité sut trancher le problème :
Il posa sur leurs fronts son double diadème,
    Et les fit reines des FRANÇAIS.

La paix faite, soudain la crapuleuse armée
Carillonna si haut ses services marquants,
Qu'il fallut, à tout prix, parquer dans d'autres camps,
Ou redouter alors cette caste affermée.
Dès ce jour, le patron du bouge et des tripots
Inonda de bandits son parterre et ses loges,
L'apprenti *Pommadin* tarifa ses éloges ;
        Et la canaille eut des impôts.

La férule des arts est la paume graisseuse
De cent barbiers gascons, affadis de benjoin ;
Et les rois du théâtre ont aujourd'hui besoin
De frelater ainsi notre ardeur paresseuse !
Pitié !... l'*Entrepreneur* ameute ces *romains*.....
Au signal trop connu des sordides phalanges.
Mille corps débraillés, mille bouches étranges,
        En rugissant, battent des mains !

Nul peuple n'eût pu croire à tant de turpitude...
Eh bien ! c'est dans Paris, l'orgueil de l'Univers,
Que la scène se livre à de pareils travers !
Paris, creuset de l'art et foyer de l'étude !...
Aurais-tu, grand VÉDEL, un palais de cristal,
Des acteurs demi-dieux et l'art qui préconise...
Tu gages des intrus dont le bruit scandalise
        VOLTAIRE sur son piédestal.

Des ministres t'ont fait gardien de l'arche sainte,
Et tu n'as pas proscrit le culte du veau d'or ?
Allons, réveille-toi, s'il en est temps encor,
Et chasse, sans pitié, ces marchands de l'enceinte !
De ton hiver précoce écarte les frimas,
Et ne rallume plus ta factice auréole :
Un triomphe est si court quand il vient de l'école
    Qui stéréotype DUMAS.

Du théâtre-modèle aux scènes secondaires,
Le mal en descendant fait d'effrayants progrès :
Les Claqueurs, aujourd'hui, forment de grands congrès
Qui comptent des jugeurs et des référendaires.
Le *souris* du dédain et la *grosse gaîté*,
Les *branlements* de tête et le *succès de larmes*,
Jusqu'aux *trépignements,* tout est pour eux des armes
    De défense ou d'hostilité.

L'officier de triomphe, à sa meute jurée
Serre ou lâche le frein, comme on fait aux coursiers,
Et l'excite souvent par des gestes grossiers,
Comme un troupeau de chiens qu'on lance à la curée.
Son coup d'œil électrique émeut ses bataillons ;
C'est l'archet qui, d'un coup, fait grincer mille cordes ;
Un Neptune irrité qui heurte les discordes
    Entre ses vagues de haillons !

Les échos ménagés dans les flancs des falaises
Qui de ce gouffre humain emprisonnent les flots,
Répètent les *houras*, les ris et les sanglots,
Et font prendre le change à de crédules Blaises.
Jamais le jugement, écroué dans le sein,
Ne peut articuler un seul mot de sentence.....
S'il proteste, le Maître, au cri de résistance,
  Frappe son grand coup de tocsin.

Alors, de toutes parts, se dresse et vocifère
Un bétail égrené des quatre nations;
Tous êtres écumants, frénétiques lions,
Dont l'haleine vineuse empeste l'atmosphère.
Ce fracas de cent voix, ce torrent de clameurs,
Assourdit la raison et poursuit l'auditoire
Jusqu'à ce que la meute arrache la victoire
  Aux pâles avocats des mœurs.

Si l'auteur débutant n'a pu gorger la bande,
L'abreuver de porter, la noyer de gros vins,
Pour ces gens d'abattoir tous ses titres sont vains,
Son œuvre est à leurs yeux acte de contrebande.
Il faut qu'il se résigne à l'injuste trépas
Qu'un tonnerre jaloux fait gronder sur sa tête;
Car, dès qu'elle a hurlé sa fougueuse requête,
  La *Claque* ne pardonne pas!

L'artiste doit passer sous les fourches caudines
Que le cabaleur dresse aux fronts de tout ressort ;
L'intrigue a mis aux mains de ce maître du sort
Les palmes du grand rôle et des grâces badines.
Costumes, Répertoire, Orchestre, Personnel,
Tout reste à la merci des *Chevaliers* du lustre.
Heureux ! quand ils n'ont pas quelque vampire illustre
    Qui prétende au règne éternel !

Oh ! gardez-vous, actrice, et que Dieu vous préserve
Du fantôme charnu qui, svelte en dix-huit cents,
Affecte un regard pur et des airs innocents,
Quand son treizième lustre a tinté la réserve.
Gardez-vous du contact des splendeurs d'autrefois,
Qui, flasques par l'usage, et lasses de scandales,
Ne font plus que beugler en traînant leurs sandales...
    Ce sont là de pesantes croix !

Si leur front s'est ridé, ces perfides mégères
N'ont pas de glace au sein ni de rides au cœur ;
Tant d'orgueil ne veut pas que le plaisir moqueur
Voltige de son âge aux folâtres bergères.
Valetaille docile au cliquetis d'argent
Qu'au fond de son giron glisse la jalousie,
La cabale du lieu se prend de poésie,
    Et s'en fait le sordide agent.

Subira-t-on longtemps cet octroi de la scène
Que prélève sur vous d'ignobles collecteurs ?
Dramaturges, parlez!... Réveillez-vous, acteurs !
Que l'on foule à deux pieds cet esclavage obscène.
Verra-t-on des PORCHERS s'engraisser de travaux
Qui calcinent l'esprit par de brûlantes veilles ?...
Vous, talents couronnés, électriques merveilles,
    Tendez la main à vos rivaux !

Qu'un mépris général écrase dans le germe
Ces bourdons que l'abeille avait armés de dards !
Déroulez au soleil vos vierges étendards,
Et, sans craindre d'autans, marchez droits jusqu'au terme !
Vous n'avez plus besoin d'user de grappins d'or
Pour gravir les rochers de vos routes altières :
Dès que le jeune artiste a couru sans lisières,
    Il peut grimper jusqu'au Tabor.

Et vous, chauves-souris de la littérature,
Charlatans, qui tranchez du juge et du censeur,
Le peuple, dessillé, flétrit tant de noirceur ;
Allez sous d'autres cieux chercher votre pâture !
Le jour viendra peut-être, après d'infâmes jours,
Où les Claqueurs seront aplatis sous le nombre :
En l'attendant, allez!... Et gorgez-vous dans l'ombre
    Des grands théâtres et des Cours!

                              J.-J. Destigny.

Paris, 15 septembre 1838.

PARIS, IMPRIMERIE DE DECOURCHANT, RUE D'ERFURTH, 1.

LES FORCENÉS.

—

XXXIXe SATIRE.

—

Ah ! quel plaisir de tordre
Nos bras amoureux !
Quel bonheur de nous mordre
.En hurlant tous deux !

ARNAL dans *Une Passion*.

L'humanité résiste à d'infernales crises !
La guerre et ses marchés, la Bourse et les Assises,
Les crimes, la misère et les gouvernements,
Sont pour elle sujets d'affreux tiraillements.
Chaque incident ajoute à sa peine éternelle ;
Chaque siècle, en venant, apporte sous son aile
Un tel ramas d'abus, de fange et de travers,
Qu'un déluge nouveau menace l'Univers !
C'est à douter de Dieu, si ce doute effroyable
Pouvait ancrer l'espoir dans un port plus croyable ;
C'est à moudre le cœur qui s'attache au Progrès,
Comme un grain de froment sous la meule de grès !

Au lieu d'un seul abus notre époque en veut trente.

L'Agio tient les dés au tapis de la rente ;

Le marchand de *boudjous* tranche du Bajazet ;

Le poëte apostat succède à Bénazet ;

La corruption monte, et le Système forge

Un coutelas tout prêt à lui couper la gorge ;

La police, trop lente à poursuivre un escroc,

Le voit plier son drap sans y faire un accroc ;

Des BLUM et des CLEEMANN, sur de commodes selles,

Chargent l'or de Paris et volent à Bruxelles ;

C'est un sauve qui peut, un vrai salmigondis

D'opprobre et de forfaits, de meurtre et de bandits !

Ces vivaces fléaux, qui torturent les villes,

Sont le premier levain de nos guerres civiles ;

La presse les dénonce, et nous les respectons !...

Le peuple, en vérité, veut marcher à tâtons.

Le vent lui souffle au dos, le tourbillon l'entraîne,

Et lui, sans examen, court à perte d'haleine.

C'est comme un mont de flots que tordent dans les airs

D'orageux aquilons échappés des Enfers :

Il s'élance et mugit, se partage et retombe,

Se brise dans sa chute et se creuse une tombe !

Ou bien, aux mains des rois, gigantesque hochet,

Il se fait cire molle et prend sous leur cachet

Des traits incohérents et d'étranges empreintes !...

S'il a brisé parfois, dans ses rudes étreintes,

Des trônes vermoulus et de grands conquérans,

Son bras d'acier n'a pas fauché tous ses tyrans.

Écoutez !... Deux cerveaux sont frappés de démence :
L'un, dans son globe osseux, couve un orgueil immense;
L'autre, plein d'avarice, aime le son de l'or.....
Nous les appellerons ALEXANDRE et VICTOR.

Ces deux Titans, jaloux, l'un d'être chef d'école,
Et l'autre de creuser la source d'un Pactole,
S'entendirent entre eux, je ne sais à quel taux :
Mais souvent on les vit se passer les tréteaux,
Parader l'un pour l'autre, et s'offrir des médailles.

Ces deux aventuriers soutinrent des batailles,
Et virent leurs drapeaux couronnés de succès.
Demandez aux claqueurs du Théâtre-Français.

VICTOR, au drame intime, ouvrit une autre voie :
Cet Homère assidu de la fille de joie
Façonna de grands mots, aligna de grands vers,
Tantôt les planta droits et tantôt de travers,
Et fit, des pieds, des mains, tant et si bien, qu'en somme
On exalta les *cris* de *sa poitrine d'homme.*

Soudain, cent bataillons chevelus et barbus
Surgissent du néant qu'ébranlent ses débuts,
Et du style moderne embrouillent la charade.
Bientôt ils font du maître un roi de mascarade.

On trépigne à sa voix, on rugit à ses chants;
On grince de transport à ces rhythmes touchants
Qui, sur l'angle du vers, saccadent l'harmonie;
On se grise au torrent que verse le génie;
On se roule, on se tord, comme font les damnés;
Et le drame, en tombant, laisse des FORCENÉS!

Après de tels sermons, ces prêtres du scandale,

Pour imposer leur dogme, invoquent la cabale.

Son souffle crapuleux nourrit leur passion ;

Ils ne parlent qu'*enfer! mort et damnation!*

Dague et cœur, tête et sang et lame de Tolède!...

Leur soleil est éteint; ils sont fous sans remède!

Leurs actes désormais tiennent de l'*Hernani*,

Du meurtrier *Frollo*, du jaloux *Antony;*

Ils rêvent tout le jour de poignards et d'épées ;

Leurs mains sur leur poitrine, incessamment crispées,

Arrachent des lambeaux de percale et de chair ;

Ils couvent dans leur sein le chimérique ver

Dont l'éternelle dent les irrite et les ronge.

L'existence est pour eux comme un horrible songe

Que doit rompre bientôt un affreux lendemain !

Ils blasphèment leur Dieu, l'âme et le genre humain.

Enflés d'un vain orgueil que rien ne justifie,

Ils se plaignent tout haut que l'art les crucifie,

Depuis que la raison conteste leur talent.

Ils ont le geste aigu, le regard insolent,

Un habit, un manteau de coupe ridicule;

Un corsage étranglé sous un buste d'Hercule,

Un *barbichon* crasseux qu'un vieux bouc n'aurait pas,

Et les genoux arqués en branches de compas.

Voilà peint trait pour trait le hibou littéraire,

L'Humoriste fiévreux qui boit de la colère,

Se triture la bile, et, tombé dans l'égout,

Demande au Ciel qu'il fasse une terre à son goût.

Il faut qu'à son désir toute volonté cède.

Il gouverne en sultan les femmes qu'il possède,

Et, s'il devient jaloux, les frappe du poignard !

Sa tête frénétique a le feu montagnard :

Il verse à son amante un extrait de ciguë,

Lui tourmente le cœur sous une lame aiguë,

Se roule sur son corps, l'étreint comme un vautour,

La brise et la rejette en lui criant : Amour !

Tantôt, rompant les nœuds d'un pacte légitime,

Il va traîner son cœur de victime en victime,

Revient, après dix ans d'un hymen dédaigné,

Sur le seuil de l'épouse apparaître indigné,

Lui laboure le flanc d'une homicide balle,

Et foule son cadavre étendu sur la dalle ;

Tantôt, portant l'opprobre au sein d'une maison,

A l'époux qui l'en chasse il demande raison,

Invoque d'un combat la sentence barbare,

Et, quand de ce prétoire il a rougi la barre,

Quand il a rengaîné le glaive tout puissant,

La veuve baise encor sa main teinte de sang !

Ou bien, si le hasard a trahi l'adultère,

Elle prend la moitié de sa couche de terre,

S'immole à son complice, et, l'impudeur au front,

Du père et des enfants éternise l'affront !...

— Voilà les fruits certains du drame-moyen-âge !

Vous, qui prêchez le crime et le concubinage,

L'Humanité vous somme aujourd'hui, par ma voix,

De ne plus exhumer les horreurs d'autrefois !

Laissez vos BORGIA dans leur sale poussière,
L'infâme MARGUERITE entre ses draps de pierre,
Vos rois soûls de massacre, et l'art officiel
D'outrager la pudeur en blasphémant le ciel;
Car, vous l'avez compris, dramaturges infâmes,
C'est vous qui dépravez la jeunesse et les femmes!

Les disciples, imbus de ces dogmes pervers,
Seront, en grandissant, l'effroi de l'Univers,
Si la raison ne vient en limiter la crue.....
Voyez ces bateleurs déborder dans la rue,
Comme un troupeau de fous sortis de Charenton!
Quels hommes rabougris, quel orgueil et quel ton!
Ne les croirait-on pas de la même famille?
Ils ont beaucoup du singe, un peu de la chenille,
L'encolure du paon, des gestes de valets.....
Où le diable a-t-il pris des monstres aussi laids?
La crinière pendante, un feutre à large passe,
Un buste court, des pieds à dévorer l'espace,
Deux longs et maigres bras, armés de lourdes mains,
Des jambes que le drap de tailleurs inhumains
Emprisonne à l'étroit et révèle cagneuses,
Des paupières tendant leurs nappes dédaigneuses
Sur deux yeux engloutis au fond d'énormes trous,
La barbe et les sourcils du plus séduisant roux,
Un habit qui fut noir, la chemise... inconnue;
Voilà le FORCENÉ dans sa grande tenue.

Son allure indécise et son pas saccadé,

Suffisent pour trahir l'esprit dévergondé

Qui bout sous les parois de sa tête anguleuse;

Mais souvent l'œil suprend dans une main caleuse

Des signes calcinés qu'y traça le carreau !

L'Important que l'on prit pour un chef de bureau,

Pour un clerc de chicane, un docte secrétaire,

Un avocat en herbe, un élève notaire,

Est tout modestement apprenti des tailleurs.

— Maîtres, allez chercher vos disciples ailleurs,

Si vous les désirez coupés à votre taille.

Ils viennent se confondre avec la valetaille

Qui porte à vos genoux le tribut de sa cour;

Mais, pour les juger mieux, attendez le grand jour.

Ces ennemis jurés de tout Iscariote

Gardent sous votre écorce un cœur de patriote.....

Et le Forcené-type est l'être né vassal,

Qui conforme son culte au poids du piédestal.

Ces hommes ont en vain endossé la livrée

Qui ne peut convenir qu'à la race cuivrée.

Qu'ils sortent du bercail où vous parquez les nains

Que Dumas a dressés à vous battre des mains !

Le troupeau de vos gens, dégrossi de leur nombre,

Aura peut-être alors l'attitude moins sombre :

Plus docile aux conseils que dicte la raison,

Il marchera peut-être à l'arrière-saison

Sans se coucher à plat, sans trancher de l'Alcide,

Sans livrer tant de corps au fer du suicide !

— Bannissons cet esprit d'exagération
Qui se cramponne au siècle et tord la nation
Aux pieds de ces faux dieux qui promettent merveille!
Respectons les lauriers moissonnés de la veille;
Ils nous viennent d'un champ qui, sans être agrandi,
S'inondait autrefois des rayons du midi,
Couvait des germes d'or sous sa terre féconde,
Et de ses grains perdus enrichissait le monde!
Résistons au torrent qui veut ronger des bords
Où pleurent les échos de tant d'illustres morts,
Jusqu'à ce que le chant de notre bande altière
Ait fait peser l'oubli sur CORNEILLE et MOLIÈRE!
Mais surtout flétrissons d'un sévère mépris
Ces êtres nés d'hier, qui, sans avoir appris
Le moindre des secrets de l'humaine nature,
Provoquent le trépas et s'en font la pâture!...
Quiconque de ses jours renverse le flambeau,
Mérite que le nom gravé sur son tombeau
Soit empreint pour jamais du sceau de l'anathème :
L'opprobre qu'il amasse est un second baptême
Qui doit survivre à l'homme et rester en tout lieu,
Brûlant comme le soufre, éternel comme Dieu;
C'est l'égal du tourment de bitume et de flammes
Où nos prédicateurs précipitent les âmes!

                                        J.-F. Destigny.

Paris, 22 septembre 1838.

PARIS, IMPRIMERIE DE DECOURCHANT, RUE D'ERFURTH, 1.

LE PÈRE-LACHAISE.

XLe SATIRE.

Laissez aux grands le faste des regrets.
BÉRANGER.

Peut-être avais-tu cru, toi, Lecteur qui t'amuses,
Que NÉMÉSIS était de ces folâtres Muses
Qui, prenant au hasard l'air austère ou moqueur,
Sont bavardes de tête et muettes de cœur ;
Détrompe-toi. — J'ai vu la cité solennelle
Où la Mort tient Paris accroupi sous son aile ;
Évadé de mon bagne, où je rentre ce soir,
Dans le champ du néant je suis allé m'asseoir,
Et, là, sur les lambeaux de nos grandeurs passées,
J'ai roulé dans mon front de bien sombres pensées.
J'ai pesé ma poussière, et je tremblais alors
De me sentir vivant dans la couche des morts !

40

L'émotion courait dans mes fibres secrètes.
Mon esprit, en voyant ce peuple de squelettes
Que laboure aujourd'hui le soc du fossoyeur,
Se figurait le Temps, barbare giboyeur,
Emplissant à deux mains l'horrible carnassière.
Chaque âme, en secouant sa dépouille grossière,
Comme un bel ange prêt à remonter aux cieux,
Semblait me projeter son ombre sur les yeux.
Je suivais à la fois cent mille funérailles.
Le souffle du Trépas me glaçait les entrailles,
Car, assis au foyer des émanations,
Je respirais les corps de quatre nations;
Mais ce parfum de tombe électrisait ma tête.
Comme sur des débris l'oiseau de la tempête
Plonge en battant de l'aile, ou suit du haut des airs
Des cadavres roulés par la vague des mers,
Telle aussi ma raison, debout sur tant de cendre,
Dans la ruche funèbre osait alors descendre.
J'y palpais les tessons de ces crânes terreux
Qui peuplèrent jadis les palais des heureux;
Les restes décharnés des beautés d'un autre âge,
Et des os vermoulus que la semelle outrage
Quand de leur dernier lit la canaille, en passant,
S'approche et lit encor : CI-GÎT QUI FUT PUISSANT!
Dans cet enclos la Foi trouve une arène immense;
C'est là que pour l'esprit l'éternité commence!
Mais ce mont, où déjà cent Paris sont dissous,
A plus d'abus dessus qu'il n'a de corps dessous.

— Les ombres de vos morts sont-elles consolées
Par le marbre pompeux de ces grands mausolées
Qui pleurent de l'orgueil et des larmes d'argent,
Quand grouille entre les ifs tout ce monde indigent
Qui va porter des fleurs à la Fosse Commune,
Et que sur leurs tombeaux il n'en jette pas une?...
Héritiers, répondez!... Ces monuments de prix,
Ces pleurs faits au ciseau, que nous ont-ils appris?...
Qu'ici la terre humide enveloppe et recouvre
Un riche qui, vivant, eut tabouret au Louvre.....
Que là dort, tout putride, entre deux artisans,
L'un des nobles acteurs du drame de quinze ans.....
Que ces restes de femme, ensevelis sous terre,
Ont orné les salons de plus d'un ministère.....
Que la Mort, en traînant ses livides jarrets,
Souvent devance l'âge et fauche à pleins guérets,
Sous la pourpre, l'habit, la robe et les armures,
Des moissons que sa main n'eût pas dû trouver mûres !
Voilà tout ce qu'on lit dans ce champ du trépas;
C'est un deuil de commande où l'âme n'entre pas.
Mais quelle part l'Orgueil s'est faite dans l'enceinte
Où le dôme ardoisé de la chapelle sainte
Semble s'être aplati sous le faste du jour!
Un gigantesque fût, dressé pour un Beaujour,
A mis un casque d'or sur sa tête de pierre ;
Châton pyramidal, il brille en ferronnière
Sur le front élevé du funèbre coteau :
Ce colosse des morts l'a pris pour chapiteau.

L'aiguille de granit que l'Europe a connue,
Obélisque insolent qui déchirait la nue,
Ne paraît aujourd'hui qu'un ridicule enfant
Qui veut toucher du doigt le dos d'un éléphant.
C'est un immense glaive enterré par la garde.
Mais le géant nouveau que tout Paris regarde,
Tend, menaçant, aux cieux la pointe de sa tour,
Et pèse, comme un roi, sur les morts d'alentour!
Jamais, dans cet enclos de date centenaire,
On ne porta si loin le luxe funéraire;
Jamais l'homme blotti dans l'étroite prison
Que verrouille le poids de six pieds de gazon,
Ne se vit le jouet de tant de symétrie.
On aligne au cordeau sa dernière patrie;
On colporte son urne, et l'avare souvent,
Pour en vendre la place, étreint ou jette au vent
Ce qui peut-être fut la cendre de son père!...
Le fils dénaturé, la marâtre adultère,
Affichent des regrets, chefs-d'œuvre de burin,
Sur des panneaux de marbre et des nappes d'airain.
Ils savent rendre ainsi leur douleur *éternelle*,
Quand jamais le chagrin n'humecta leur prunelle;
Ils s'endorment sans crainte, et signent sans remords
Ces mensonges gravés sur les tables des morts!
— Si quelquefois l'œil aime à trouver dans le nombre
L'épitaphe de ceux dont la glorieuse ombre
S'exhala quand notre aigle arrachait des succès,
On y lit de grands noms qui ne sont plus français!

Ici, comme partout, l'or fausse la balance.

On couche côte à côte, au lit de l'opulence,

Les cadavres divers que le tarif admet.

Que le riche qui meurt soit disciple d'Achmet,

Qu'il ait suivi les lois du Christ ou du Prophète,

Son argent roule au coffre et sa quittance est faite;

De ce Champ-du-Potier son corps franchit le seuil;

Barème est le seul code applicable au cercueil.

— Éblouis de l'éclat de cet astre qui tombe,

Des parents, aussitôt, vont écraser sa tombe

Sous l'inutile poids d'un manteau de granit;

Mais l'hôtel sépulcral est à peine bénit,

Que la pompe s'efface, et le tombeau superbe

Devient un bloc informe et disparaît sous l'herbe.

J'ai vu, près d'un sentier déjà vieux de seize ans,

Un marbre des plus beaux et des plus imposans

Que l'on puisse jamais obtenir d'œuvre humaine :

Un glaive que le poing veut tirer de sa gaîne,

Un baudrier pendu sur des gants de chamois

Qui gardent, trait pour trait, les plissures des doigts,

Un casque aux crins flottants, deux ceinturons d'épées,

Des armes et des croix artistement groupées,

Un *pallium* d'hermine et la toque de pair

Dont le panache tremble au moindre souffle d'air;

Objets qui, molleux et riches d'élégance,

Décorent le tombeau du COMTE DE VALENCE.....

J'ai vu ce monument, digne de GIRARDON,

Tout noir et dégradé par seize ans d'abandon!...

Voilà donc ce que veut la douleur éphémère
Que le ciseau des Arts nous représente amère!...
Oh! non, non! le vrai culte est plus persévérant.
Descendez avec moi, là-bas, au dernier rang,
Et voyez s'élancer en svelte cathédrale,
Comme un lit de bonheur, la couche sépulcrale
Où gisent deux amants qu'a mariés la Mort!
Le peuple les couronne; il pleure sur leur sort;
Il raconte en passant les phases de leur vie,
Et célèbre tout haut un amour qu'il envie :
La foule qui s'y porte, y lit de toute part
Ces mots entrelacés : HÉLOÏSE, ABEILARD!
Depuis que le Trépas engourdit leur paupière,
Mille amants ont signé sur leur contrat de pierre!
— Là, d'illustres débris, artistes aux fronts chauds,
Députés et soldats, légistes, maréchaux,
Astres de tous les temps et de toutes les gloires,
Célébrités de nombre à peupler vingt histoires,
Tous êtres dévorés de grandes passions,
Tous fleurons qu'ont trop tôt perdus les nations,
S'entassent pêle-mêle en tombant du pinacle.
Ici l'Homme-système et le fiévreux oracle,
Qui gouverna deux ans le vaisseau de la Cour,
Surmonte un piédestal dressé dans le pourtour.
Ses sourcils contractés et sa lèvre pincée,
Trahissent, quoiqu'en bronze, une ardente pensée.
Sa main lance la foudre, et son œil bilieux
Décoche à la DOCTRINE un regard furieux!

— Je n'irai pas scruter au fond des avenues,

Où dort dans des caveaux et sous des tombes nues,

Le trop plein que Paris vomit depuis cent ans :

Dans le nombre d'abus déjà si révoltants

Qui semblent enhardis à s'y donner carrière,

Je n'en tordrai plus qu'un sous ma rude lanière.

— Un tombeau de granit dressé pour YENVEUX *

De sa veuve a reçu des larmes et des vœux

Comme on doit en graver à l'époux qui décède ;

Mais le fabricant mort laisse un fonds qu'elle cède

Au Sieur DEPESSEVILLE, un phénix en plaqué !...

Debout sur le chemin, et partant remarqué,

Le tombeau prête flanc au grand art de l'annonce.

On retranche un regret, et le ciseau défonce

Au centre de la pierre un large médaillon.

Quelques *larmes* ont fait place à l'échantillon ;

Eh ! qu'importe à ces gens que la pudeur en saigne ?

L'intérêt fait servir le cadavre à l'enseigne !

Quarante objets divers, des plaques, des plateaux,

Des pièces de rapport, d'élégants chapiteaux,

Au-dessous de « CI-GÎT » scintillent sous le verre !!!...

Notre langue n'a pas de terme assez sévère

Pour flétrir le forfait d'un tel profanateur.

Quel qu'en soit, de par Dieu ! le complice ou l'auteur,

Qu'il porte habit viril ou des cottes de femme,

NÉMÉSIS ne craint pas de le traiter d'infâme !

---

* Ce tombeau est assis sur le bord de la grande allée qui conduit de
l'entrée principale au monument de C. PÉRIER. L'adresse qui se trouve
dans le cadre est celle-ci : « DEPESSEVILLE, successeur de YENVEUX, fa-
» bricant de plaqués, rue du Caire, 21. »

--- Quand le Ciel veut couper la trame de nos maux,
Que ne va-t-on mourir aux modestes hameaux
Où l'on n'impose à tous que l'humble croix de chêne!
D'un préjugé de faste on porte ici la chaîne;
Et le convoi plâtré de l'orgueilleux bourgeois
Ne vaut pas un des pleurs qu'obtient le villageois.
Voyez s'acheminer vers la funèbre enceinte,
Aux coups lents et sentis de la cloche qui tinte,
Ce long troupeau d'enfants qu'appelle un dernier glas!
Que le départ d'un frère, aux vieux compagnons las
De porter si longtemps le fardeau de la vie,
A souvent suggéré l'irrésistible envie
De faire, à frais communs, le voyage éternel!...
Quand la Mort vient à rompre un lien fraternel,
On voit l'être oublié qui se lamente et pleure;
Il semble prier Dieu de permettre qu'il meure.
Cherchez de tels regrets dans les grands chars de deuil
Dont les vaniteux font escorter leur cercueil;
Interrogez les yeux de l'homme au large feutre,
Ce *Gémisseur* gagé dont la tristesse est neutre,
Et vous pourrez peut-être, avec saine raison,
Entre le pauvre et lui faire comparaison!. .
Qui peut craindre d'ailleurs qu'un mort soit moins à l'aise
Sous le tertre des champs que du PÈRE-LACHAISE?...

                                        J.-F. Destigny.

Paris, 29 septembre 1838.

PARIS, IMPRIMERIE DE DECOURCHANT, RUE D'ERFURTH, 1.

L'ARGENT.

XLIᵉ SATIRE.

Des métaux arrachés des entrailles du Globe
    Par un bras trop intelligent,
De ceux qu'il tient secrets sous les plis de sa robe,
    Le plus funeste c'est l'ARGENT.

Les riches, ébréchés par des éclats de foudre,
    Diront que l'OR mène au trépas ;
Mais, ce roi des fléaux, je suis prêt à l'absoudre,
    Le Peuple ne le connaît pas.

Son billon, larve d'or qui tombe, à peine éclose,
    Aux mains de ténébreux suppôts,
N'a pas atteint le jour de sa métamorphose
    Quand vient le collecteur d'impôts.

L'ACIER, qui fait couler le sang à pleine rue,
    Quand les rois fauchent leurs moissons,
Dès qu'un rayon de paix le transforme en charrue,
    Porte l'aisance où nous passons.

Le FER, dont les tyrans font de lourdes entraves
    Pour des pieds qu'engourdit la peur,
S'allonge en mille rails et ne veut plus d'esclaves
    Partout où vole la vapeur.

Le PLOMB qui, trop souvent craché par le salpêtre,
    Subroge la puissance aux droits,
Est du moins l'or du pauvre et du luxe champêtre ;
    Il dort en nappes sur nos toits.

Le BRONZE, en fulminant dans nos guerres civiles,
    Soutient de criminels efforts ;
Mais on le voit partout, sur les places des villes,
    Éterniser d'illustres morts.

Tout métal est pour nous de service notoire :
    L'AIRAIN battu fait des clairons ;
Il se creuse en cuirasse, et garde à la Victoire
    L'élite de nos escadrons.

Chacun de ces trésors que dérobe à la terre
    Le bras des cupides humains
Est d'essence parfaite, et ne prend caractère
    Que du caprice de nos mains.

L'ARGENT, l'infâme Argent, exclu de la Monnaie,
       Deviendrait même utile aux arts,
Si le spéculateur, qui vit de toute plaie,
       L'appropriait à ses bazars ;

Mais non, le balancier donne la forme ronde
       Aux vils tronçons de ce métal,
Et chaque Pouvoir prête à la matière immonde
       Son type gouvernemental !

Le mérite et l'honneur se cotent, sans mystère,
       Au poids de leurs piles d'écus,
Et le glaive des lois respecte un militaire
       Gras des *boudjous* de ses vaincus.

L'ARGENT assiége l'urne ; il tapisse la Chambre
       De ses capacités du cens :
TRENTE-DEUX MILLIONS se verront, en décembre,
       Dévalisés par QUATRE CENTS !

Si, grâce à l'or, les Cours se peuplent de vermine
       Et de nos Brutus assouplis,
Thémis, grâce à l'Argent, a vu son étamine
       Cacher le crime dans ses plis.

Les trésors que PERSIL vomit, de son domaine,
       Dans la citerne du puissant,
N'arrivent que par bribe à la canaille humaine
       Dont la misère boit le sang.

Aussi, pour apaiser sa poignante détresse,
    Le travailleur s'épuise en vain ;
On lui marchande l'eau, dans la soif qui le presse,
    Quand les riches s'en font un bain.

De là ces spectres noirs, dont la hideuse escorte
    Vous talonne sur le trottoir ;
De là ces affamés qui vous barrent la porte,
    Viveurs, quand vous rentrez le soir !

Car, ainsi se traduit la politique étrange
    D'un ministère moribond :
« Tu n'as ni pain ni force... Eh bien ! travaille et mange,
    » Sous peine d'être un vagabond !

» Pauvre vieille, le Temps a festonné ta robe
    » Sur les galets du grand chemin !
» Épingle tes lambeaux, et, pour vivre, dérobe,
    » Mais ne va pas tendre la main !...

» Qui t'a donné le droit d'étaler tes guenilles
    » Sur la borne où l'agent t'a pris ?
» Ta faim ?... Mais a-t-on fait, dis-moi, pour des chenilles
    » Les cent merveilles de Paris ?...

» Quand vingt mille forçats, retirés sous notre aile,
    » Glanent de l'or et des joyaux,
» Garde toi de poser, devant la sentinelle,
    » L'orteil sur les jardins royaux !... »

Le mépris suit partout la pauvreté proscrite,
     Et lui verse un calice amer,
Tandis qu'on plaint l'escroc dont la honte est écrite
     Sur la pancarte des KESSNER !

C'est que ses doigts d'argent ont su passer l'éponge
     Sur des crimes qu'ils ont blanchis ;
C'est que le bras des lois ne peut frapper qu'en songe
     De grands pirates enrichis.

CLEEMANN et BLUM, heureux de trouver débonnaires
     Les satellites du Pouvoir,
Reviendront au ruisseau des bons Actionnaires
     S'ouvrir un nouvel abreuvoir ;

Et la foule des sots, dans son culte idolâtre,
     Les bénira d'un tel retour,
Jusqu'à ce que Toulon tente un coup de théâtre
     Qui les arrache à tant d'amour.

Car enfin, qu'ont-ils pris ?... La modeste recette
     Que *garantissaient* deux gérants !
Peut-être voudront-ils rapporter leur *cassette*
     Et les QUINZE CENT MILLE FRANCS !

Qui le croirait ? l'argent qu'enlèvent ces Corsaires
     A fait gémir sur leurs douleurs !
Des gagistes ont dit : *Ces honnêtes* MACAIRES
     Ont éprouvé bien des malheurs !...

Voyez! qui sert d'égide à la bande ennemie
    Et la remorque jusqu'au port!
C'est l'ARGENT!... Oui, l'Argent soustrait à l'infamie
    Ces chevaliers du coffre-fort!...

Tout cela, quand l'esprit, chaud du feu qu'il recéle,
    Demande assistance au trépas,
Et voit jaillir enfin sa dernière étincelle,
    Que la pitié ne l'entend pas!

L'ARGENT!... Faute d'un grain de ce métal blanchâtre,
    L'artiste meurt sur son clavier,
GILBERT à l'hôpital, et Jacques MALFILATRE
    Sur la paille d'un créancier!

Les griffes de la faim étouffent le génie
    Prêt à prendre un sublime essor,
Quand on l'eût arraché des bras de l'agonie
    Avec une parcelle d'or!

Des hommes de nos jours l'égoïsme est extrême,
    Ils ne connaissent que leurs droits;
Et devant ces marchands, tout farcis de Barème,
    L'art est *sujet,* les chiffres *rois!*

Mais le poëte heureux, le moderne prophète
    Qui pleure sur les nations,
Peut de ces cœurs blasés opérer la conquête,
    Malgré ses lamentations.

Ils ont vu de son char l'orgueilleux Jérémie
    Éclabousser de grands talents,
Et leur tête apathique ouvre une face amie
    Aux chants des Bardes opulents.

Mais ce n'est pas sa voix qui roule ainsi captive
    Cette foule d'esprits vaincus.....
Savez-vous ce qui tient chaque oreille attentive?
    Le cliquetis de ses écus.

En vérité, l'ARGENT que poursuit sans relâché
    La main trop lente à le saisir,
De notre ambition fait trop lourde la tâche
    Pour en laisser tout le plaisir.

Nous traînons le boulet d'une incessante envie,
    Comme un forçat traîne ses fers,
Et d'un breuvage ardent la soif inassouvie
    Nous brûle du feu des Enfers.

L'or, à peine conquis, nous échappe et retombe
    Dans le torrent des passions,
Et souvent la Mort vient nous glisser dans la tombe
    Sans que nous le ramassions.

Oh! s'il ne fallait pas huiler notre machine,
    Pour en conserver les ressorts,
Si l'assemblage humain tenait de l'origine
    Toutes les facultés du corps!

Mais non, il faut remplir jusqu'à la moindre maille
     Le noir canevas du Destin;
Il faut, pour éviter que la Faim nous tenaille,
     Glaner sa gerbe le matin!

Le Ciel, en nous créant, a pétri de misères
     Notre squelette souffreteux;
Sa main a, dans nos flancs, enfermé des vipères;
     Elle nous fait des jours douteux!...

Et l'ARGENT, ce levain importé du Ténare,
     Nous plonge dans le désespoir;
C'est à blasphémer Dieu!... Mais on sait qu'il prépare
     L'éternité pour nous asseoir.

Vienne donc ce grand jour qui nous verra descendre,
     Affranchis du joug des mortels,
Au fond du vide immense où s'engouffre la cendre,
     Dans les abîmes éternels!

Mais, dès aujourd'hui, RICHE, afin qu'alors ton âme
     Obtienne un regret en partant,
Jette-nous un lingot de ce métal infâme
     Que la vertu méprise tant!

J.-J. Destigny.

Paris, 6 octobre 1838.

PARIS, IMPRIMERIE DE DECOURCHANT, RUE D'ERFURTH, 1.

LES ÉGLISES.

XLIIe SATIRE.

Domus mea, domus orationis.
LE CHRIST.

Je trouve Dieu partout : sur la fertile rive
Qu'arrose de son onde un fleuve encore enfant,
Sous les dômes des bois, sur la vague plaintive,
Dans le sable où rugit le Simoun étouffant.

Je comprends l'Éternel dans le grave silence
Qui règne au fond d'un gouffre où s'égarent les yeux ;
Je le vois sur les monts dont la crête s'élance,
Comme un front de géant, prêt à trouer les cieux !

Mais les temples surtout électrisent ma tête :
J'aime à rêver de Dieu dans ces vastes vaisseaux
Qu'ont respectés mille ans la vague et la tempête,
Comme l'arche où Noé resta maître des eaux.

J'aime à plonger des yeux dans ces nefs latérales
Où le chant rebondit sur l'écho des autels ;
J'aime à visiter, seul, ces vieilles cathédrales
Que mon esprit alors sait peupler d'immortels.

Dans le calme profond que les voûtes immenses
Conservent solennel au milieu du fracas,
J'aime le glas qui tombe, en lugubres cadences,
Du sommet de leurs tours au chevet du trépas.

Le pilastre hardi d'où s'élance l'ogive,
La svelte colonnade où s'accoudent les toits,
Tout dans ces lieux sacrés tient la raison captive,
Tout semble dire à l'âme : « AIME OU TREMBLE, mais CROIS ! »

Quand, sous les mille arceaux de nos temples antiques,
J'entends rouler, le soir, les chants religieux ;
Quand les cent voix de l'orgue entonnent des cantiques,
Je me sens, tout vivant, transporté dans les cieux.

Les notes que je bois sur des lèvres humaines
Font sourdement vibrer les fibres de mon cœur ;
Et l'ivresse qui court dans mes brûlantes veines
Me fait un paradis sur les stalles du chœur.

Je suis, le long des fûts que couronne l'acanthe,
Le nuage d'encens qui parfume les airs :
Mon corps reste immobile, et ma bouche béante
Mêle son chant terrestre aux sublimes concerts.

Je me sens abîmé dans cette foi profonde
Qui dompte la raison par le mystérieux;
L'aspect du tabernacle où dort le Roi du monde
Frappe, sur ma poitrine, un coup victorieux.

Mon cœur, enseveli dans le linceul du doute,
Devant tant de grandeur se réveille en sursaut :
Mon regard cherche Dieu, mon oreille l'écoute.....
Et l'incrédulité se voit prise d'assaut !

Voulez-vous pénétrer dans un merveilleux temple,
Et jouir d'un spectacle à nul autre pareil ?
Prenez le calme froid de l'homme qui contemple;
Entrez à Saint-Eustache au lever du soleil.

Oubliez, en montant les degrés du portique,
L'anachronisme en pierre offert à vos regards.
Qu'importe qu'un vandale ait greffé du dorique
Au front d'un monument issu d'ordres bâtards ?

Mais, voyez sa forêt de blanches colonnettes
Que caresse un rayon rougi par les vitraux ;
Ces festons gracieux, ces corniches coquettes,
Et ce beau jour qui pleut des cintres latéraux !

Cet ensemble, coiffé d'une voûte sublime,
Étend ses mille bras comme autant de rameaux :
C'est tout un arbre immense, un cèdre à large cime,
Un vaste dais, tendu sur neuf cents chapiteaux !

Sa coque gigantesque avoisine la nue ;
Tout ce beau temple porte un cachet de grandeur :
Mais là, point d'ornements, rien que la pierre nue !...
La franche piété redoute la splendeur.

Dans ce palais de Dieu tout est grave et sévère ;
Le faste y cherche en vain ses arabesques d'or :
Sur le peuple, à genoux près des croix qu'il révère,
L'Église seule étend ses ailes de condor.

L'œil n'y rencontre pas, aux parois de l'enceinte,
L'archange Gabriel sous les traits d'Abeilard ;
Les charmes d'une Hébé que l'on déguise en sainte
N'y prêtent rien d'obscène au triomphe de l'art.

Voyez dans la Cité la grande métropole
Qui dresse dans les airs ses orgueilleuses tours ;
Notre-Dame n'a pas maculé sa coupole
De portraits empruntés au *muséum* des Cours.

Les Phrynés du grand monde ont servi de modèles
Pour les vierges que veut un culte vaporeux ;
Mais ici tout est vrai ; les couleurs sont fidèles ;
Nos apôtres sont peints sur des types hébreux.

La foule que l'on voit limer du pied les dalles,
Quand Notre-Dame a pris la pompe des grands jours,
Ne vient pas dans ses flancs s'abreuver de scandales,
Ni réveiller le feu de cyniques amours ;

Mais dans le temple ambré que la mode protége,
A LORETTE, les saints prêchent la volupté :
La dévote y produit ses épaules de neige ;
Et l'homme y pense à tout hors à l'Éternité.

Le Faste s'est bâti l'élégante chapelle
Qu'il charge, à pleines mains, d'un luxe de boudoir ;
Tout est profane ici ; pas un coin ne rappelle
Que c'est pour prier Dieu que l'on y vient s'asseoir.

La vanité se voit dans la pierre polie
Qui porte pour lambris mille rosaces d'or :
Et chaque artiste peint le type d'Italie
Dans un ton vaporeux qui l'effémine encor.

Tout y respire amour, tout y parle mollesse :
Le demi-jour qu'étouffe un rideau protecteur,
Ses accords moelleux qui provoquent l'ivresse,
Ses comparses mondains et son prédicateur !

Un seul ornement grave apparaît dans le nombre,
Comme un dernier flambeau sur la tombe des arts :
C'est le chef-d'œuvre saint enseveli dans l'ombre,
C'est le fils légitime entre tant de bâtards.

Quand de nos jours l'art tend à fonder une autre ère,
CARLE ELSHOET redoute un style audacieux :
Voyez les Séraphins qui supportent la chaire,
Son ciseau n'en trouva les modèles qu'aux Cieux.

Cet artiste a compris les formes angéliques,
Pures des nudités qui ne parlent qu'aux sens;
Il a rêvé deux fronts dignes des basiliques,
Où brûle pour Dieu seul un poétique encens.

C'est aux sources du vrai que sa tête s'inspire;
Le marbre, sous ses doigts, vit et parle au regard!...
Qu'il grandisse!... Son nom reviendra sur ma lyre,
Si Dunkerque l'appelle à lui rendre Jean-Bart.

Mais, quand ce talent pur trouve ainsi l'harmonie
Entre le goût moderne et les traditions;
Quand il voit la Nature avec l'œil du génie,
Notre siècle se perd dans ses créations.

Le temple de Lorette achève un Baptistère
Brillant, comme un salon, de luxe oriental;
Sa piscine de bronze a pris le caractère
Que notre Église accorde au sacrement vital.

L'onde qui lave en nous la faute originelle,
Attend là, près du seuil, l'homme qui vient à Dieu;
Le prêtre y dit sur lui la parole éternelle,
Et l'enfant entré *mort* sort *vivant* du saint lieu!...

C'est orthodoxe en tout : mais pourquoi cette coupe,
Où brillent l'art du maître et l'œuvre de ses mains?
L'eau, prise dans la pierre avec un peu d'étoupe,
Eût-elle été moins propre au salut des humains?...

Non ; mais l'art a voulu détrôner la nature !
Notre Clergé sourit au style échevelé ;
Son goût, conforme aux lois de son architecture,
A fait couler ses fonts en cuivre ciselé.

Le Dieu Nazaréen que notre Église adore,
Voit ses prêtres marcher sur les tapis des rois,
Lui qui, si l'on admet ce qu'ils prêchent encore,
Portait, à deux genoux, le fardeau de sa croix !

De quel œil voulez-vous que, monarque suprême,
Il regarde aujourd'hui l'encens que vous brûlez ?
Ne fulminez-vous pas votre propre anathème
A la face des Cieux, PRÊTRES, quand vous parlez ?...

Et quel respect commande un gouffre de richesses,
A nous, pauvres brebis du populeux bercail ?...
Quand un faste sacré gaspille ses largesses,
Nous portons chaque jour vingt heures de travail !

Pouvons-nous secouer cette croix populaire,
Plus lourde sur nos reins que l'arbre de l'affront,
Si la raison ne fait une loi somptuaire
Pour ménager cet or qui nous coule du front ?...

Dès que SAINT-ROCH a vu les fils des Tuileries
Venir de leur palais s'abriter dans son sein,
Il s'est fait affubler de ses tapisseries,
Et l'œil est ébloui de son orgueil sans frein !

Ainsi donc l'Éternel, adoré dans ce temple,
Où le seul hasard fit s'agenouiller des grands,
Voit la simplicité dont il prêcha l'exemple,
Se masquer sous les doigts de flatteurs ignorants !

Le culte renversé par l'élan que provoque
Un nouveau règne assis sur un trône tout frais,
S'abâtardit et prend le cachet de l'époque,
Sauf, si le vent retourne, à l'effacer après !

Pitié pour eux !... Mais vous, trop bizarres Fidèles,
Qui voyez tant de faste avec un œil moqueur,
Priez dans vos maisons ; ces brillantes chapelles
Vous étouffent, sans fruit, la vertu dans le cœur.

Vous blâmez ce grand luxe, et vous courez en foule
Faire craquer les flancs de ces riches vaisseaux.....
Eh ! qu'importent vos cris, pourvu que l'argent roule ?
Des quêtes font voguer la barque à pleines eaux.

Peut-être, dégradé par l'époque maudite
Qui creuse sous nos pieds tant d'abîmes sans fonds,
Le culte voudrait-il se mettre en commandite ;
Mais craignez ses gérants, vous, ses bailleurs de fonds !

J.-F. Destigny.

Paris, 13 octobre 1838.

PARIS, IMPRIMERIE DE DECOURCHANT, RUE D'ERFURTH, 1.

LES PARVENUS.

―

XLIIIe SATIRE.

―

Quiconque veut gravir le sommet des grandeurs
Se fait rampe de tout à l'époque où nous sommes :
L'audace fait les noms, l'intrigue fait les hommes,
Et l'on passe à la gloire en soldant des fraudeurs.
Tel qui debout, hier, nous venait à l'aisselle,
Nous dépasse aujourd'hui de son front de géant ;
Il a grandi par nous, et, tiré du néant,
    Le Parvenu brise l'échelle !

Voyez, dans nos cités, ces monuments d'un jour
Qui portent jusqu'aux cieux une orgueilleuse tête ;
A peine ont-ils reçu le pignon de leur faîte,
Qu'ils jettent, pour briller, l'échafaud d'alentour !
De ces lourds madriers l'ombre les importune ;
Ils semblent renier la main qui les a faits !...
Ces gigantesques murs sont, pour moi, les portraits
    Des favoris de la Fortune.

L'ingrate ambition craint jusqu'au frottement
Des hommes que l'on vit l'arracher de sa boue;
Dès que son vol atteint au sommet de la roue,
Son pied, de l'œuvre faite, écrase l'instrument.
Elle abat son abri quand a cessé l'orage,
Méprise le denier, germe de ses lingots,
Et ne manque jamais de brûler les sabots
     Qui l'apportèrent du village.

Ce vice est, de nos jours, commun à tous les rangs :
Oui, quand la faim s'apaise, il n'est pauvreté nue
Qui, désertant son trou, ne vienne, en parvenue,
Boire à longs traits l'orgueil dans la coupe des grands.
Mais nos fils ont gardé pour leur sainte patronne
Celle qu'on nomme encor l'ÉGALITÉ DES GUEUX ;
Leur amitié partage une escabelle entre eux.....
     Cherchez deux rois sur un seul trône.

Toute fraternité ne s'exerce qu'en bas ;
L'homme, en cultivant l'or, moissonne de la honte ;
Son cœur se racornit à mesure qu'il monte,
Et dans le PARVENU l'ami n'en trouve pas.
On voit la charité, ce feu des grandes âmes,
Affronter la misère et ses contagions ;
Mais dès qu'elle a connu les hautes régions,
     Le moindre souffle éteint ses flammes.

Tel a sacrifié quarante ans de travaux
Pour asseoir son idole au pinacle suprême ;
Ses soins furent constants, son dévoûment extrême,
Tant que resta debout un seul de ses rivaux.
Ce culte ruineux engloutit l'héritage
Que sou par sou l'honneur avait glané longtemps,
Et l'idole cria ces mots si révoltants :
    Je veux les débris de Carthage !

Dites, vous qui rongez le butin du vainqueur
Après avoir coupé sa pourpre à votre taille,
Pourquoi chassez-vous loin ces coursiers de bataille
A qui le fer laissa tant de sang dans le cœur ?
S'il arrivait jamais que la soif de victoire
Éveillât en sursaut des pavés endormis,
Qui vous soutiendrait, vous qui rayez tant d'amis
    Sur les feuillets de votre histoire !

L'ingratitude amasse un redoutable écueil
Que cimente sans bruit la vague qui le couvre ;
Fermez aux mécontents les cent portes du Louvre,
Étendu près de vous comme un vaste cercueil.
Prêtez, sans marchander, l'oreille à la clémence ;
Abattez vos prisons ; élargissez nos droits ;
Et que vierge de sang, *avec* ou *sans* les rois,
    L'ère de liberté commence !

Mais non, des Parvenus, armés de l'encensoir,
Se serrent en cordon sur les marches du trône ;
Tout monarque sourit au flatteur qui le prône,
Et la faveur invente un siége pour l'asseoir.
Aux grilles du Palais, la vérité proscrite
Attend que la raison ait dessillé les yeux.....
Espérons!... De nos maux peut-être dans les cieux
　　　L'heure suprême est-elle écrite !

Le hideux égoïsme assourdit la pitié
De nos pourceaux repus à l'auge populaire ;
L'épicier *retiré* nous dispute un salaire
Que l'usure et l'attente ont réduit de moitié.
Rabougris sous le joug de la toute-puissance
Qu'un système éhonté reconnaît à l'argent,
Le peuple travailleur et le peuple indigent
　　　Restent forçats de l'opulence !

Les hommes que l'on vit aux comptoirs du Détail
De nos écus rognés revendre la poussière,
Trafiquent de la gêne, et, dans leur morgue altière,
Se font du talent pauvre un facile bétail !
Ces peseurs de cannelle escomptent le génie
Sur le taux des coupons de l'Asphalte-Guibert,
Au rabais... quand leur foi met leurs fonds *à couvert*
　　　Chez un notaire à l'agonie.

Parvenus du commerce, ils veulent un garant
Qui, comme eux, ait passé par le tamis du lucre;
Ils ne rêvent que banque, argent et pains de sucre,
Pour se mettre à l'abri d'un reflux dévorant.
Dans l'effroi qui talonne un siècle de centimes,
Ces regrattiers font jeu de leurs ongles crochus;
Et, pour les tordre à froid, leurs poings secs et branchus
    Se cramponnent à leurs victimes.

Si contre un front maudit mon cœur noyé de fiel
Se décidait jamais à te crier : VENGEANCE!
Grand Dieu!... Des PARVENUS l'abominable engeance
Servirait mon courroux mieux que le feu du Ciel.
Leur caste a raffiné les poisons de l'envie!
Leurs baisers sont de plomb, leurs entrailles de fer,
Leur sauvage contact a transporté l'Enfer
    Dans le domaine de la vie!

Ces nains intronisés nous barrent les sentiers
Quand d'un projet ardu nous tentons l'escalade;
Ils déchirent les flancs de l'Univers malade,
Et rongent, sans merci, des royaumes entiers.
Les pieds dans les anneaux de l'éternelle chaîne
Que la misère soude au cou des artisans,
Nous voyons ces FRONTINS du drame de quinze ans
    Devenus rois de notre scène!

Les mille Parvenus qui peuplent nos cités
Sont de pierre et de glace aux cris de la détresse;
Qu'importe à ces heureux, abîmés dans l'ivresse,
Le récit déchirant de nos adversités?
Parias du Destin, dont la plainte fatigue
Ces viveurs étendus sur des lits de repos,
Comblez de vos épis le grenier des impôts :
    Riche est la main qui les prodigue.

L'écho de la tribune a répété ce vers,
En réponse aux clameurs des villes affamées!...
Oui, la taxe enrichit, récalcitrants pygmées;
Placez sur le Trésor le fruit de vos hivers!
De *vos* représentants la voix *indépendante*
N'a pu semer en vain d'éloquentes leçons;
Dans la grange du Fisc entassez vos moissons,
    Vous l'entendez? « Impôt vaut rente! »

Sur les gradins du trône allumez votre encens,
Vous, dignes Parvenus, qui méprisez nos larmes!
Le peuple de Paris vient au Louvre, sans armes,
Mêler à vos concerts ses lugubres accents.
L'Automne ensevelit sous sa robe glacée
Les fruits qui, pour le pauvre, ont tenu lieu de pain;
Sa grande bouche est prête à vous crier : J'ai faim!...
    J'ai lu ce cri dans sa pensée.

Quand l'orgueil est assis sur de soyeux coussins,
Le parfum du bonheur berce trop la prudence ;
Oui, Ministres, ouvrez vos greniers d'abondance,
Et prévenez le mal qui couve dans nos seins.
L'orageuse cité dort quand elle est repue ;
Mais son cri part du ventre !... Étouffez ses transports,
Elle ne rentre pas, sans de mâles efforts,
    Dans sa digue une fois rompue !...

— Un monde d'écrivains surgit de toutes parts,
Et la vapeur s'épuise à cracher des volumes ;
Admirateurs, voyez si de ces mille plumes
Il tombe un diamant pour le bandeau des Arts.
Jamais !... Ces Parvenus de la littérature
Ont asservi le style au jargon du Courtier ;
Tandis que leurs doigts font de l'annonce un métier,
    L'enseigne énerve la peinture !

L'oubli recouvre enfin ces talents réputés
Qui, trop tôt parvenus, ont effeuillé leur gloire ;
Si leur nom fut jamais buriné dans l'histoire,
L'Avenir se rira de nos célébrités.
Mais, allons ! que l'étude ouvre une arène immense
Aux efforts méconnus des artistes rivaux !
Qu'elle puisse charger de chefs-d'œuvre nouveaux
    Le front du siècle qui commence !

L'odieux Monopole étend ses sales doigts
Sur le front de qui veut s'arracher de l'ornière ;
Des PARVENUS d'un jour imposent leur bannière
Aux hommes qui les ont assis sur le pavois.
Les maîtres du théâtre, engraissés de rapines,
Marchandent au mérite une part de succès ;
Et le débutant doit, pour obtenir accès,
       Passer sous les fourches Caudines !

De quel droit ont-ils pris l'insolent piédestal
D'où leur vanité lance un interdit suprême ?
Leur gloire est un larcin, leur talent un problème,
Et tout Paris s'attèle à leur char triomphal !
En vérité, le peuple est la bête de somme ;
Il porte ses tyrans avec un saint respect,
Obéit à leurs coups, s'incline à leur aspect,
       Et, quand il regimbe, on l'assomme !

Triomphez, PARVENUS !... Les splendeurs de la Cour,
La fortune, le rang, les arts, la poésie,
N'ont aujourd'hui de loi que votre fantaisie ;
Mais tombe le puissant, le faible aura son tour.
Vous êtes, Messeigneurs, décrépits avant l'âge ;
Le progrès s'affranchit du lange des abus...
Si le vainqueur vous rend les affronts qu'il a bus,
       Vaincus, tremblez ! voici l'orage !!!...

                       J.-F. Destigny.

Paris, 20 octobre 1838.

PARIS, IMPRIMERIE DE DECOURCHANT, RUE D'ERFURTH, 1.

LE JOUEUR.

XLIVe SATIRE.

Qu'il soit partout honni ! qu'un signe bien notoire
Marque au front ce joueur, Caïn aléatoire !
BARTHÉLEMY.

Des sales passions qui carbonisent l'âme,
Dévorent la fortune et rendent l'homme infâme,
Des fureurs dont, hélas! rien n'amortit le feu,
La plus vivace au cœur et la plus dégradante,
Celle qui peuplerait tous les enfers de Dante,
    C'est la rage qui pousse au jeu.

L'âge éteint le volcan de nos flammes charnelles,
Mais le JOUEUR s'épuise en luttes éternelles,
Et poursuit le hasard jusqu'au seuil du tombeau !
L'ivrogne s'endort, las de battre les murailles,
Mais le feu qui du ponte embrase les entrailles
    En veut jusqu'au dernier lambeau !

44

C'est une passion qui n'est jamais repue ;
Ce torrent, qui bondit de sa digue rompue,
Ne doit jamais trouver un obstacle puissant !
L'homme, atteint d'une soif que tout breuvage altère,
Promène à tort l'acier de sa veine à l'artère ;
    Le jeu boirait des mers de sang !

Le fou qui veut éteindre une ardente fournaise
A force de verser de l'huile sur la braise,
Verrait plutôt la fin couronner ses efforts,
Que l'acharné JOUEUR qui poursuit une chance ;
Car l'infortuné bat, dans son aveugle instance,
    Des flots sans fanaux et sans ports.

Son cœur est comme un gouffre où tombe une cascade,
Il s'offre tout béant au coup qui le dégrade ;
Chaque jour il se creuse, et jamais ne s'emplit !
La passion le mine, et, sans cesse irritée,
Cette vague puissante emporte sa jetée,
    Comme un torrent qui fait son lit.

Le JOUEUR ne sort pas du cercle qui l'embrasse :
L'égoïsme revêt de sa triple cuirasse
Toute poitrine où bout le criminel poison !
La voix de la Nature y perd sa poésie,
La Morale son code, et cette frénésie
    Regimbe au cri de la Raison.

Contre le dais de pourpre où s'ébattent les crimes,
Un aigle brandissait la foudre de ses rimes,
Et dédorait le sceptre au feu de ses éclairs ;
Mais le démon du jeu calcina tant son âme,
Que la corruption mit le poëte infâme
      Au pilori de l'Univers !

A qui voit en éclats tant de gloire brisée,
Ce Judas semble avoir de sa couronne usée,
Au plus offrant, vendu jusqu'aux derniers tronçons ;
Mais la Roulette seule entraîna son naufrage :
Nous dirons quelle main lui versa le breuvage,
      Puisqu'enfin nous la connaissons.

Depuis deux ans, l'Auteur allait porter sa rente
Dans les coffres maudits de ce Trente-et-Quarante,
Abattu sous les coups d'une tardive loi,
Quand un JOUEUR du lieu, vrai mouchard émérite,
Vint lui serrer la main, de cet air hypocrite
      Digne de l'homme et de l'emploi.

Le pêcheur tint dès-lors le cygne dans sa nasse :
A l'*ami* décavé par le *manque* ou la *passe*,
Il jeta des épis de l'aire du Budget :
Le Goliath des vers tomba sans prescience,
Mais, en se réveillant, il vit sa conscience
      Sous le râteau de BÉNAZET.

Aujourd'hui que la Chambre a chassé du repaire
Le hideux tripotier sur qui le Ministère
Préleva, sans rougir, des millions d'impôts,
L'aigle qu'un long trait d'or précipita des nues
S'est fait, dans les recoins de cavernes connues,
    La chauve-souris des tripots !

Dans quelle abjection tombe l'être sublime
Quand la soif d'un faux gain l'entraîne dans l'abîme !
Ici, le jeu détrône un puissant Juvénal ;
Les couleurs d'un tapis font pâlir l'auréole
Du prophète incarné dont l'ardente parole
    Cinglait comme un fouet infernal !

Plus loin, des magistrats, des chefs, des mandataires,
De grands agents de change et d'opulents notaires,
Égrènent leurs dépôts aux tables du brelan ;
Les gueules du hasard engloutissent leur caisse ;
Leur tête s'exaspère, et le jeu ne leur laisse
    Rien ! que la Morgue ou le carcan !

Là, c'est un commerçant détourné de sa route ;
Sa probité, réduite à graver — BANQUEROUTE —
Sur le comptoir qu'il tint vingt ans avec honneur,
Vient de jeter au crime un reste de conquête.....
Ce JOUEUR abandonne, en se brisant la tête,
    Un demi-siècle de bonheur !

Il n'est pas, je l'ai dit, de passion atroce
Qui mette l'homme au rang de la bête féroce
Avec plus d'impudeur et plus d'entraînement.
Tel entre avec effroi dans la salle où l'on joue,
Qui, demain, aux requins de l'océan de boue,
    Viendra s'offrir pour aliment!

Son cœur, déjà flétri d'une honteuse empreinte,
N'aura plus à calmer ces battements de crainte
Qui de son premier vol ont suspendu l'essor ;
L'aiglon qui tremblait tant, voudra d'un seul coup d'aile
Dépasser le vautour qu'il a pris pour modèle,
    Et se noyer dans un ciel d'or!

Enfin, de ce grand pas que le JOUEUR novice
Aura marqué, sans but, dans l'arène du vice,
Résulteront bientôt d'autres pas plus fréquents ;
Tout frein sera brisé : la sainte retenue
Mettrait en vain la bride à sa passion nue.....
    Il bondira sur les volcans!

Honneur, amour, vertu, doux liens de famille,
Une mère mourante, une épouse, une fille,
Un monde entier d'amis l'embrassant à genoux,
Rien ne peut l'arrêter dans sa course effrénée ;
Ce Caïn traînera sa folle destinée
    Où les maudits la traînent tous!

Interrogez l'écho de votre expérience,
Vieillards observateurs, qui lisez la science
Écrite en traits de plomb dans les plis du passé !
Déroulez des JOUEURS les funèbres annales,
Et fouillons, à deux mains, les flaques infernales
    Où croupit ce peuple insensé !

Quelle horreur !... Tout mon sang se fige dans ma veine !
La hache des bourreaux, le poignard de la haine,
L'incendiaire armé de ses torches en feu,
Tout ce que la vengeance invente d'exécrable,
Rien enfin, sous les cieux, n'est pour moi comparable
    Aux crimes qu'enfante le jeu !

N'a-t-on pas vu cent fois ses prêtres fanatiques
Ensanglanter l'acier sous leurs doigts frénétiques,
Ou se brûler au cœur un salpêtre mortel ?
Quand Paris affermait le Pactole du crime,
Plus d'un JOUEUR a pris son frère pour victime,
    Et le tapis vert pour autel !!!

Que d'amis ont passé des cartes à l'épée !
Que de sang a rougi, sous une main crispée,
Le jabot insolent de nos piliers de Cour,
Quand l'orgueil ruineux de cette gent altière
Vidait le coffre-fort d'une famille entière,
    A la BOUILLOTTE d'un seul jour !

Le cynique agio qui ronge l'industrie,
Affame notre ville, et soumet la patrie
Aux frauduleux calculs de mille ambitions,
Dévore aussi l'enjeu que l'Intrigue lui forge;
Il a fait de la Bourse un vaste coupe-gorge...
     C'est l'abattoir des nations!

L'agent de change y tient la brutale massue,
La balance avec force, et le gros bétail sue
Tout ce que le Commerce a grignoté d'argent!
Ce tripot, que patente un siècle d'incurie,
Affiche, au nom du Roi, sa grande loterie,
     Et le Parquet reste indulgent!

Cent cavernes que peuple une affreuse milice
Font grouiller leurs forçats au nez de la police,
Et pas un d'eux ne reste à la dent d'un limier;
Le flair officiel dénonce le repaire,
Mais la faveur abrite et le Pouvoir tolère
     Le jeu coiffé du noir cimier.

FRASCATI reverra son directeur nomade,
L'illustre BÉNAZET, joindre aux écus de Bade
L'or qui, malgré la loi, cherche l'étang maudit.....
Ma voix nomme, LECTEUR, le saint avant la fête;
Mais, quand viendra le temps dont je suis le prophète,
     Souvenez-vous que je l'ai dit.

Pour verrouiller enfin ces maisons clandestines,
Il faut, vous dira-t-on, creuser quelques sentines
Qui ramènent le flot débordé de l'égout ;
Et vous applaudirez ! et peut-être la Chambre
Verra pour ce grand vote, à la fin de Décembre,
     Tous ses moralistes debout !

Depuis que du Pouvoir la sévérité feinte
A chassé les JOUEURS de l'opulente enceinte
Qu'ils salirent, trente ans, dans le cœur de Paris,
Les mille estaminets où bataille la *poule,*
Et ces riches salons qui dévorent la foule,
     Offrent de scandaleux paris.

C'est là qu'il faut porter le fer de la réforme !
Que tout jeu soit proscrit, quelle qu'en soit la forme,
Si l'appétit du gain domine le plaisir !...
J'entends de l'or tinter dans toutes les corbeilles.....
DELESSERT ! que Novembre entasse de merveilles
     Pour des mains promptes à saisir !

                                             J.-F. Destigny.

Paris, 27 octobre 1838.

PARIS, IMPRIMERIE DE DECOURCHANT, RUE D'ERFURTH, 1.

LE PAIN.

XLVᵉ SATIRE.

Panem quotidianum da nobis hodiè.
Oraison dominicale.

Du PAIN!... Quand ce grand mot, palpitant de colère,
S'échappe, en mille cris, du gosier populaire;
Quand la hideuse Faim grossit ses bataillons
Et convoque à l'émeute une ville en haillons,
Loin du cercle des lois qui la tenaient recluse,
La vague, d'un seul choc, emporte son écluse!
Rien ne peut arrêter le frénétique élan
De ce peuple qui court déposer son bilan
Dans le greffe orageux de la place publique!
Des groupes mugissants l'effrayante supplique
Se mêle au bruit du fer!... Le flot séditieux
Surgit de toutes parts et monte jusqu'aux Cieux,
Avec la promptitude et le nerf de la poudre.....
Sa voix, c'est le tonnerre! et son bras, c'est la foudre!...

Aujourd'hui tout est calme : un silence pesant,
Comme celui qu'impose un lit d'agonisant,
Enchaîne les clameurs de la ville affamée.....
L'orage n'est pas loin ; mais l'implacable armée
Que lève la Disette, en ses jours de transport,
N'a pas pris de soldats dans les chantiers du port ;
Municipaux, dormez. — Quant à vous, grands Édiles,
Responsables gérants des misères civiles,
Je vous cite à ma barre, et vais, pièces en main,
Vous convaincre d'un tort qui sera grand demain.
Votre loi, direz-vous, défend à ma Critique
De fouler de l'orteil l'arène politique ?
Je le sais ; mais qu'importe ? Il n'est pas de danger
Qui bâillonne ce cri : « LE PEUPLE VEUT MANGER !... »
D'ailleurs, ici ma Muse a le droit de sentence ;
L'abus que l'on tolère est de sa compétence.
NÉMÉSIS ne veut pas, par un coup de tocsin,
Des fauteurs du désordre électriser le sein,
Mais on n'a pas écrit de loi qui la récuse.
Que ce soit le *préfet* ou l'*homme* qu'elle accuse,
Elle poursuivra donc sa tâche jusqu'au bout.
J'ai dit ; je vais prouver. —Toi, DELESSERT, debout !

PARIS N'A PAS A LUI LE PAIN D'UNE JOURNÉE ! ! !
Si, l'Enfer écartant la foule spontanée
Qui vient à l'ogre immense apporter son tribut,
La ville était réduite à ses blés de rebut,

Demain rien ne pourrait conjurer la famine !...
La Populace dort, assise sur la mine
Que lui creusent l'orgueil et l'incapacité ;
Mais, tombe une étincelle au cœur de la Cité,
Vous verrez le salpêtre emporter ses entrailles !
Le moindre vent qui souffle est gros de funérailles.....
L'émeute peut enfin renaître avec fracas !
Et l'indolence attise un feu qu'on n'éteint pas
Sans noyer ses charbons dans le sang du carnage !
POLICE, oseras-tu traverser à la nage
Les redoutables flots d'un peuple soulevé ?
Ton *Quos ego* peut-il enchaîner le pavé
Sur l'épiderme ardent d'un terrain qui fermente ?
Réponds, que feras-tu si la tempête augmente,
Neptune de ruisseau qui n'as rien su prévoir ?
Tu jetteras alors le trident du Pouvoir !
Pour n'être point broyé sous le choc de la houle,
Préfet, tu chercheras un abri dans la foule ;
Ou bien, pour te soustraire à d'imminents dangers,
Tu noirciras les noms de six cents boulangers !
— Des faits ! des faits ! dis-tu ?... J'en vais citer ; écoute :
En dix-huit cent trente-sept, la farine qui coûte
L'énorme prix taxé de SOIXANTE-SEPT FRANCS,
Lors, pour QUARANTE-CINQ, passait aux plus offrants !
Les six cents panetiers que ta vengeance guette,
A l'hôtel Rambuteau, dirent, après courbette :
« Notre marché regorge, et, quand l'hiver viendra,
» Sans nul doute, PRÉFET, la cherté reprendra.

» Nous voulons qu'aujourd'hui le superflu nous serve

» A former pour ces jours un centre de réserve :

» Permets que l'on entasse, à nos propres deniers,

» *Soixante mille sacs* au fond de tes greniers.

» Paris ainsi pourvu, quelques morceaux qu'il mange,

» Pourra vivre un plein mois sans le blé de la grange;

» Et nous te demandons, pour prix d'un tel effort,

» La mince indemnité de nos frais de transport,

» *Quarante mille francs!...* » — DE RAMBUTEAU, docile

A ce grand vœu qui sert l'intérêt d'une ville,

Convoque le Conseil et veut que ce projet

Puise plus largement aux sources du budget.

Le plan, proclamé sage, arrive au ministère :

L'Autorité l'approuve !... Et l'ange du mystère,

GABRIEL, intervient et leur dit : « Insensés,

» Ne trouvez-vous donc pas que le Four gagne assez ?

» Armez ma forte main d'un seul bout d'Ordonnance,

» Les sacs viendront, sans prime, au grenier d'abondance.

» J'ai pour les y forcer des moyens triomphants ;

» En vérité, Messieurs, vous êtes des enfants !

» Passez quelque rudesse à mes franches paroles.....

» Mais l'étang est déjà trop saigné de rigoles,

» Et vous ouvrez ainsi les veines du Trésor !

» Vous n'avez jamais su comment on fait de l'or !... »

— Il dit, et son regard, après un long silence,

Du Conseil indécis entraîne la balance.....

DELESSERT croit déjà qu'il garrotte la Faim !

Voyons ce qu'il a fait, son ukase à la main.

Le Cours avait monté son échelle rapide :
La vente était plus ferme et la halle était vide,
Quand le grand Conseiller vint, sur chaque paroi,
Placarder, menaçant, l'Ordonnance du Roi.
Ce combat de tremplin ne fut qu'une équipée ;
La Police dans l'eau perdit son coup d'épée.
Le suprême Pouvoir, en ce point méconnu,
N'a rien tranché depuis et n'a rien obtenu.....
Sectaire maladroit, ce sont là tes oracles !
Sur le nom de ton Dieu tu fondes des miracles,
Et l'insuccès flagrant écorne son autel !
Ses ennemis diront : « S'il était immortel,
» S'il méritait nos vœux et notre obéissance,
» Aurait-il consommé cet acte d'impuissance ?... »
Je ne suis pas dévot, et pourtant j'ai maudit
L'orgueil qui de l'Idole a joué le crédit,
Comme un Philippe d'or, en criant : *Noire* ou *Blanche !*
Il ne lui restait plus qu'une dernière planche,
Le navire sombrait, et l'entêté voulut
Entraîner sous les flots jusqu'au port de salut !
— L'Ordonnance aujourd'hui reste inexécutée ;
Les greniers sont à nu !... La Police, irritée,
Déterre de vieux fouets de ses poudreux cartons,
Et sur les boulangers souvent frappe à tâtons.
Don Quichotte femelle, en déferrant sa lance,
Elle a pris à deux mains le code et la balance.
Elle pèse, repèse, et fait, dans son dépit,
Tant et si bien qu'enfin elle empoigne un délit.

Mon vers n'est pas l'écho de la boulangerie.

Je fronde les travers, j'attaque l'incurie

De l'Édile imprudent qui, par de vains efforts,

Veut, aux yeux de Paris, se laver de ses torts :

Je lance mon stigmate au front de sa doctrine ;

Mais un mal plus profond déchire ma poitrine ;

La cherté va croissant, et l'on rogne le Pain !

J'ai le droit de crier ; — je suis peuple... et j'ai faim !

Quand, cédant à la loi de sa machine humaine,

L'Ouvrier, harassé, va porter sa semaine

En échange d'un pain trop tôt chassé du four,

Et dont le vol a pris la pâture d'un jour,

La Justice est trop lente à s'armer de son glaive.

Cet acte est du ressort de la place de Grève !

Ce n'est plus un délit, c'est un crime d'État,

Un meurtre à coups d'épingle, un lâche assassinat,

Qui, trois fois constaté, doit emporter la tête !

Quand la foule bondit dans ses jours de tempête,

Roule à pleins carrefours et brise vos barreaux *,

Ne vous étonnez pas ; vous fûtes ses bourreaux,

Cartouches du pétrin, et le Peuple se venge.

Il faut, bon gré malgré, que la CANAILLE mange,

Et vous l'avez réduite à saper votre fort ;

Vous l'entendez hurler?... C'est DU PAIN OU LA MORT!...

---

* A Paris, les boutiques des boulangers sont presque toutes défendues,
comme celles des marchands de vins, par une forte grille extérieure.
Quelques-unes cependant se sont dépouillées de cette lourde cuirasse, et
brillent d'un tel luxe d'élégance et de dorures, qu'elles rivalisent avec
les plus riches magasins du quartier de la Bourse.

Loin, oh! bien loin de moi l'exécrable pensée
De rallumer le feu d'une guerre passée!
Je sais que la révolte est de tous les revers
Le plus prompt à meurtrir les flancs de l'Univers,
Quand l'atroce Famine embouche la trompette;
Mais je pressens l'horreur d'une affreuse disette,
Je vois Paris traîné sur le sanglant étal,
Et le vers qui m'échappe est inculte et brutal.
Est-ce ma faute à moi?... Sultan de la Police,
On m'a jeté ton nom, bien crotté, dans la lice,
Et, tout en chiffonnant, mon croc l'a ramassé.
Le plus grand de mes torts, c'est de m'être baissé.
Dès que le ventre est creux notre tête s'égare,
Et le bras de la Faim frappe sans crier GARE!
Pour les gens que tu sers le Pain n'enchérit pas;
Ils en mangent si peu, qu'un seul de nos repas
En consommerait plus que leur semaine entière.
La poste prend pour eux, à l'extrême frontière,
Les produits les plus mûrs et les plus succulents;
La cherté n'atteint pas ces viveurs opulents,
Tandis que nous, moutons, rivés à notre chaîne,
Rongeons pour du froment le gland tombé du chêne.
Le Pain est tout pour nous, entremets et dessert!...
— Descends de ton hôtel, glisse-toi, DELESSERT,
Au fond de ce cloaque où gisent des familles
Dont les corps, accroupis sous d'étroites guenilles,
N'ont plus qu'une voix creuse et des regards mourants...
Ton chef-d'œuvre en a fait des hommes transparents!

Ils ont le front bleu, des lèvres violettes,

Et l'air de leurs poumons fait craquer ces squelettes!

Ils seront morts ce soir!...— Mais ce n'est point sur eux

Que j'appelle aujourd'hui l'obole des heureux.

FRÈRES, voici l'hiver! visitez la mansarde,

Écartez ces lambeaux que la propreté farde,

Et palpez ce flanc creux par la Faim rétréci :

Riches, semez de l'or! la Famine est ici!

De ces pauvres honteux la Disette murée

N'a pas de la Misère endossé la livrée;

Vous ne les verrez pas, sur le bord du chemin,

Poursuivre la pitié de leur osseuse main;

Un reste de fierté les fait hocher la tête

Quand chacun de leurs doigts, étendus sous la quête,

Se crispait à l'envi pour étreindre un denier.....

La Charité ne peut les trouver qu'au grenier.

Fouillez donc les recoins de notre Babylone;

Soulagez, dans la nuit, ces lépreux de l'aumône

Que la honte et nos lois ont écartés de nous!

Attendre que leur Faim vous lèche les genoux,

C'est approcher du feu la blessure enflammée,

C'est provoquer les dents d'une bouche affamée!

Prenez garde qu'enfin les os de leurs talons

N'aillent trop tôt broyer le seuil de vos salons!

J.-F. Destigny.

Paris, 3 novembre 1838.

PARIS, IMPRIMERIE DE DECOURCHANT, RUE D'ERFURTH, 1.

LA DÉBAUCHE.

XLVIe SATIRE.

Mox juniores quærit adulteros
Inter mariti vina ; neque eligit
Cui donet impermissa raptim
Gaudia, luminibus remotis.

HORACE.

La Satire ne peut colorer sa peinture
    Sans compromettre ses pinceaux :
On ne produit les tons de certaine nature
    Qu'avec la fange des ruisseaux.

Cependant Némésis, en prenant la Débauche
    Pour sa pièce de chevalet,
N'ira pas, en l'honneur de sa hideuse ébauche,
    Saisir la pudeur au collet.

Femmes, j'ai revêtu ce colosse de boue
    D'un voile à demi transparent,
Lisez ; ne craignez pas que ma verve se joue
    A vous jeter dans le torrent.

Ce n'est pas en traçant d'impudiques images
    Qu'on flétrit l'impudicité;
Ma plume ne veut pas gonfler de ses outrages
    Les flancs de la publicité.

Mais l'infâme DÉBAUCHE élargit son domaine,
    Son vol devient audacieux;
Nos mœurs donnent patente à cette lèpre humaine
    Que la jeunesse porte aux cieux!

C'est un vaste ouragan qui rompt et couche à terre
    Les plus beaux cèdres de nos monts;
C'est un vent orageux qui brûle, sans tonnerre,
    L'âme sous l'écorce des fronts;

C'est le noir tourbillon dont les mille rafales
    Brisent nos corps sur les rochers;
C'est la peste qui met ses couleurs triomphales
    Jusqu'à la pointe des clochers.

Cette mer de bitume a su trouer ses digues;
    L'Univers nage dans ses flots!
Et le dernier pilote, épuisé de fatigues,
    Remet sa barre aux matelots.

Moraliste impuissant, à la vague effrénée
    J'oppose un ridicule effort,
Mais dussé-je rouler dans cette lave ignée,
    Je prends le porte-voix du bord.

Entre ces flots blanchis, voyez-vous la Sirène?
    Quels bonds légers! Quels chants joyeux!
L'émeraude se mêle à ses cheveux d'ébène;
    L'amour pétille dans ses yeux.

Son sourire agaçant trahit des dents d'albâtre;
    Ses bras, que caresse la mer,
S'abandonnent sous l'onde à quelque jeu folâtre,
    Ou sèment des perles dans l'air!

Ses reins si bien arqués d'où l'eau retombe en larmes,
    Ses frêles doigts bien arrondis,
Ses épaules de neige et les merveilleux charmes
    Que ses vingt ans ont rebondis;

Tous les trésors enfin de ce qu'on croit un ange,
    Les yeux, les traits et les accents,
Produisent dans notre être une secousse étrange,
    Qui nous galvanise les sens.

Mais sous le masque d'or bout une atroce haine,
    Qui ne s'enivre que de pleurs;
Dès que son poing nous tient garrottés dans sa chaîne,
    Ses couleuvres sortent des fleurs.

La DÉBAUCHE meurtrit de sa fangeuse étreinte
    Le corps qui tombe dans ses bras;
Et quand sur notre front elle a mis son empreinte,
    L'acier ne l'effacerait pas!

La Sirène bientôt se transforme en Harpie :
    Ce monstre naguère bénin
Siffle comme un serpent, et, de sa lèvre impie,
    Crache une averse de venin.

Il saisit sa victime et la traîne à plat ventre
    Dans la sentine des tripots,
L'enrôle pour le vice et la parque dans l'antre
    Que DELESSERT frappe d'impôts.

La DÉBAUCHE flétrit les lys dont la Nature
    Avait couronné son printemps,
Et la Police attache une infâme ceinture
    A la vierge de dix-sept ans !

Quand ce cachet d'opprobre a maculé sa vie,
    Ce corps que l'on trouvait si beau,
Souvent, dans le dégoût d'une meute assouvie,
    Se voit jeté comme un lambeau !

La pitié se marchande à ces spectres de femmes
    Lasses d'acquitter le tribut,
Et la Morgue s'emplit de ces restes infâmes,
    Que la Cité met au rebut.

Les membres gangrenés de la ville pourrie
    Passent du bouge à l'hôpital,
Et puis chacun d'eux vient, quand l'âge les carie,
    Tomber à ce dernier étal !

L'être qui s'est plongé dans l'ornière perfide
    Où se vautrent les passions,
Ne sent plus tressaillir, dans sa poitrine aride,
    Les fibres des émotions.

Son cœur, ossifié par des flammes charnelles,
    S'énerve en crapuleux désirs,
Et notre œil ne voit plus scintiller ses prunelles
    Sous le reflet de ses plaisirs.

De cet homme blasé, la brutale Débauche
    A fait un squelette mouvant ;
C'est un arbre à poison que la Justice fauche
    Et qu'elle enterre tout vivant.

Mais trop souvent aussi le bagne laisse aux rues
    De noires populations,
Qui, pour les échafauds enrôlant des recrues,
    Sont l'écume des nations.

Le contact dégradant de ces canaux d'orgie
    S'étend aussi prompt qu'un levain ;
Quand du poison la lèvre est à peine rougie,
    Déjà le cœur s'en fait un bain.

Des mille adolescents qu'appelle ici l'étude,
    La Débauche engloutit l'espoir,
Et souvent la mort naît d'une infâme habitude
    Et les moissonne avant le soir.

La dépravation étouffe le génie,
  Paralyse les facultés,
Fait de notre printemps une lente agonie,
  Et sème des calamités.

Que l'amour des arts lance un noble caractère
  Dans le tourbillon de Paris,
Le plaisir s'en empare, et bientôt la Misère
  Le jette en pâture au mépris.

Qui n'a pas rencontré ces enfants du scandale,
  Chassés du toit de leurs parents,
Et qu'une sale ivresse a couchés sur la dalle,
  Meurtris, demi-nus et mourants ?

Un père, grand seigneur de sa riche province,
  Les fit bercer par des laquais,
Mais le vice a rongé tout ce luxe de prince,
  La nuit ils dorment sur les quais.

Leurs jeunes corps, moulus par d'ignobles fatigues,
  Semblent des chênes rabougris ;
Leur souffle n'est qu'un râle, et le front des prodigues
  N'a pu garder ses cheveux gris.

De la DÉBAUCHE enfin l'irréparable outrage
  A plus dégradé leurs vingt ans,
Que la ride n'eût pu labourer leur visage,
  Plissé sous les ongles du Temps.

Voyez-vous ces bandits dont la cohorte hiverne
Dans les repaires du faubourg,
Ces forbans importés, vrais piliers de taverne,
Rois du quartier du Luxembourg?...

Ces libertins venus, quand la cloche scolaire
Tintait pour d'autres le travail;
Ces gens que dans Paris l'on solde ou l'on tolère
Comme un cynique épouvantail?...

Eh bien! vous les verrez dans les danses immondes
Lutter d'horreurs pour un bravo,
Dès qu'ils viendront s'offrir pour maillons à ces rondes
Qu'émeut l'orchestre du PRADO!

Ces hommes vermoulus par mille saturnales,
Fléaux que ramène l'hiver,
Vont se mêler demain aux folles bacchanales
Qu'enrégimente ici l'Enfer.

Ils jetteront au goufre où s'ébat la DÉBAUCHE,
Le prix de leurs inscriptions,
Et bientôt il faudra qu'un mouchard les embauche!...
Le crime a ses gradations.

Mais à peine engagé sur la pente rapide
Qui du vice mène aux forfaits,
Aucun d'eux ne pourra, sans serrer mors et bride,
Remonter les pas déjà faits.

L'opprobre qui les suit, comme un boulet infâme,
    Frappant sans cesse leurs talons,
Fera descendre alors ces cadavres sans âme
    Jusqu'aux plus sales échelons !...

Nous les verrons, tremblants, sous leur bure disjointe,
    Venir aux pieds d'un tribunal,
Pour avoir, aux passants, mendié sur la pointe
    Où Henri IV est à cheval.

Et, quand le poids de l'âge aura courbé leurs têtes,
    Entre les murs de nos prisons,
L'œil verra ces débris des mondaines tempêtes
    Rapprocher du feu leurs tisons.

Le temps n'amortit pas la flamme dévorante
    Que la DÉBAUCHE souffle au cœur :
Que le coffre ait vingt ans ou qu'il en ait quarante,
    Le cynisme reste vainqueur.

Le dirai-je ?... Ces corps qui glissent dans la tombe
    Affichent plus d'atrocités,
Que les enfants perdus qui se font l'hécatombe
    Des repaires que j'ai cités !

J.-F. Destigny.

Paris, 10 novembre 1838.

PARIS, IMPRIMERIE DE DECOURCHANT, RUE D'ERFURTH, 1.

LA PEINE DE MORT.

XLVII° SATIRE.

Quand la loi tue, elle n'inflige pas un
châtiment, elle commet un meurtre.
LAMENNAIS.

Que l'humanité soit prudemment asservie
Aux lois qui des États régissent le timon
Mais, sujets et tyrans pétris d'un seul limon,
Ne trouveront qu'en Dieu le maître de la vie.....
L'éternelOuvrier qui charpenta nos corps
Et nous fit, par l'esprit, les rois de la Nature,
Put-il jamais transmettre à la Magistrature
    Le droit d'en briser les ressorts ?

L'infaillible Sagesse eût livré son chef-d'œuvre
Au verdict assassin que prononce un jury!
L'homme serait tombé palpitant et flétri
Sous le poing meurtrier d'un barbare manœuvre,
Et cela de par Dieu!... Non, le droit carnassier
Ne hurle contre nous que d'atroces requêtes.....
Le Ciel n'ordonne pas qu'on abatte des têtes
    A coups de triangle d'acier !

L'homme, dénaturé par l'esprit de vengeance,
A seul pendu ce glaive aux bras de l'échafaud :
Son code frappe à mort quand la Foi dit qu'il faut
Déconcerter le crime à force d'indulgence.
Le supplice est-il donc un frein assez puissant
Pour enchaîner des flots ardents comme une lave ?
Quand le sang a coulé, qu'importe qu'on le lave
    Dans une lessive de sang !

Que fait cet autre meurtre ?... Il déchire la plaie
Que le premier ouvrit aux flancs du genre humain !...
Couper un second doigt, est-ce venger la main ?
Que rend au mort celui qu'on étend sur la claie ?
Rien ! Et l'Humanité, d'un coup inattendu,
Se voit deux fois atteinte ; et la tête qui tombe
N'a pas encor bondit dans le trou de sa tombe,
    Que le sacrifice est perdu.

La foule qui suivait la fatale charrette
Gronde comme une hyène au seuil d'un abattoir ;
Elle darde ses yeux affamés de tout voir
Sur ce cadavre chaud dont le souffle s'arrête !...
Quand a jailli le sang sur l'infamant tréteau,
Mille avides regards le boivent goutte à goutte !...
Et les cœurs, au choc sourd que toute oreille écoute,
    Restent plus froids que le couteau !!!

Au drame sanguinaire où la ville se rue,
Chacun porte aujourd'hui des entrailles de fer :
Quand la Victime sort, on croirait que l'Enfer
S'est donné, pour la voir, rendez-vous dans la rue.
Le sarcasme à la bouche et l'impudeur au front,
Roulent de toutes parts de longs torrents de femmes.
Elles vont au massacre... et ces meutes infâmes
   Disent qu'elles y reviendront !

L'horreur n'étanche pas la soif invétérée
Qui demande au bourreau des breuvages de sang ;
Elle attise le feu... Le peuple, en rugissant,
Cherche sur l'échafaud sa nouvelle curée !
De ce meurtre légal, offert en plein soleil,
Paris affiche en vain le redoutable exemple ;
Ce n'est qu'en souriant que la foule s'assemble
   Devant l'homicide appareil !

L'odieux piédestal dressé pour le supplice,
Les valets de la Mort et ses noirs tombereaux,
Ne disent rien de plus qu'un combat de taureaux
Dont les fêtes d'Espagne ensanglantent la lice.
Quand un atroce jus s'échappe à gros bouillons
Des artères du cou par le glaive hachées,
L'Humanité n'attend de ces rouges tranchées
   Rien qui ravive ses sillons.

De quel droit, Magistrats, plongez-vous dans la tombe
L'homme qui, dans le meurtre, osa tremper ses doigts ?...
Votre code l'ordonne ?... Et vous l'appliquez, froids,
Sans tressaillir au bruit du coutelas qui tombe !
Mais, qu'est-ce qu'un Bourreau ?..C'est l'instrument grossier
Prêt à briser le front que le Juge assassine.....
Vous êtes pourvoyeurs de cette guillotine
      Dont il n'est que le balancier !

De même que l'on voit des lames dévorées
Par les dents de la rouille et la lime des ans,
Tandis que les décors restent purs et luisants
Sur les riches contours de leurs gardes dorées ;
De même le mépris s'attache à ces licteurs
Que nos lois ont armés de la hache homicide,
Quand le sein, que soulève un si noir fratricide,
      En respecte les seuls auteurs.

Ces Juges vénérés dont la parole tue,
Sont les premiers Tristan d'un siècle trop maudit ;
Leur sanglant arrêt frappe aussitôt qu'il est dit ;
Samson n'a plus qu'à prendre une tête abattue.
Mais le dégoût qui naît de cet acte de sang
Retombe, tout entier, sur sa tête flétrie ;
Tout l'opprobre du meurtre atteint, et pilorie
      Celui qui l'achève en passant.

Le premier qui rompit l'existence d'un frère,
Vit-il trancher ses jours pour ce crime odieux ?
L'ÉTERNEL qui tonna de la voûte des Cieux,
Noya-t-il dans le sang le feu de sa colère ?
Non ; Caïn fut maudit : il traîna ses remords
Durant tout le trajet d'une éternelle vie.....
Le Grand-Juge n'eut pas l'impitoyable envie
    De voir Adam pleurer deux morts.

Le grand enseignement de cet arrêt sublime
Renverse pour jamais le hideux échafaud.
Ce n'est pas, Dieu l'a dit, une hache qu'il faut
Pour aller dans les cœurs déraciner le crime.
En coupant la gangrène, on ébrèche les seins.
Paralysez le poing qui brandit une épée ;
La place où le fer lance une tête coupée
    Devient fertile en assassins.

Le peuple qui frissonne en voyant le coupable
Prêt à fouler des pieds la planche du trépas,
Lui pardonne en secret, s'il ne révoque pas
Cet arrêt que l'acier va rendre irrévocable.
Tout crime disparaît devant ce tribunal
Où moutonnent les fronts d'une ville barbare,
Et, dès qu'un jet de sang a fumé sur la barre,
    S'élève un murmure infernal !

Le spectale fini, cette foule ondoyante
Constate le sujet de ses émotions,
Raconte les soupirs et les pulsations
Que ses yeux ont surpris, à cette heure effrayante
Où l'homme qui s'éteint tente un suprême effort;
Elle redit longtemps comment l'âme asservie
Entre, avant d'échapper des liens de la Vie,
    En lutte ouverte avec la Mort.

Mais le but que la Loi se proposait d'atteindre,
Le fruit de cet exemple est pour elle perdu;
La foule a regardé tant de sang répandu,
Sans que sa soif de meurtre ait promis de s'éteindre.
A force d'étaler ses ignobles tréteaux,
La cruauté du Code émousse les entrailles;
Et l'on voit, sans frémir, pleuvoir des funérailles
    Sous le tranchant de cette faux.

Le Crime, direz-vous, porte la tête altière,
Son atroce impudence agite les États.....
Il est temps que le juge, à de si noirs ébats,
Oppose de nos lois la sanglante barrière!...
Oui, l'époque est fangeuse et le monde pervers,
Mais nous les avons faits à notre folle image;
Nous devons éviter, en fuyant à la nage,
    Ces écumeurs de l'Univers.

Chassons de nos cités une affreuse vermine
Qui dérobe partout son pain de chaque jour ;
Séquestrons outre-mer, dans un lointain séjour,
Ceux qui du champ d'autrui se sont fait une mine ;
Proscrivons sans pitié ces agents du trépas
Qui courent, éperdus, dans leur sanglante arène ;
Arrachons de nos corps les membres en gangrène,
     Mais que le fer n'y touche pas !

Pouvons-nous rallumer l'étincelle de vie
Qui jaillit et s'éteint sous la main du bourreau ?
Non, quand l'acier fumant rentre dans son fourreau,
Rien ne peut rendre au sein l'existence ravie.
L'irréparable Meurtre a sitôt moissonné !
La Mort garde si bien les restes de sa proie,
Qu'un juge doit trembler lorsque son vote broie
     L'homme peut-être assassiné !

Notre Justice a trop de l'humaine faiblesse
Pour fulminer toujours d'infaillibles arrêts.
On répare plus tard une erreur d'intérêts,
Et le baume guérit ceux que la foudre blesse ;
Mais ici tout est grave : et l'on demande au Sort
Les lambeaux décousus d'une dernière enquête !
On dresse un tapis vert où l'on jette une tête !...
     Le fer juge en dernier ressort !

Mandataires, sommés d'accourir, en Décembre,

Labourer le domaine où germe le Budget,

N'exhumerez-vous plus ce terrible sujet

Soumis déjà deux fois au creuset de la Chambre ?

Attendrez-vous enfin que notre siècle, las

De réclamer vingt ans cette urgente réforme,

Aille, d'un pied d'airain, briser la plate-forme

    Où glisse l'affreux coutelas ?

Ces spectacles hideux ne sont plus de notre âge.

Si la peine de mort doit s'appliquer longtemps,

Que le bourreau du moins s'enferme à deux battants,

Et qu'il fasse à huis clos son exécrable ouvrage !

L'aspect de l'échafaud excite plus d'horreur

Qu'il ne peut éveiller de crainte salutaire ;

Le cœur conçoit, au bruit d'un corps qui roule à terre,

    Plus de dégoût que de terreur.

Désarmons l'arsenal de la Justice humaine

D'un instrument de mort qui révolte les sens ;

Sachons que l'HOMME-DIEU, depuis dix-huit cents ans,

A, sur le Mont-Calvaire, abrogé cette peine.

Sans jamais invoquer la corde ni l'acier,

Rendons au droit chemin le frère qui s'égare ;

Dussent nos ennemis paraître à notre barre,

    Brisons l'horrible balancier !

                        J.-F. Destigny.

Paris, 17 novembre 1838.

PARIS, IMPRIMERIE DE DECOURCHANT, RUE D'ERFURTH, 1.

MINUIT A PARIS.

ZZ ... SATIRE.

> Le bois le plus funeste et le moins fréquenté
> est auprès de Paris, un lieu de sûreté.
>   BOURSAC.

La Cité n'était plus qu'un fantôme dans l'ombre.
Le bronze des clochers, d'une voix rauque et sombre,
Sur le dos de Paris grondait ses douze glas ;
Et l'ASPHALTE-GUIBERT, tout luisant de verglas,
Sonnait, de loin en loin, sous la botte incertaine
Du piéton enroulé dans son manteau de laine ;
Mais la ville était morte : et ces mille fanaux
Qui vomissent le feu, comme autant de créneaux,
Marchandaient à la nuit leurs flammes vacillantes.....
Quelques fiacres étroits, tardives ATALANTES *,
Semblaient, de temps en temps, craquer sur leurs essieux :
Mais un rideau de plomb joignait la terre aux cieux.

* Nom de certaines voitures à quatre roues, traînées par un seul cheval.
Elles sont étroites, lentes et peu sûres.

48

La Lune, qu'échancrait l'ombre de l'hémisphère,
Voilait son front blafard et glissait sous la terre.
La Seine déchirait sur les piles du pont
Son torrent argileux, tournoyant et profond ;
Et les bateaux garés au flanc de chaque rive
Sentaient clapoter l'eau dans leur cale plaintive.
C'était un de ces soirs précurseurs de l'hiver :
Le Froid ridait la peau sous ses ongles de fer ;
Déjà le vent du nord engourdissait la joue ;
Le pied ne laissait plus d'empreinte sur la boue.
L'Automne, pour s'éteindre, avait encore un mois ;
Mais, les deux poings armés de ses gants de chamois ,
Les reins en paletot et l'oreille abritée,
Le Riche contre Dieu jurait comme un athée.
Quelle nuit ! disait-il ; et son coude, en chemin,
Heurtait un vieillard nu qui lui tendait la main !
Je sortais de ce temple, où la gent frénétique
Soutient, sur les tréteaux du Théâtre Nautique,
Un valet grand seigneur du nom de Ruy-Blas,
Et, tout en murmurant : — Je préfère Calas, —
Ma course m'emportait du coin des galeries
Qui prennent pour appui l'aile des Tuileries,
Jusqu'au trottoir fangeux qui réclame toujours,
A la porte du Roi, les pavés des Trois-Jours.
J'arpentais, en glissant, le ruban de bitume
Que mon pied martelait comme une vaste enclume,
Quand, au bout du liteau, mon regard s'abîma
Dans les flancs merveilleux de ce panorama :

— De ce point culminant, à midi, l'on découvre,

A gauche, les arceaux du gigantesque Louvre ;

Le Quai-Voltaire *à droite,* et l'Hôtel-Mazarin

Tout balafré des coups du Peuple souverain ;

En face, le vieux môle où trône, entre les ondes,

Ce Roi dont le refrain fit danser les Deux-Mondes ;

Derrière, le sommet du granit de Luxor,

L'asile des guerriers, coiffé d'un casque d'or,

La Chambre qu'on garnit de banquettes battues,

Le pont décapité de ses lourdes statues,

Et, pour clore ce cadre, à l'horizon lointain,

L'Arc triomphal debout devant un ciel d'étain ;

Mais, quand Minuit, toussant sa bourdonnante gamme,

S'élance du sommet des tours de Notre-Dame,

Et réveille en sursaut, à grands coups de battants,

Ces vieux timbres qui sont les organes du Temps,

Un spectacle plus grave enchaîne alors la vue.

Notre œil émerveillé de là passe en revue,

A la douce lueur de cent mille flambeaux,

Le plus rare des plans qu'enfantent les cerveaux.

Ce long cordon de feux qui brille dans l'espace,

Et jette ses reflets au grand fleuve qui passe ;

Le sombre encadrement de quais et de maisons

Dont le teint s'est bruni sous quatre cents saisons ;

Et ces greniers flottants que l'onde impraticable

Fait, dans le sein du port, craquer au bout du câble ;

Jusqu'à l'ombre des ponts qui tremble sur les eaux,

Tout de ce large optique anime les tableaux.

Mon esprit, ballotté de merveille en merveille,
Peut-être jusqu'au jour eût prolongé ma veille,
Si le bruit d'une lutte et des cris de douleur
N'avaient trahi pour moi l'attaque d'un voleur !
La victime tombait !... La patrouille accourue,
Arriva pour la voir expirer dans la rue !
— Mais elle avait saisi, là-bas, entre les ponts,
Deux êtres que nos lois traitent de vagabonds :
Gens sans toit et sans pain, coupables de misère,
Que l'on tranche du corps, comme un vivant ulcère :
Parias des cités, misérables lépreux,
Qui blessent de leurs maux le regard des heureux.....
Et la garde entraînait ce bétail sans pâture
Au fond du sale égout qu'on nomme PRÉFECTURE !
— On manda la Justice : elle arriva bientôt
Verbaliser à froid sur un cadavre chaud :
Ce meurtre fut inscrit au livre des enquêtes ;
L'infaillible Police accusa bien des têtes.....
Et, quand de ses rigueurs l'étalage est fini,
L'assassinat promet de rester impuni !
— Mais les deux mendiants, ramassés sur la dalle,
Vont prendre des leçons au foyer du scandale.
« Juges, frappez ces gens, a dit un Substitut,
» Ils ont dormi, couchés au seuil de l'Institut ! »
Et d'un arrêt leur front a ressenti l'atteinte.
—J'en ai frémi pour moi !...—Ce matin, dans l'enceinte,
Je n'ai pu d'un discours attendre jusqu'au bout :
L'éloquent SALVANDY m'a fait dormir debout.

Quand on flétrit, mon Dieu! du sceau de l'infamie
Le peuple qui s'endort devant l'Académie,
Que deviendrons-nous tous (c'est à faire trembler!...)
Si l'on ne défend pas aux savants de parler ?

— Que Minuit, me disais-je, est une funeste heure
Pour qui ne peut qu'à pied regagner sa demeure!...
La frayeur m'avait mis des ailes aux talons;
Car les feux, presque éteints aux lambris des salons,
Ne versaient plus sur moi qu'une clarté blafarde
Qui me disait partout: « Marche vite et prends garde! »
J'avais déjà couru la moitié du chemin,
Quand, au retour subit d'un époux inhumain,
Deux amants effrayés s'élancent dans la rue!...
A l'aspect des fuyards, mon épouvante accrue
Me jette, dans ma course, aux mains d'un hoqueton
Qui m'aplatit l'échine à grands coups de bâton!
La Police était là... — Je voulus m'y soustraire;
Mais elle appliqua tant et si bien l'arbitraire,
Que mes reins ont gardé traces de sa fureur!...
— Tout s'éclaircit : j'étais victime d'une erreur.

Moulu, mais libre enfin de rentrer dans mon gîte,
Je vois, presqu'à ma porte, un grand corps qui s'agite,
Et semble à ma frayeur un colosse mouvant;
C'était un scélérat grimpé sur un auvent!...

— Quarante pas plus loin, du fond d'un réduit sombre,
Une femme sortit... se glissa, comme une ombre,
A l'abri d'un poteau qui débordait le mur...
S'accroupit dans ce lieu qu'elle avait jugé sûr...
Et, sans que la pitié vînt mouiller sa paupière,
Brisa son frêle enfant sur l'angle d'une pierre!!!...
Une indicible horreur engloutit ma raison;
J'avais déjà franchi le seuil de ma maison,
Que ma poitrine en feu saccadait mon haleine.....
Un mur de quatre pieds me rassurait à peine.

Le silence de mort qui plane sur Paris,
Ses fleuves de passants à cette heure taris,
Le bourdonnement creux de cette ruche immense,
Où, dans l'oubli de tout, le seul bonheur commence,
Les vapeurs de la nuit, les émanations
De neuf cent mille corps de toutes nations,
L'assemblage confus d'esprit et de matière
Qui peuple et compromet la ville tout entière,
Tout dans ce vaste bouge inocule l'effroi.
Du Palais-Cardinal, ce domaine du Roi,
S'élance jusqu'aux cieux un mirage blanchâtre
Qui prête à ses toits gris une teinte d'albâtre.
C'est le gaz enflammé dont les mille sillons
Font pleuvoir dans la nuit d'innombrables rayons.
Son reflet m'épouvante, et ma tête alourdie
Cherche dans sa lueur des flammes d'incendie!

Cependant le Sommeil pose un doigt sur mes yeux ;
De son ivresse alors les flots délicieux
Inondent mon chevet et transportent mon âme.
J'effeuillais un beau rêve... — Un cri perçant de femme
Fait vibrer ma fenêtre et m'arrache du lit !
Au carrefour voisin, théâtre du conflit,
La foule, en s'éveillant, court à demi vêtue.....
C'était une Phryné qu'un rustre avait battue.
— Je m'enferme transi... La fatigue m'endort ;
Et d'affreux cauchemars d'attentats et de mort
Assaillent jusqu'au jour ma couche délabrée.
Tout un bagne traînant sa sinistre livrée
Défile dans ma chambre en secouant ses fers ;
C'était un bruit pareil au sabbat des Enfers.....
Le frisson de la peur me tordait les entrailles !
Cette apparition, qui sortait des murailles,
Passait, comme un torrent, à travers mes carreaux.
Les bras de ces bandits, armés de longs barreaux,
Sous de puissants efforts faisaient sauter le pêne
Qui cadenasse l'huis de mon coffre de chêne !...
Ils en tirent des vers, pauvres enfants mort-nés
Que ma Muse marâtre avait abandonnés ;
En disséquent les mots, l'hémistiche, la rime,
Et, les pressurant tous pour en extraire un crime,
Semblent épanouis d'un sourire infernal,
En mettant leur vengeance aux mains d'un tribunal !...
J'attendais mon arrêt... — Ma fille me réveille,
Et son baiser réclame un don promis la veille.

— Le Cerbère édenté qui tire mon cordon
Approche, à pas sournois, d'un humble guéridon,
Vrai bazar suspendu d'objets de contrebande,
Y pose trois journaux dépouillés de leur bande,
Et me dit, le matois : « Quel effroyable bruit
» La Vestale du coin a fait *après* Minuit !
» En vous couchant, Monsieur, vous avez dû l'entendre ? »
— Sa phrase portait juste ; et, sans le faire attendre,
Je lui fis, en riant, ma réponse en gros sous ;
Quand j'ouvris mes cinq doigts, sa main était dessous.

Il sort ; et mon regard, dans les feuilles publiques,
Saisit un mot — *MINUIT* — en lettres italiques,
Sur le front de la page aux grands événements.
J'y lus, sans marauder dans les Départements,
— Sept meurtres consommés, plus une tentative
Qu'avait su prévenir la **Surveillance** active ;
— Quinze vols avec bris ; — Viols à l'Opéra ;
— Roulette clandestine ; — Complot, et *cætera !*
Le crime avait partout affiché l'infamie.
Son bras fauche à tâtons, comme une épidémie,
Tout ce que notre ville a d'illustre et de fort !
Les journaux ne sont plus que des bulletins de mort.
Les attaques de nuit contre biens et personnes,
Depuis plus de trois mois, remplissent leurs colonnes ;
Et Paris deviendra, peut-être en plein midi,
Plus funeste aux passants que le bois de Bondi !

                                        J.-F. Destigny.

Paris, 2i novembre 1838.

PARIS, IMPRIMERIE DE DECOURCHANT, RUE D'ERFURTH, 1.

LES MENDIANTS.

XLIXe SATIRE.

> Que l'orphelin trouve en vous un père, la veuve
> et le vieillard un appui, l'étranger un hôte secou-
> rable; soyez l'œil de l'aveugle et le pied du boiteux.
> LAMENNAIS.

Au Prince de Monaco *.

Dès que tu mets ta gloire à soulager des peines,
Que m'importe le sang qui coule dans tes veines ?
PRINCE ! ton plus beau titre est le titre d'HUMAIN.
Tu passes dans nos rangs le bienfait à la main :
Tu vois le paupérisme étaler son ulcère,
Et ta charité prend pitié de sa misère.
Le monde tout entier restait froid devant eux ;
Tu surviens, et ton cœur à ces blessés honteux
Verse des baumes d'or le seul qui cicatrise.....
Noble Samaritain, ta vertu m'électrise !

* Les villes de Thorigny et de Saint-Lô doivent au Prince de Monaco la
fondation d'un comité pour l'extinction de la mendicité par les colonies
agricoles.

Je ne descendrai pas dans ces flots de valets

Qui prônent ta fortune au seuil de tes palais;

Ma Muse n'aurait là qu'un chant rauque et barbare.

Celle qui tord les rois qu'elle assigne à sa barre

Couvrirait l'*hosanna* de ses cris discordants;

Le bruit des moindres Cours lui fait grincer les dents...

Mais, puisque des grandeurs tu désertes le faîte;

Puisque, dépouillant l'or qui te ceignait la tête,

On te voit du progrès le disciple assidu,

Je te rends dans ces vers l'hommage qui t'est dû.

Gloire à toi, rédempteur de nos tribus errantes!

Je t'ai vu convertir nos aumônes en rentes,

Déblayer de sa fange un peuple d'artisans,

Et laver en deux jours des malheurs de quinze ans!

Je t'ai vu raviver au tronc de la patrie

Un rameau déjà sec, une branche flétrie!

C'était chercher l'abeille entre mille frelons,

Saisir l'Humanité sur ses bas échelons,

Et l'attirer aux cieux par un effort immense!

Ton œuvre porte fruit; ton triomphe commence;

PRINCE, enorgueillis-toi!... — Peut-être verras-tu

L'Égoïsme jaloux enrayer ta vertu?

Peut-être la routine, enfantant des obstacles,

Viendra-t-elle à ta foi demander des miracles

Avant de propager ton plan réformateur?

Il n'est projet si beau qui n'ait son détracteur.

Mais persévère et marche, à grands pas, dans l'arène!

La Charité peut tout quand elle parle en reine.

— Vois-tu ces mille gueux, armés de leurs haillons?...
Ce sont de vrais Truands, venus par bataillons
Des repaires creusés dans les monts de Savoie.
Ce n'est plus aujourd'hui la Faim qui les envoie,
Leur guenon sur le bras et les pieds tout en sang,
Tirer le *petit sou* des poches du passant;
L'indolence native a sur eux tant d'empire,
Que de leurs jarrets mous la paresse transpire;
C'est la soif de l'argent qui meut ces corps trapus
Que notre aumône engraisse et n'a jamais repus.
Ces goîtres sociaux que la Charité gorge,
Prennent, quand vient l'hiver, nos villes à la gorge.
Le vieux Paris alors encombre ses taudis;
Le Monceau-Saint-Gervais se peuple de bandits;
Cent orgues nasillards, servis par des recrues,
Courent, en grommelant, sur le pavé des rues.
D'agiles sapajous s'élancent du trottoir
Jusqu'au canal de zinc où le toit vient s'asseoir;
Et, les yeux aux balcons de la ville assourdie,
Du geste et de la voix le Savoyard mendie.
— Les filles de l'Alsace, en jupons étriqués,
Assiégent les abords des passages musqués
Où, par toutes saisons, la grande foule ondoie.
Leur bure primitive, aux *peluches* de soie,
Revient obstinément disputer le chemin.
Leur mendicité porte un prétexte à la main;
C'est l'éternel moyen de gueuser en cachette
L'inutile balai que jamais on n'achète.

Avec ce talisman, les vagabonds absous
Peuvent, au nom du Roi, faire la guerre aux sous ;
Que voulez-vous enfin qu'un magistrat leur dise ?
N'ont-ils pas sous le bras un lot de marchandise ?...
— Plus loin, c'est une femme entre ses huit marmots
Qui, nus et vagissants, paraissent tous jumeaux ;
Créatures d'emprunt, *locatis* de misère
Que la Faim a chassés des forêts de l'Isère,
Et qui, tombant aux mains de ce grippe-deniers,
Deviennent, à Paris, les rats de nos greniers.
Couchés sur des lambeaux d'un tissu d'emballage,
Ils font de leur huit corps le hideux étalage,
Tendent leurs doigts crispés en forme d'hameçons,
Et nasillent sans fin de barbares chansons.
Cette grappe d'enfants, perfidement grossie,
Ces crétins transplantés qu'une mère associe,
Prélèvent leur tribut sur l'aveugle pitié.
L'indolence et le vol, trop souvent de moitié,
Violentent l'aumône, exploitent son domaine,
Et se font un manteau de la misère humaine.
— D'où vient l'homme-tronçon que traîne, à petits pas,
Un cheval mal assis sur ses pieds de compas ?
Dans le chenil roulant qui toujours le transporte,
Ce mendiant connu s'arrête à chaque porte,
Et l'Agent qui le voit le traite en compagnon ;
Son orgue est cependant muet sous son moignon.
Il gueuse sans chercher à sauver l'apparence.....
Combien a-t-il payé pareille tolérance ?

Devrait-on jamais voir des êtres mutilés
Aux regards du passant en plein jour étalés?...
Quand on arrache ainsi l'appareil de la plaie,
Ce spectacle hideux n'émeut pas, il effraie.
L'Humanité, qui voit ses blessures à nu,
S'exaspère d'un mal jusqu'alors inconnu.
L'affreuse vérité la tiraille et la froisse;
Le miroir de ses maux réveille son angoisse,
Et, quand l'épreuve a mis son égoïsme à bout,
Le cœur n'est soulevé que par un froid dégoût.
— Je ne poursuivrais pas d'une implacable haine
L'aveugle qu'un barbet dirige avec sa chaîne
A travers les dangers d'un vaste tourbillon;
Je laisserais pleuvoir le modeste billon
Dans le feutre écorné qui provoque l'aumône.
Ce reproche vivant des conseillers du trône,
Ce fidèle Médor, que l'on voit, assidu,
Remplacer le flambeau que son maître a perdu,
Deviendrait pour la Cour un salutaire exemple.
Mais je consignerais à la porte du temple
Ces fainéants choisis qui vont dans le Saint-Lieu
Mendier, en cafards, les oboles de Dieu;
Les porte-goupillon, fanatiques Cerbères
Que les Cieux ont armés de langues de vipères,
Tous ces cagots enfin dont la dévotion
Voit chaque jour grossir la population,
Gens dûment patentés de chaque sacristie
Pour le délit flagrant que le Code châtie.

Leur prière et leur chant, semblants de piété,
Pipent, à leur profit, l'or de la charité,
Tandis qu'un mal poignant qui se cache ou se farde
Moissonne sa victime au fond d'une mansarde !
L'obole qui, pour eux, vous glisse de la main,
Comme le grain semé sur le bord du chemin,
Sans produire plus tard des fruits de sa nature,
Devient de ces oiseaux la facile pâture;
Et l'indigence probe attend jusqu'au trépas
L'aumône que sa faim ne sollicite pas !
Dévots, le cœur qui donne a besoin de prudence;
Choisissez donc un champ plus propre à la semence.
— Quant à ces vagabonds, Gilles et bateleurs,
Ces paillasses d'égout, ces nomades jongleurs
Qui, sur un pan de toile étendu sur la dalle,
Traduisent aux badauds des scènes de scandale,
Je voudrais les fouetter de mes verges de fers.
Limon de nos prisons, écume de l'Enfer,
Cette caste sans âme est l'opprobre du monde.
Ils se font les suppôts d'une crapule immonde,
Colportent le cynisme, affichent l'impudeur,
Et montrent pour le crime une effrayante ardeur.
La loi devrait demain, sortant de l'incurie,
Parquer ces mendiants au fond de l'Algérie,
Les passer au creuset des plus rudes travaux,
Et, par des liens forts et sans cesse nouveaux,
Paralyser enfin le mal qui se propage.
Mais, non; sourdes aux vers dont se noircit ma page,

Les mille ambitions qui pleuvent chaque jour
Dressent, de leur côté, des tréteaux à la Cour!
— Parmi ces baladins encroûtés dans le vice,
Notre pitié pardonne à l'enfance novice
Que la Faim seule a pu briser à ce métier.
La main qui vous a mis dans l'infernal sentier,
Trop malheureux Enfants, devrait être tordue!
Voyez ces frêles corps dont la bande perdue
Contraint les mouvements et tiraille les chairs.
Sur un câble roidi, balancés dans les airs,
Ces esclaves un jour, pour des maîtres infâmes,
Feront pleuvoir des sous de la bourse des femmes.
La sensibilité, morte dans tous les seins,
Se réveille propice à de pareils desseins;
L'argent tombe à qui met le pied dans la sentine;
Où la vertu languit, l'impudence butine.
— Mais d'autres paresseux encombrent nos cités.
Là-bas, c'est le meneur de deux ours édentés
Qui les gronde en patois, tambourine et mendie;
Le Piémontais portant sa marmotte engourdie;
Plus loin, ce vieux flâneur, au ton brusque et hargneux,
Qui nourrit sur sa cage un pauvre aigle teigneux
Avec de noirs débris et des lambeaux d'entrailles:
Et là, frileux et nu, ce ratisse-murailles,
L'indolent ramoneur dont le bistre gluant
A fait un diablotin sous l'habit d'un truand.....
Eh! que sais-je, mon Dieu! des gens de toute forme
Ici sous des haillons, et là sous l'uniforme.

— Enfin, quand, au Café, ce rendez-vous du soir,
On dispute à la foule un siége pour s'asseoir,
Des orchestres bâtards et des voix sans pareilles
Nous vont en glapissant déchirer les oreilles ;
Et la Mendicité fait tinter son billon
Tandis qu'un *Maëstro* gratte le *Postillon*
Sur le gril discordant de sa harpe enrhumée,
Ou balance son doigt chargé d'un faux camée
Sur le bois d'un archet qui rugit un *solo*.....
L'un tâte l'instrument, l'autre chante *allégro*,
C'est un fracas de sons enivrant d'harmonie
Comme les cris aigus de chats à l'agonie ;
Mais le prétexte sert nos chevaliers errants ;
Le sabbat fait tomber l'aumône par torrents.

Prince de Monaco, je dois enfin me taire.
Ces vers t'ont crayonné le bien qui reste à faire ;
Poursuis ta noble tâche, et qu'un sublime effort
Jette, malgré les vents, ta barque dans le port.
La France tient ses yeux fixés sur le rivage,
Et si, maître demain des flots et de l'orage,
Tu guides le progrès dans ce vaste sillon,
L'Univers dansera devant ton pavillon !

J.-F. Destigny.

Paris, 1er décembre 1838.

PARIS, IMPRIMERIE DE DECOURCHANT, RUE D'ERFURTH, 1.

RUY-BLAS.

L. SATIRE.

Et patati, et patata.
Il a mis de tout dans ce discours-là.
BÉRANGER.

L'Ennui m'avait, du lieu que j'habite outre-Seine,
Poursuivi jusqu'au temple où RUY-BLAS entre en scène,
Et, mes cinq francs jetés à l'ogre du bureau,
J'avais pris, à l'orchestre, un coin sans numéro,
D'où mon regard de feu rayonnait dans la salle.
Crédule que j'étais!... La Muse provençale *
Avait crié miracle, et ce cri tout-puissant
Révélait au critique un terrain si glissant!...
Un chef-d'œuvre, à l'entendre, ombrageait de ses ailes
Ce magique berceau de nos gloires nouvelles,
Et j'avais, moi poëte, à ces chants donné foi.....
J'avais cru que VICTOR devait trancher du roi !

* L'épitre prononcée lors de l'inauguration du Théâtre de la Renaissance,
est de M. MÉRY, poëte marseillais.

50

Tu m'avais bien trompé, malencontreuse épître !

L'œuvre du grand Hugo, jusqu'au dernier chapitre,

Est contre la raison le plus noir guet-apens.

Son rhythme est saccadé, ses phrases en suspens

Dénaturent l'esprit de sa verve féconde.

Aigle dont l'envergure eût embrassé le monde,

Il trotte, l'aile basse et les pieds de travers.....

Son drame est un pathos enguenillé de vers.

— Mais, avant de fronder, épluchons la matière.

J'ai vu, dans sa splendeur, la pièce tout entière ;

Car, si Paris ne peut l'entendre jusqu'au bout,

C'est qu'il ne prend pas soin de l'écouter debout.

On s'endort, malgré soi, quand on est trop à l'aise ;

Et Ruy-Blas ne voudrait ni banquette ni chaise.

— Au premier acte, un fou, naguère courtisan,

Chef d'Alcades banni, Salluste de Bazan,

Comme un tigre fouetté s'élance dans l'arène.

Ce furieux prétend se venger d'une reine

Qui tourna contre lui ses féminins caquets,

Et le monstre lui fait un amant d'un laquais !

Le cousin de Salluste, un vaurien, grand d'Espagne,

L'opprobre de Madrid, l'effroi de la campagne,

Don César devenu le roi des spadassins,

Portait un nom propice à de *sombres* desseins ;

L'intrigue s'en empare, et Don Salluste envoie

Ce noble souteneur de la fille de joie

Par le port Dénia sur la mer faire un tour,

Tandis qu'un faux César le remplace à la Cour.

Le merveilleux début !... Il promet à la scène
Un drame débraillé, parlant sa langue obscène,
Un noir tissu d'horreurs, éclatante *orgia*
Qu'attendait pour pendant Lucrèce Borgia !
Tes reines, grand Hugo, sont des êtres infâmes
A nous faire douter de la vertu des femmes !
Dans quels bouges prends-tu ces types de Phrynés
Que tes œuvres nous ont obstinément donnés,
A titre de croquis décalqués sur nature ?...
Va ! tu n'as fait des mœurs que la caricature.
— Quand la toile remonte aux cintres-Ventadour,
Le cœur de Maria se déchire au grand jour.
Cette reine allemande, épouse que tracasse
L'attente d'un époux retenu par la chasse,
La royale étiquette en vigueur au palais,
Et la Camerera qui ferme ses volets
Lorsque son œil suivait, là-bas, dans les bruyères,
Un joyeux concerto de jeunes lavandières ;
Cette ardente princesse, étreinte dans sa Cour,
Comme le frêle oiseau que démembre un vautour,
S'abandonne aux transports d'une flamme inconnue.
Mais fallait-il, Hugo, l'exposer ainsi nue,
Dans toute sa faiblesse, à d'insolents regards ?
Fallait-il donc flétrir, sans pudeur, sans égards,
Et comme pour choyer des vices près d'éclore,
Ce clinquant virginal que l'on respecte encore ?
Anathème sur toi ! car, malheureux, tes mains
Creusent pour nos neveux d'effroyables chemins !

— Le troisième acte apporte un assemblage étrange
De sublime et d'abject, de perles et de fange.
Un parvenu, RUY-BLAS, en touchant au sommet
Où, grâce à quelques fleurs, la princesse le met,
Révèle, par instinct, sa vertu populaire.
J'admire ce ministre empourpré de colère,
Et foudroyant si bien du geste et de la voix
Ces déprédateurs-nés des peuples et des rois,
Ce conseil de vautours assis sur un cadavre.....
La vengeance fermente, et notre cœur se navre
Aux magiques éclairs de ces mots hasardeux
Qui vengent dignement l'Espagne et Charles-Deux.....
Ce valet grand seigneur, démasquant leur doctrine,
A sonné le tocsin au fond de ma poitrine !
J'ai bondi sur ma stalle, et mon œil irrité
Trouvait dans ce miroir tant de réalité !
C'est bien des courtisans l'effrayante copie :
La pourpre, sous leurs doigts, se transforme en charpie;
Quand les os d'un budget leur craquent sous les dents,
Ils couvent déjà l'autre avec des yeux ardents.
L'auteur, dans le tableau de cette bande avide
Dont chaque loup gorgé craint de mâcher à vide,
Semble reprendre enfin ses ailes de condor. .
L'Homme se transfigure, et de son Mont-Tabor,
Sur l'intrigue à genoux, fulmine ses oracles.
Son RUY-BLAS est le peuple enfantant des miracles,
Arrachant la victoire, et, dès son lendemain,
A des fers mieux soudés tendant sa large main.

Dès que la brèche est faite, on voit cette grande âme
S'aplatir au seul nom d'une puissance infâme,
D'un Salluste, d'un maître affublé de galons,
Qui la veut désormais broyer sous ses talons.....
C'est contre les tyrans tout un réquisitoire :
C'est un large feuillet détaché de l'Histoire !
Mais pourquoi ce chaton, riche de tant de feux,
Enterré dans le strass, inquiet et honteux
De voir miroiter là le foyer qu'il recèle ?
Une indigne vapeur étouffe l'étincelle
Que l'on me disait vive à te jaillir du front.
Ta Muse prend de tout, du vice et de l'affront,
Le greffe à du sublime et s'en charpente une œuvre !
Ton vers tient à la fois du maître et du manœuvre.
Ton drame est un colosse à peine dégrossi ;
Ton intrigue, un fatras qu'un poëte transi
Rougirait d'avouer aux genoux d'une femme ;
Et toi, drapeau d'école, auteur de *Notre-Dame !*
Tu l'offres, sans rougir, paraphé de ton nom !...
Si mes yeux n'avaient vu, j'aurais juré que non.
— Dans l'acte quatrième, un sale caractère
Que le théâtre eût dû laisser pourrir à terre,
Tombe, en fuyant le guet, de la cime des toits.....
C'est le vrai Don César qui débite en patois
Ses bons mots de truand, des quolibets de rue,
Dont le fond est stupide et la forme incongrue.
Jamais on n'entendit valet audacieux
Cracher autant de bave à la voûte des Cieux !

L'argot des carrefours, l'impudeur en guenilles,
Et la lubricité des hideuses chenilles
Qu'un vil commerce change en vers luisants le soir,
Le flegme révoltant du garçon d'abattoir,
L'insolente fierté des castes parvenues,
Tout se lit dans César précipité des nues,
Paresse, luxe, orgueil, vice, appétits brutaux :
C'est le représentant des péchés capitaux.
Préconise l'opprobre, étale sur la scène
Tout ce que nos cités ont de bas et d'obscène ;
Fais de la Renaissance un moyen d'avilir !
S'il te restait encor des palmes à cueillir,
Cette immoralité complète ta couronne.
Contre des vents aigus ton passé te plastronne ;
Va ! persévère, Hugo ! le sceptre t'appartient.
C'est un bois qui verdit dans la main qui le tient,
Quand on réduit le peuple à l'état de pygmée.
Quel parterre d'ailleurs ferait tête à l'armée
Que ta prudence étend de l'orchestre au plafond ?
Tes claqueurs, tout acquis à la gloire qu'ils font,
Enchaînent la critique et dressent ta statue.....
Que le sage proteste, un forcené le tue.
Marche donc, à grands pas, dans ton sentier fangeux,
Ne crains plus aujourd'hui qu'un public orageux
Poursuive de sifflets tes actes de folie.
Si l'on regrette un vin qui se mêle à la lie,
D'autres vins mûriront aux pampres des coteaux ;
Laissons rasseoir celui qui bout sur ses tréteaux.

— Le dernier acte enfin, ce foyer de tempêtes,
Où deux forces luttant font éclater deux têtes,
Rachète les travers de ses frères aînés.
Au nom de la princesse, ennemis effrénés,
Don Salluste et Ruy-Blas s'étreignent de leurs serres.
Tels on voit sur les flots deux barbares corsaires
Se jeter le grappin, s'envelopper des yeux,
Et, prenant pour témoins l'Atlantique et les Cieux,
Consommer dans le gouffre un duel effroyable ;
Tel, et plus acharné, ce couple impitoyable
Se débat, en hurlant, sous la faux de la Mort !
Salluste enfin succombe, et l'instrument du Sort,
L'infortuné laquais, aux genoux de sa reine,
De son corps palpitant mesure aussi l'arène !
Ici le drame est large ; il bouillonne partout.
Dans Ruy-Blas expirant, dans Maria debout,
Dans le cadavre chaud de l'infâme Salluste,
L'action marche droit et l'acier frappe juste.
Du poëte effronté le but est presque atteint.
La foule, en s'écoulant, de l'artifice éteint
Ne compte déjà plus les banales fusées ;
Le Critique étourdi voit ses verges brisées
Par les bombes que lance un bouquet radieux ;
Et, sans obstacle, Hugo s'assied au rang des dieux :
Son public est si las quand sa pièce est finie !
L'Intrigue qui se fait compagnon du Génie,
Patronise trois jours son chef-d'œuvre bâtard,
Et, quand l'Ennui proteste, il est déjà trop tard.

— L'Oracle avait prédit qu'au nouveau Capitole
Passerait désormais un merveilleux Pactole
D'admirateurs choisis et d'argent en lingots; —
Les claqueurs du Marais s'y rendent en sabots;
Le caissier d'ANTÉNOR est fatigué d'attendre;
Tous ses coffres sont pleins... de billets à revendre,
Et, chaque soir, la salle est un vaste désert!
Bien que l'Art, à Paris, n'ait de longtemps offert
Aux yeux émerveillés un plus magique ensemble,
Quelques rares dévots grelottent dans ce temple,
Et, si des étrangers y hasardent leurs pas,
Ne les y cherchez plus, ils n'y reviendront pas!
Ces drames ébauchés qu'on leur jette en pâture
Sont, vous le savez trop, d'indigeste nature;
Ce mets grossier délabre un cerveau languissant;
L'esprit de Poquelin est plus appétissant,
Et, quoiqu'on l'ait dit vieux, le bon goût le préfère.
Sans rester accroupis dans une étroite sphère,
Nous devons, éclairés des flambeaux d'autrefois,
Admirer l'Art partout et respecter ses lois.
Que l'Esprit, dégagé de son écorce humaine,
Élargisse du Beau le classique domaine;
Le cèdre du Liban s'étiole en prison.....
Mais que votre Progrès marche avec la Raison!

J.-F. Destigny.

Paris, 8 décembre 1838.

PARIS, IMPRIMERIE DE DECOURCHANT, RUE D'ERFURTH, 1.

HÉGÉSIPPE MOREAU.

LIᵉ SATIRE.

Pauvre Gilbert, que tu devais souffrir !

Hégésippe MOREAU.

L'impitoyable Mort, qui de sa faux tranchante
    Abat le juste et le pervers,
A soufflé d'un front pur l'auréole naissante.....
    Elle a frappé le Dieu des vers!

La barbare savait qu'une gloire infinie
    Devait l'asseoir sur notre autel,
Et sa rage voulut faucher ce grand génie
    Avant qu'il ne fût immortel!

HÉGÉSIPPE MOREAU n'est plus qu'un peu de cendre,
    Mais le poëte est radieux;
Tandis que dans la fosse on voyait l'un descendre,
    L'autre déjà brillait aux Cieux!

L'esprit a déchiré l'enveloppe grossière
    Qui l'enchaînait aux flancs du sol ;
Et l'ange a d'ici-bas secoué la poussière,
    Et pris vers Dieu son dernier vol !...

Paris pleure aujourd'hui l'astre de poésie
    Que vient d'éclipser le Trépas.....
Inutiles regrets ! larmes d'hypocrisie !
    Vivant, il ne l'honorait pas !

Tu reconnus, avare, à son premier coup d'aile,
    Cet aigle qu'a rongé la Faim,
Et tu l'as pu laisser, toi, la Cité modèle,
    Mourir faute d'un peu de pain !

A côté des rimeurs que ton luxe environne
    D'un étalage oriental,
Un fleuron, le plus beau qu'eût jamais ta couronne,
    Gît dans le coin d'un hôpital !

Tandis que, pour son drame, un faiseur se burine
    Et bat sa gloire au balancier,
Le corps qui fut MOREAU tend sa froide poitrine
    Aux mille outrages de l'acier !

Quand un stupide orgueil affiche en plein théâtre
    Son titre à l'immortalité,
Le mérite l'attend dans un amphithéâtre,
    Aux portes de la Charité !

Mais l'âme que le Ciel nous a sitôt ravie
    Trouve des palmes dans ce lieu ;
L'admiration voit dans cette courte vie
    Tout GILBERT mort à l'Hôtel-Dieu !

Ce triomphe posthume électrise nos frères,
    Il engourdit notre douleur ;
Son exemple du moins allége nos misères ;
    C'est la vengeance du malheur.

La foule qui suivait, nombreuse et désolée,
    La marche du noir tombereau,
Valait seule, pour l'Ombre, un riche mausolée ;
    Elle était digne de MOREAU.

Là, point de courtisans aux figures livides,
    Charlatanisme de palais ;
Point de crêpes menteurs, point de carrosses vides,
    Ni survivanciers, ni valets.

Mais des fronts nuageux, des pleurs de sympathie,
    De longs sanglots et du vrai deuil,
Le chagrin d'une mort profondément sentie,
    La religion du cercueil.

Voilà ce qu'a trouvé jusqu'au bord de sa tombe
    Le plus sublime des talents.....
Cherchez pareil convoi si dans sa *Villa* tombe
    L'un des poëtes opulents !

Il traîna vingt-huit ans le poids de l'existence,
          Sans rencontrer sur son chemin
Un riche qui comprît cette fière indigence
          Et lui daignât tendre la main.

Aujourd'hui que la Mort fane sa belle tête,
          Son glas réveille l'amitié ;
Chacun veut prendre part à sa lugubre fête ;
          Paris étale sa pitié.

Mais, que sur le grabat d'où son âme s'envole,
          Ce pauve enfant a dû souffrir !
Qu'il sut bien ce que vaut la tristesse frivole
          De frères qui l'ont vu mourir !

Vierges des hôpitaux, anges de ce bas monde,
          Vous seules, admirables Sœurs,
Avez bien mesuré sa misère profonde,
          Car vous essuyâtes ses pleurs !

Vous avez soutenu de vos mains tutélaires
          Le plus grand homme de nos jours.....
Celui qui n'eut jamais que des chants populaires,
          De vous seules obtint secours !

Que Dieu vous récompense, ô charitables femmes,
          Des maux que vous avez soufferts !
Et tombe l'égoïste à d'éternelles flammes ;
          Dût-on inventer des Enfers !

Jadis du Rédempteur, Joseph d'Arimathie
    Vint recueillir les restes morts ;
Hégésippe a trouvé pareille sympathie,
    Gannal vient d'embaumer son corps.

Ce généreux savant, averti de son heure,
    A dit : — Il ne périra pas ;
A moi, science! à moi ! puisque Dieu veut qu'il meure,
    Ses traits survivront au Trépas !

Grâce à lui, le poëte, entre ses quatre dalles,
    Attend le monument promis,
Non pas de ces caveaux aux formes colossales, —
    Une colonne et des amis.

Les temps épargneront ces illustres dépouilles
    Qui dorment au champ des tombeaux,
Et nul ne pourra craindre, en faisant là ses fouilles,
    De n'y trouver que des lambeaux.

Rien en lui n'est changé ; mais notre cœur se navre
    Quand nous plongeons dans l'avenir ;
Ce corps tout parfumé n'est plus qu'un beau cadavre,
    Un froid sarcasme, un souvenir !

Le Monde l'a broyé sous son indifférence,
    Comme la meule fait le grain ;
Et ce pauvre, aujourd'hui que finit sa souffrance,
    Ne veut qu'un mètre de terrain.

Quand nous avons trouvé gisant sur une pierre
 Tes restes nus, pauvre MOREAU!
Ton œil encor puissant, sous ta froide paupière,
 Semblait foudroyer ton bourreau.

Oui, le siècle à tes pieds eût imploré sa grâce ;
 Lui qui n'a que froideur pour nous ;
A l'aspect imposant de ta sublime face,
 On l'eût vu tomber à genoux !

Ton regard disait là ta sublime pensée ;
 Sur ton cadavre découvert,
Notre douleur a lu ta misère passée
 Comme dans un registre ouvert.

Que la Faim a souvent dévoré tes entrailles !
 Partout son ravage est écrit !
Elle a fait sur le corps de profondes entailles,
 Mais elle a respecté l'esprit.

Ton large front pesait sur ta frêle charpente ;
 Il en absorbait la vigueur ;
Et, quand la Charité voulut t'ouvrir sa tente,
 Tu n'avais plus que tête et cœur.

Repose en paix, MOREAU! tu nous laisses des pages
 Durables comme l'Univers !
L'Institut ne vaut pas, avec ses mille ouvrages,
 Un hémistiche de tes vers.

Arrière, larmoyeurs! Hypocrites, arrière!
  Vos larmes sont comme les flots,
Elles n'ont jamais eu ni courant ni barrière;
  Portez à d'autres vos sanglots!

Égoïstes, rentrez dans la caverne sombre
  Où vous rongez des cœurs humains;
Laissez-nous seuls d'un frère apaiser la grande ombre :
  L'encens se gâte dans vos mains.

Enthousiaste ami, toi dont la Muse ardente
  Nous galvanise en nous froissant,
Prend ta lyre, BERTHAUD! que ta verve poignante
  Fasse couler des pleurs de sang!

Verse-nous ce torrent de chaude poésie
  Qui tourbillonne sous ton front;
Enflamme sur MOREAU tes doux parfum d'Asie;
  Chante, nos voix te répondront.

Eh! que dis-je? l'angoisse a dévoré tes larmes,
  Tu n'es plus l'homme d'autrefois!
Ton cœur, qui d'HÉGÉSIPPE a connu les alarmes,
  Se brise, et ta langue est sans voix.

Va, nous irons, BERTHAUD, car tu l'as su comprendre,
  Pleurer sa sublime vertu!
Nos Muses chanteront, à genoux, sur la cendre
  De l'Aigle trop tôt abattu!

Mais vous, cœurs de granit, industriels infâmes
     Qui méprisez l'art indigent ;
Esprits dégénérés qui mesurez les âmes
     Avec la toise de l'argent !

N'allez pas profaner son coin de cimetière,
     Laissez le pauvre y pleurer seul ;
Tremblez qu'à votre aspect son infortune altière
     Ne s'indigne dans son linceul !

Vos poings, de son vivant, ont su river ses chaînes,
     Et votre insolente fierté
Dut irriter souvent les innombrables peines
     Dont fourmille la pauvreté.....

Le nom du grand poëte ira de proche en proche
     Torturer vos dernier neveux ;
Et sa gloire demain, comme un sanglant reproche,
     Prendra l'Égoïsme aux cheveux !

Misérables, arrière !... Émoussez dans l'orgie
     Les aiguillons de vos remords ;
Mais, de grâce, épargnez l'insolente élégie
     A la poussière de nos morts !

J.-F. Destigny.

Paris, 16 décembre 1838.

PARIS, IMPRIMERIE DE DECOURCHANT, RUE D'ERFURTH, 1.

ÉPILOGUE.

LII· SATIRE.

En paix avec ma destinée,
Gaîment je poursuis mon chemin,
Riche du pain de la journée,
Et de l'espoir du lendemain,
BÉRANGER.

A mes Souscripteurs.

J'ai cinquante-deux fois combattu dans l'arène,
Et souvent réveillé des remords endormis...
NÉMÉSIS a tenu ce qu'elle avait promis.
Mon Pégase efflanqué revient à l'Hippocrène
Puiser un peu de force et reprendre chemin ;
Mais il ne peut sous moi s'abattre comme un lâche...
A peine ai-je rempli la moitié de ma tâche!
    Ainsi, LECTEURS, c'est à demain.

L'Arbitraire a voulu, fort de mon indigence,
Contraindre à caution l'exercice d'un droit ;
Je ne dois plus tourner que dans le cercle étroit
Qu'aux portes de Thémis a gueusé la Vengeance.
Eh bien !... Je retiendrai l'aile de mes transports ;
Dans le sillon prescrit j'épancherai ma lave.
Ils auront un captif, mais jamais un esclave,
   Ces gens qui séquestrent le corps.

Je m'étais volontiers interdit le domaine
Où le Parquet veut voir l'empreinte de mes pas.
Je le répète encore, on ne m'entendra pas
Faire de politique un seul vers par semaine.
Le vaste champ des mœurs produit plus de moissons
Que ma Muse en vingt ans n'en pourrait mettre en gerbes ;
Qu'ai-je besoin d'aller faucher de viles herbes
   Dans les ruisseaux où nous passons ?

Oh ! qu'on le sache bien ! pareil à la tortue
Qui méprise l'attaque à l'abri de son têt,
Je reste dans mon droit, à ma défense prêt,
Et, pour m'en arracher, il faudra qu'on me tue.
Sous le sceptre des lois, dût-il être de fer,
Je courberai toujours ma tête obéissante ;
Mais je ne connais pas d'étreinte assez puissante
   Pour étouffer mes cris d'Enfer.

Malgré les ouragans qui grondent sur ma tête,
Malgré la *Vendetta,* ma barque reste à flot ;
Ce pont, dont je suis seul pilote et matelot,
Va DOUZE MOIS encore affronter la tempête.
L'orage, désormais, peut embraser les airs,
Ses feux me serviront : puisqu'il faut que je parte,
Je n'en lirai que mieux le tracé de ma carte
     A la lueur de ses éclairs.

Tout mon passé répond de mon courage à l'œuvre ;
J'ai toujours porté droit mon front audacieux ;
Méprisant le courroux de la vague et des cieux,
Je n'ai jamais faibli, ni changé de manœuvre.
J'entendais aboyer mille gouffres béants,
Je voyais poindre au loin la voile d'un corsaire,
Et, sans que l'effroi pût me contraindre à me taire,
     J'allais provoquer des géants.

A travers les écueils de cette plaine immense,
J'ai déjà labouré d'innombrables sillons ;
Les équipages francs de tous les pavillons
Ont partout accueilli ma noble indépendance,
Ma lèvre, qui trempa dans le calice amer,
Ne craint pas aujourd'hui d'en tarir le breuvage.
MUSE, sans plus tarder, fuyons loin du rivage ;
     On est si bien en pleine mer !

Je n'ai pu qu'effleurer, dans ce PREMIER VOLUME,
Les vices que mon poing doit clouer au poteau ;
Ce travail, malgré moi, s'étend sous le marteau,
Comme le fer battu s'allonge sur l'enclume.
La Cité, ses truands, la cour et ses frelons,
Se disputent le droit d'étrenner l'étamine ;
Et chaque abus révèle, à qui creuse la mine,
    Un vaste réseau de filons.

J'ai caché dans mon sein ma flèche empoisonnée.
De mon fouet déjà lourd j'ai plombé tous les nœuds :
Ce n'est pas du fracas, c'est du sang que je veux ;
Et j'en ferai jaillir tous les jours de l'année.
La satire poignante est l'arme de combat
Que brandit en partant NÉMÉSIS en colère.
On verra mille corps au bras patibulaire,
    Sous mon nouvel apostolat.

Les coulissiers repus, les Macaires du Change,
Les prêtres d'Agio, les tripotiers d'argent,
La vermine qui vit sous un code indulgent,
Seront tous, sans pitié, démasqués dans leur fange.
Des escrocs que dix fois j'ai meurtris de mes vers
Sur tous les échelons d'une sale industrie,
Viendront aussi livrer leur mémoire flétrie
    Aux sarcasmes de l'Univers.

Mes cris dénonceront ces cavernes immondes
Où le jeu clandestin établit des suppôts ;
Je fouillerai de nuit les coins de ces tripots
Capables d'engloutir les trésors des Deux-Mondes ;
Je marquerai d'un pieu ces gouffres de Scylla
Que d'obscurs Bénazets transforment en abîmes ;
J'y graverai leurs noms, et dirai dans mes rimes :
    Juges, frappez ! le crime est là !

Quand les vides bravos d'une meute idolâtre
Feront d'un Romantique un talent immortel,
Je saurai quel encens parfume son autel ;
J'écrirai ce que vaut un triomphe au théâtre.
Sévère contrôleur du prétendu succès
Qu'une foule crédule accepta dès la veille,
J'irai peser aussi l'éclatante merveille
    Que CASIMIR donne aux FRANÇAIS.

Mais pourquoi sous vos yeux charpenter ce long drame ?
Vous connaissez, LECTEURS, mes goûts et mes travers ;
NÉMÉSIS a rimé quatorze mille vers,
Sans jamais s'écarter de son premier programme ;
Je vous offre aujourd'hui le passé pour garant
De la ténacité de ma lutte prochaine.
AMIS, comptez sur moi ! J'ai, comme le vieux chêne,
    Pris racine dans le torrent.

Tous les vents orageux peuvent avec furie
M'assaillir à la fois de leurs puissants efforts,
Je porte dans mon sein d'énergiques ressorts
Qui triomphent toujours des gens qu'on salarie.
Je suis indépendant, et ma rude fierté
N'assouplira jamais sa marche à des entraves!...
Le cratère en courroux est, en crachant ses laves,
        Moins nerveux que ma liberté!

Puis-je ployer aux chocs de l'humaine tempête
Et m'imprimer au flanc le cachet de l'affront,
Quand cette verve est là, qui me bouillonne au front,
Et semble déchirer l'écorce de ma tête?...
Moi, frappé de mutisme!... Oh! non, Thémis, attends,
A peine si mes mains ont ouvert mon histoire...
L'airain t'appellera dix-neuf fois au prétoire
        Avant de me sonner trente ans!

                                        J.-F. Destigny.

Paris, 29 décembre 1838.

TABLE

PARIS, IMPRIMERIE DE DECOURCHANT, RUE D'ERFURTH, 1.

www.ingramcontent.com/pod-product-compliance
Lightning Source LLC
Chambersburg PA
CBHW050741030726
47505CB00002B/348